EL VÍNCULO QUE NOS UNE

UNA NOVELA PARA BUSCADORES
DEL SENTIDO DE LA VIDA

DE

HUGO EGIDO

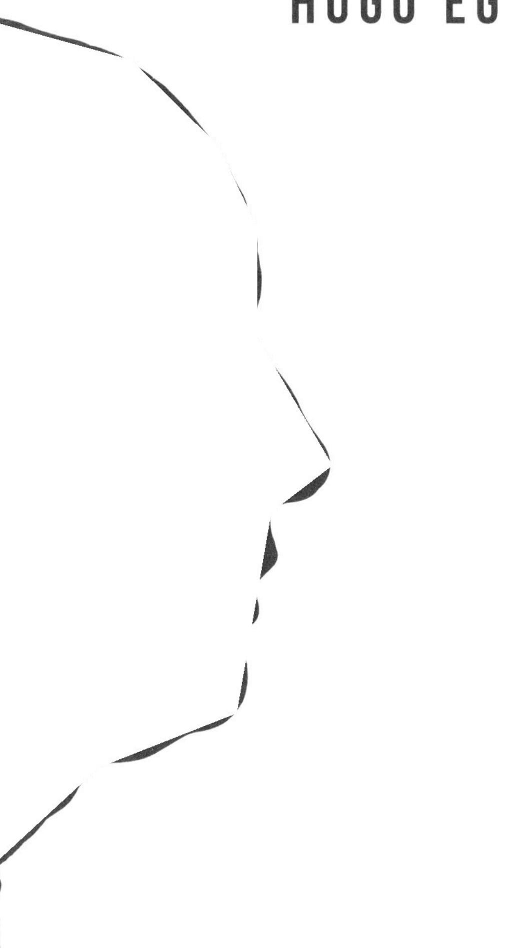

KOLIMA
BOOKS

Título original: *El vínculo que nos une*

Primera edición: Febrero 2020

www.editorialkolima.com

Autor: Hugo Egido
Dirección editorial: Marta Prieto Asirón
Maquetación de cubierta: Sergio Santos
Maquetación: Lucía Alfonsín Otero

ISBN: 978-84-17566-94-4

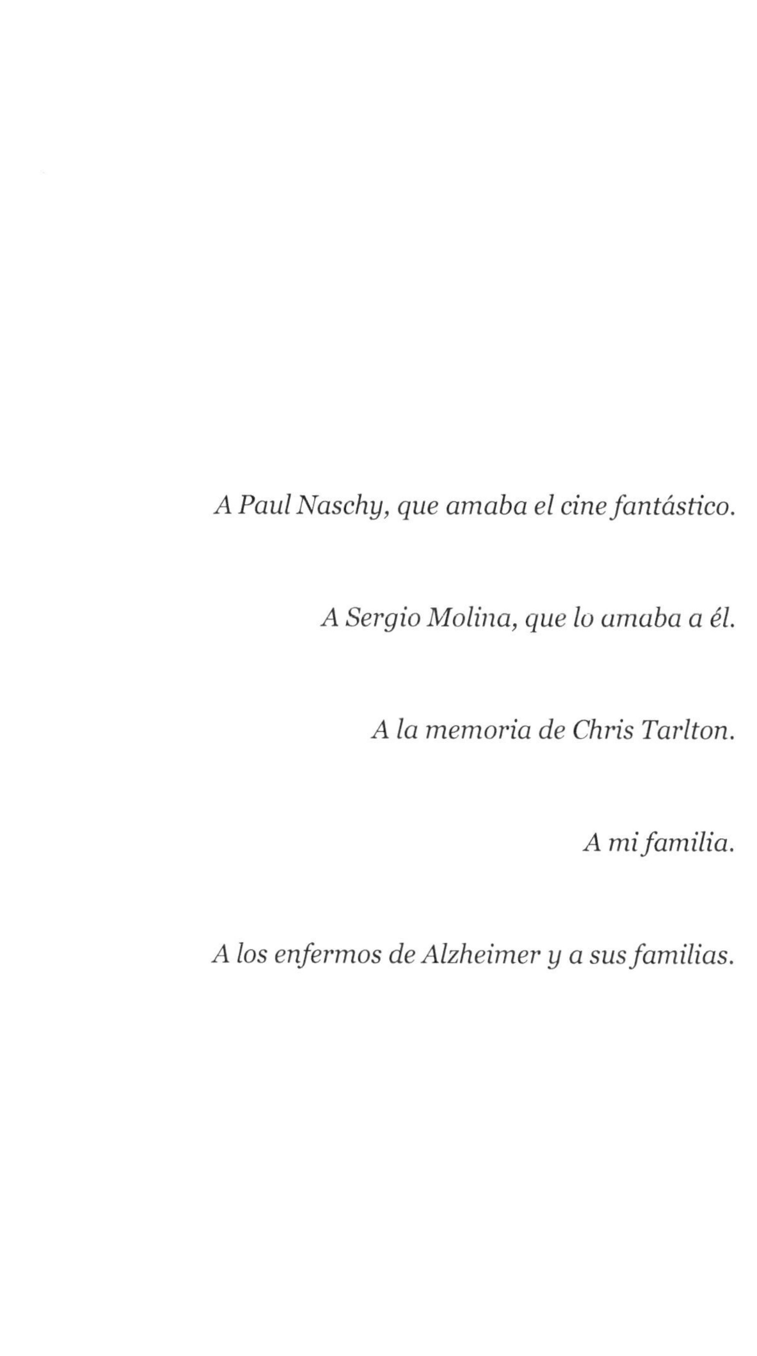

A Paul Naschy, que amaba el cine fantástico.

A Sergio Molina, que lo amaba a él.

A la memoria de Chris Tarlton.

A mi familia.

A los enfermos de Alzheimer y a sus familias.

ÍNDICE

ALGUNAS CUESTIONES PREVIAS

Siguiendo la estela de pensamiento del sociólogo Zygmunt Bauman en el marco de sus teorías sobre la modernidad tardía y su definición de la modernidad líquida, lo que antes era duradero... religión, empleo, familia, ideologías, pasa a ser efímero. En esta novela he querido reflexionar sobre los arquetipos de éxito social y los modelos a seguir que la propia modernidad tardía crea. Modelos basados en la superficialidad en las relaciones y los sentimientos, en la caducidad de las creencias. Un paradigma alimentado por el consumo masivo, el materialismo, el egocentrismo, que cuenta con un canal de divulgación infinito en las redes sociales y la atomización del individuo. Un ser humano que se siente aplastado por el devenir, por la rapidez con la que se materializan y evaporan las noticias, por la evanescencia de los compromisos y los lazos de solidaridad que construimos. Todos somos clientes y potenciales consumidores de la nada. Y esa «nada» es la que nos sirve en muchos casos como referente de éxito social.

Frente a este páramo, frente a esta desolación, existe una oportunidad: «entender el sentido profundo de lo que hacemos, confiriendo sentido a nuestra propia vida». Siguiendo el pensamiento de Viktor Frankl, los lectores de esta novela acompañarán en un viaje de búsqueda a su protagonista, Paula Blanco, en su deseo de entender que los sentimientos puede que nos hagan vulnerables pero sin duda nos hacen más humanos. Siempre podemos elegir con qué actitud afrontamos el devenir de nuestra propia vida. Las circunstancias no podemos elegirlas, pero sí la actitud con la que las afrontamos.

1. PAULA CONOCE A TOM

Lo primero en lo que reparó al entrar en el bar del hotel fue en el bello efecto que producía la luz al filtrarse a través de los imponentes ventanales. Generaba en el espacio un halo de irrealidad que le gustó. Un solícito *maître* atrajo su atención hacia la sala. Con una indicación de su mano le ofreció pasar a la zona de restauración situada junto a los ventanales que regalaban al comensal una impresionante vista de Tokio.

–No, gracias –aclaró en un perfecto inglés–; prefiero pasar a la zona de bar.

–¡Cómo no! –y con otro gesto de su mano el *maître* volvió a indicar al cliente dónde estaba el bar.

Al llegar pudo distinguir el familiar hilo musical que ya lo había acompañado en noches precedentes. Al acercarse un poco más a la inmensa barra, observó como el camarero que lo había atendido la noche anterior lo saludaba con un leve gesto de cabeza.

–Buenas noches, señor Newman –dijo con un inglés matizado con aromas orientales.

–Buenas noches, Akihiko.

El camarero mostró en su rostro relajado una amplia sonrisa cómplice; estaba claro que le había gustado que su cliente también recordase su nombre. Además de esa primera e íntima revelación, y en el transcurso de una noche sin mucho trabajo, solitaria, Akihiko había compartido con su cliente el significado de su nombre, «príncipe resplandeciente».

–¿Lo de siempre? –preguntó.

–Sí, por favor.

Newman estaba observando la forma mecánica y eficiente de proceder en la elaboración de su *gin-tonic* con cierto sabor cítrico del eficiente Akihiko cuando levantó ligeramente la vista para fijarse en el resto de ocupantes de la barra del bar. A su derecha, un cincuentón calvo y con evidentes problemas de sobrepeso. Más allá, una atractiva chica de treinta o treinta y cinco años con acento ruso. Ese tipo de personas, pensó Newman, que no tienen ningún pudor en compartir una conversación telefónica privada con el resto de la audiencia de la sala. Muy probablemente porque están tan centradas en lo suyo que el resto del mundo les importa un bledo.

Akihiko depositó de forma imperceptible el *gin-tonic* frente a Newman, listo para tomar, junto a un platito repleto de distintas bolitas de chocolate, cada una de ellas con un número que informaba sobre el nivel de pureza e intensidad del cacao. «El cacao marida bien con el sabor cítrico del *gin-tonic*», pensó Newman.

Newman estaba absorto en ese tipo de reflexiones, por lo que no reparó en que a su izquierda se sentaba una mujer. Al verla se sobresaltó. Hacía muchos años que eso no le ocurría. En su dilatada vida de *playboy*, con miles de encuentros casuales durante sus viajes de trabajo a diferentes partes del mundo, Newman había aprendido distintas técnicas de seducción que desplegaba con precisión quirúrgica. Ya no tenía que emplear más energía de la precisa. Hasta ese punto había llegado su magisterio. Pero ese estado de certidumbre tenía una contrapartida desagradable. Newman había perdido el apetito, el hambre que la propia esencia del juego de la seducción despierta en cualquier ser humano y donde no siempre la balanza se inclina a favor de uno. Hacía años que esto ya no le ocurría a Newman en sus noches de «cacería», como le gustaba llamarlas. Todo resultaba hasta cierto punto predecible. Siempre terminaba llevándose a la cama a la mujer que se proponía. Sin dudas, sin vértigos o sobresaltos. Eso en sí mismo le había provocado cierta apatía. ¿Por qué seguía haciéndolo? Era algo que todavía no tenía claro. Eso cambió en una décima de segundo en el momento en que sus ojos se posaron sobre las felinas líneas de la extraña mujer que se había materializado junto a él. Bella, enigmática, salvaje.

Paula cruzó su mirada con aquel atractivo hombre que la observaba con una extraña mezcla de asombro y deseo. Todo en él resultaba familiar, salvo su mirada. Parecía limpia, curiosa, como la de un niño que observa algo con la inocencia de la primera vez.

–Hola, soy Tom –dijo Newman con un hilillo de voz.

–Hola Tom. Ese *gin-tonic* tiene muy buena pinta. ¿Me lo recomiendas?

–Sí. Akihiko es un gran barman; prepara uno de los mejores *gin-tonics* que he probado nunca, y te aseguro que he probado muchos.

–Pues tendré que probarlo yo entonces. Póngame un *gin-tonic* como el de Tom, por favor –ordenó ella con una sonrisa pícara que cambiaba la expresión de su cara y le hacía parecer algo más joven.

–¡Estás en deuda conmigo! –le soltó de repente Newman a la bella mujer.

–Bueno, primero déjame que lo pruebe, ¿no crees? Puede que mi nivel de exigencia con los *gin-tonics* sea un poco más elevado de lo que crees.

–No, no me refiero a eso. Tu nombre... Tú sabes el mío y yo todavía no sé el tuyo –aclaró Newman esgrimiendo una de sus estudiadas medias sonrisas que sabía que solía encantar a las mujeres.

–Es lógico, no te lo he dicho. Soy Paula –dijo ella y sonrió con sus rojos y hermosos labios carnosos. Tan sensuales que Newman tuvo que reprimir el impulso animal que le atraía a besarlos en ese mismo instante.

Una sensación por tiempo dormida reaparecía para invadir su cuerpo como un purificador aguacero que da nueva vida a un campo yermo. Mientras Newman sentía esto, ella lo contemplaba con esos endiablados ojos. Pese a que en tres ocasiones intentó furtivamente descifrar su color, no lo tenía claro todavía. Parecía una extraña y perfecta combinación de verde y azul con matices pardos.

Newman llevaba tantos años en el juego de la seducción ocupando el puesto más alto de la cadena trófica que volver a tener un lugar secundario le excitó sobremanera. De darse el encuentro –y la noche prometía– ocuparía el lugar que ella le asignase. Ni más ni menos.

–¿Estás aquí, Tom? –preguntó Paula rescatándolo de sus ensoñaciones.

–Sí... claro. ¿De dónde eres, Paula? Por tu acento no termino de concretar tu procedencia.

–Soy española. De Madrid, más concretamente. ¿Conoces España?

–Sí, conozco prácticamente toda Europa. Es cierto que ahora el trabajo me está llevando más por esta zona del mundo, pero hubo una época en la que tuve que viajar mucho por toda Europa. Yo soy inglés –reconoció Newman.

–¡No me digas! –exclamó juguetona Paula–. ¡Nunca lo hubiera dicho!

–¡Ya! Pues yo nunca hubiera dicho que eras española. Entiéndeme, la mayoría de tus compatriotas tienen muy buena gramática, pero el acento..., uff, suele ser horrible. No sé, es como si les costase pronunciar, como si hacerlo con esfuerzo resultase una impostura para ellos.

–Sí, he de darte la razón sobre lo que comentas del acento de los españoles cuando hablamos inglés. En mi caso, toda mi formación se ha desarrollado en países angloparlantes, y el resto se debe a que tengo que utilizar el inglés a diario por mi trabajo.

–¿A qué te dedicas, Paula? –preguntó Newman con sincera curiosidad.

–Soy directora de un fondo de inversión inglés.

–Buff, un fondo de inversión. Cada vez me das más miedo –reconoció Newman.

–Está claro que desde la quiebra de Lehman Brothers todo lo que huele a sector financiero es malo y ha de ser reducido a escombros.

–Bueno, yo no he dicho eso. Lo único que he dicho es que me siento temeroso e interesado a la vez –argumentó él y volvió a colocar en sus labios su infalible sonrisa.

–Sí, me he puesto un poco intensa y a la defensiva. Supongo que, bueno... es una tontería –contestó Paula y dio un profundo sorbo al *gin-tonic*.

–No, di. ¿Qué quieres decir?

–Nada, supongo que tiene que ver con las experiencias que vas acumulando a lo largo de la vida. Cuando yo le cuento a un hombre atractivo a qué me dedico o dónde trabajo, suele sentirse cohibido y ponerse a la defensiva. Suelen digerir mal la noticia. Supongo que es otra convención, otro estereotipo con el que solemos movernos por el mundo. Hacemos cajitas donde guardamos las cosas; eso sí, etiquetadas y codificadas con su código de barras.

Newman le guiñó el ojo como intentando, con ese gesto cómplice y un tanto infantil, rebajar el tono de la conversación.

–Y tú, Tom, ¿a qué te dedicas? Además de a estar por las noches en hoteles de cinco estrellas intentando seducir a mujeres.

–¿Estoy intentando hacer eso, Paula?

–Los dos sabemos que sí. Pero no eludas la pregunta.

–Soy director de servicios al cliente de una multinacional de marketing. Ya lo he dicho; ahora ya no querrás saber nada más de mí.

–No tengo en principio nada en contra del marketing. Es necesario conocer el mercado. Veo, además, que estás en buena forma física.

–Sí, la verdad. Intento sentirme bien con mi cuerpo. Pero solo hago gimnasia de mantenimiento. Quiero decir que no soy de esos tipos vigoréxicos que se toman el deporte como una especie de nueva religión. Ya me entiendes.

–Yo soy vigoréxica; necesito hacer deporte a diario para poder regularme. Llega un momento que es como una droga. Las hormonas que generamos al hacer deporte de forma regular son en cierto sentido adictivas.

–Tienes razón, pero me temo que para mí ya es tarde. Con mi gimnasia de mantenimiento tengo más que suficiente. –Y le sonrió, como volviendo a buscar otro resorte que hiciese de puente entre los dos.

Akihiko, con suma delicadeza les indicó que quedaba menos de media hora para cerrar el bar y que, si así lo consideraban, podían pedir una última copa.

En ese preciso momento Newman reparó en la llave que, oculta en el regazo de Paula, revelaba con su inconfundible color dorado que se alojaba en la última planta del exclusivo Conrad Tokyo Hotel. La belleza y el refinamiento de las suites del Conrad eran famosas en una ciudad que cuenta ya de por sí con un buen número de hoteles selectos. Esa información aumentó la excitación de Newman.

–¿Vienes? Te has vuelto a desconectar de la Tierra, ¿verdad? –preguntó con un semblante divertido Paula que, levantada, lo esperaba.

–Claro –contestó, casi dejándose caer del taburete–. Akihiko, apúntalo a mi habitación, por favor.

–Ya está abonado por la señorita, señor Newman. Lo siento –confesó incómodo el camarero.

–Está bien. Buenas noches.

Al levantarse pudo apreciar la proporcionalidad y belleza del cuerpo de Paula. El vestido negro de alta costura que llevaba le quedaba como una extensión ideal de su propia piel. Todo en ella, el pelo, la ropa, las proporciones simétricas de su estilizado y definido cuerpo, resultaba perfecto. Hasta su voz le pertenecía. Ningún otro tono de voz podría ser más adecuado para Paula que el suyo.

Ninguno de los dos volvió a hablar hasta estar dentro del elegante ascensor. Paula no consultó nada, ni siquiera lo miró, solo apretó el botón de su planta de la zona donde estaban las suites más exclusivas del hotel, sabedora de que si en algún momento de la noche ese hombre había albergado algún tipo de duda haría ya bastante que se habría evaporado en la noche y formaba parte de la atmósfera de la ciudad.

Tom tampoco intentó nada en el ascensor. La experiencia le había dado la calma suficiente como para saber analizar cada momento. Tenía claro que el instante todavía no había llegado.

Al llegar a su planta, Paula salió del ascensor acompañada por el elegante y atractivo inglés que, solícito, intentaba seguirle el paso. Se paró en mitad del pasillo frente a un cartel que anunciaba que estaban ante la suite presidencial del hotel.

«¡Cómo no!» pensó Newman, con la misma curiosidad de un niño que está a punto de abrir un regalo. La llave abrió la puerta por proximidad, sin necesidad de ser introducida en ningún sitio.

Al entrar en la suite, las luces, que podían ser programadas por el huésped o que estaban prediseñadas por el hotel en función de la hora del día, compusieron un hermoso y bello croma de tonos vaporosos, cercanos al color de la arena de la playa. Cálido y elegante.

Cuando Newman cerró la puerta, Paula giró su cuerpo con tal armonía que le pareció que en algún momento de su vida esa diosa perfecta debió haber sido bailarina.

–¡Ven! –le ordenó ella con tono imperativo.

Tom Newman recordaría aquella extraña y excitante noche el resto de su vida. Paula Blanco, no.

Sonó el despertador de su móvil. Su cerebro y su sentido de la responsabilidad la obligaron a levantarse; su cuerpo le pedía lo contrario, que permaneciera en la cama un poco más. Al final, como en tantas otras ocasiones, se levantó.

Al detectar movimiento, la luz de su suite presidencial se iluminó levemente, dejando apreciar los contornos de su espacioso cuarto. A través de los inmensos ventanales se podía atisbar la profundidad de una ciudad aún dormida.

La ducha le sentó bien. Bajó al vestíbulo del hotel y salió a la calle; el coche de su empresa le estaba esperando en la puerta.

Al entrar en la sala de reuniones de la filial de su compañía en la ciudad de Tokio vio que ya estaban todos sentados alrededor de una interminable mesa; solo había un sillón vacío en la cabecera... el suyo.

No se disculpó pese a haber llegado un poco tarde. Al otro extremo de la mesa, justo en la posición opuesta a la que ella ocupaba, se sentaba el director general de la delegación en Japón, Takeshi Tanaka.

«Parece un junco a punto de quebrarse» pensó Paula.

Tanaka realizó una especie de ligera reverencia con la cabeza, como solicitando permiso para hablar a su superior jerárquico. Paula respondió con la misma levedad.

–Buenos días. Quiero agradecer la presencia de todos los responsables de departamento, así como de los distintos asociados que tenemos en el país. Ya saben, por el *briefing* que preparamos hace meses y por los resultados de la *due diligence* que los corroboró, que la opción de compra sobre nuestros activos va a ser ejecutada por la empresa Fluid Investment. Los términos de la compra, el valor de cambio de las acciones, el plan de inversión y reestructuración de nuestra compañía está detallado en ellos. Nuestros accionistas y los distintos reguladores nacionales e internacionales han sido informados.

Tanaka elevó ligeramente la cabeza para mirar a cada uno de los miembros de la mesa. Era una forma de ganar tiempo y recuperar un poco el aliento.

–Han sido solicitadas una serie de aclaraciones por parte de la firma Ijitsu Takeda Investment, representada en este acto por el Sr. Takeda –Tanaka realizó una evidente y nada sutil reverencia para mostrar al resto de los presentes el importante estatus social que Takeda tenía dentro del grupo inversor–. Es evidente –continuó– que lo más conveniente para los distintos inversores que participamos en esta operación es que la misma se realice de forma, digámoslo así, amistosa. Para ello y sin más dilación paso la palabra al Sr. Takeda, para que él mismo pueda realizar sus alegaciones.

Tanaka se sentó e intentó descifrar la expresión neutra de la cara de Paula Blanco. No era un problema de la distancia que los separaba; todavía conservaba, pese a la edad, una vista felina. Era la expresión neutra, casi de estatua de cera, de aquella maldita mujer. «¡Y dicen que los latinos son expresivos!», pensó con cierto disgusto.

Takeda se levantó con elegancia. Pese a ser un hombre que ya cumpliría los sesenta, se notaba que estaba en plena forma. La otra diferencia evidente con su antecesor en el parlamento era el tono cálido y aterciopelado de su voz. Formaba parte de ese selecto grupo de voces que podían ser oídas durante horas, ya que resultan tan armoniosas, vibrantes y cautivadoras que el oído humano se enamora de ellas.

–Miss Blanco, quiero agradecer su presencia en esta sala. Sé que debe de resultar para usted un evento inesperado y molesto en su plan de venta de nuestro grupo a un tercero, pero debe usted saber que todavía no está todo hecho, pese a la aquiescencia de mis colegas –miró con cierto reproche al resto de los interlocutores que estaban sentados alrededor de la inmensa mesa.

–Prosiga, señor Takeda, tiene usted toda mi atención —contestó de forma marcial Paula. Su tono gélido quería provocar en su interlocutor el suficiente desconcierto como para poder observar su reacción.

La mirada furibunda que Takeda lanzó a Paula consiguió arrancar de sus labios algo así como el incipiente esbozo de una sonrisa. Takeda ya le había dado una valiosa información. Era rígido en sus planteamientos; en el momento en el que estos se trastocaban por cualquier motivo inesperado dejaba entrever sus sentimientos. Una información importante en caso de plantearse una dura negociación.

–Ustedes siguen viniendo a Japón como colonizadores. Lo que pretenden instaurar es una especie de nuevo régimen de esclavitud, descolonizar la imaginación de nuestro pueblo, desposeernos de nuestro ancestral orgullo. Usted, Miss Blanco, de forma hábil ha hecho creer a mis colegas, aquí presentes, que no existe otra posibilidad, que lo que usted nos presenta es nuestra mejor opción. Pero, créame, la imaginación lo puede todo, todo.

Takeda se sentó al terminar su parlamento y se quedó mirando a Paula de forma inquisitiva.

–Señor Takeda, socios de las distintas delegaciones. Lo primero que quiero dejar claro es que respeto a su pueblo y no pretendo imponer nada que la gran mayoría de ustedes no hayan analizado, visto o aprobado. No creo que debamos plantear esta negociación en términos de honor, señor Takeda. Cuando mi empresa participó de forma mayoritaria en su conglomerado de empresas aumentando su valor patrimonial, y por tanto su capacidad de compra, firmamos una cláusula que dejaba muy claro que en un escenario de adquisición de todo el negocio por un tercero, como es el caso que nos ocupa con la oferta formal realizada por Fluid Investment, todos ustedes estaban obligados a vender, todos.... Señor Takeda, sin excepción. Esa cláusula de arrastre a la venta del negocio se ha dado porque todos –Paula señaló con el dedo rápidamente a cada uno de ellos, generando un círculo imaginario– hemos multiplicado varias veces el valor nominal de nuestras acciones en origen generando una importante plusvalía. Así que por favor no me hable usted de colonialismo y de honor; eso no está dirimiéndose en esta mesa y sí la rentabilidad y el beneficio mercantil.

Takeda siguió porfiando y construyendo su argumentario con términos como el amor a sus empresas y sus trabajadores, el deshonor de vender a un tercero que no garantizase todos los puestos de trabajo de los empleados que en algunas de las empresas llevaban décadas trabajando para ellos. Paula se dio cuenta de que la mayoría de los colegas de Takeda lo escuchaban por respeto pero que hacía ya tiempo que habían tomado su propia decisión al respecto. Paula había ganado una vez más; la decisión estaba tomada.

Al llegar al hotel se fue al exclusivo spa. La completa sesión que se dio le sentó bien. Al subir a cenar al restaurante reparó en el barman, Akihiko. El recuerdo de Tom Newman permaneció un segundo en su mente antes de desvanecerse para siempre, como tantos otros. El *maître*, solícito, le ofreció esa noche de triunfo su plato preferido, Fugu, «pez globo», un manjar delicioso y en ocasiones mortal.

Entre los vapores de un profundo sueño, el obstinado sonido del móvil terminó por materializarse en algo concreto. Alterada se despertó. «¡Las cuatro de la mañana! ¿Quién en su sano juicio puede llamar a estas horas?» pensó.

Al colgar se quedó tumbada mirando al techo. Un millón de ideas y sentimientos se entremezclaron en ese mismo instante. Se sintió confusa y esa era una sensación que detestaba. Sabía que era buena analizando datos, cifras, porcentajes de beneficio, materializando ideas concretas o abstractas, pero era pésima a la hora de analizar sentimientos o emociones.

A la mañana siguiente cogió el primer vuelo para Madrid.

2. EL INSTANTE EN EL QUE TODO CAMBIÓ

Al salir de la terminal internacional del aeropuerto, un coche la estaba esperando. No pasó por su apartamento de Madrid, como lo llamaba. Nunca le gustó utilizar el término «casa». Alguien que vive de forma regular entre dos o tres ciudades no tiene casa, tiene apartamentos. Sitios donde dejar sus cosas.

Al llegar al hospital se dirigió directamente a un mostrador de información donde una esforzada administrativa iba guiando a las personas por el no siempre fácil entramado de especialidades y especialistas que conforman un hospital de una gran ciudad.

–Necesito llegar a la sección de Neurología, por favor.

–Coja el ascensor que tiene a su derecha y suba hasta la segunda planta. Al salir tiene que tomar el pasillo a su derecha. Enseguida verá otro *hall* como este; pregunte a la compañera que hay en él para que le indique cómo llegar a la sección.

Estaba hablando por teléfono, por lo que no se fijó en la persona que se paró delante de ella. Al notar su presencia, levantó la mirada. Su tía Alba la observaba con expresión de disgusto. Pese a ello, no se precipitó a colgar la llamada.

–¿Has llegado hace mucho? –preguntó con un rintintín en la voz que a Paula no le gustó. Se propuso obviarlo; no era el momento de discutir.

–No, termino de entrar por la puerta. Era una llamada importante –se disculpó.

–Todas lo son, ¿no?

–¿Entramos? –propuso Paula con el objetivo de terminar de una vez la escalada de reproches más o menos velados.

Al entrar en el área de Neurología, Alba se dirigió directamente a la habitación número 241. En ella Paula vio a su padre tumbado en la cama. Enseguida se dio cuenta de que estaba de mal humor. «¡Genial!» pensó.

–¡La hija pródiga ha vuelto! Alba, debo de estar muriéndome para tener este honor.

–Hola, Luis; veo que estás en plena forma –dijo con ironía Paula y se acercó a la cama para darle un beso en la mejilla a su padre.

Pese a tener sesenta y seis años ya cumplidos, Luis Blanco seguía siendo un hombre muy atractivo y vital. Destacaba su poblada melena blanca que le caía a cada lado de la cara dejando ver sus inmensos ojos verdes y su característico hoyuelo en la barbilla. Él siempre contaba que en una ocasión, durante la entrega de unos premios internacionales de cine en París, dos mujeres que lo acompañaban aquella noche decidieron que su hoyuelo era más hermoso que el del propio Kirk Douglas, allí presente con él.

–¿Cómo estás, papá? –preguntó Paula sentándose junto a un sillón repleto de revistas y periódicos.

–Jodido –contestó Luis–. Nadie me dice nada. Llevo dos días en este hospital y todavía no tengo claro por qué demonios estoy aquí.

–Ya te lo han dicho, Luis. Teresa te encontró inconsciente en tu despacho –le aclaró su hermana Alba.

–¿Quién es Teresa? –preguntó Paula con inocencia.

–¡Hija! La persona que cuida de tu padre desde hace un año. Desde luego hay cosas que no cambian en esta familia.

–Déjala, Alba, ya sabes como es la chica. Tiene sus propios problemas. Además, no vive en Madrid desde hace años.

–Paula, me llamo Paula. No sé las veces que te he dicho que no me gusta que me llames «la chica». Tengo un nombre que supongo me pusiste tú o mamá, pero vamos, que no quiero que me llames así.

–Paula –pronunció el nombre con sumo cuidado y cierto tono irónico– tiene su vida, Alba. Donde quiera que esté. No tiene por qué saber quién cuida al viejo de su padre. Yo no la eduqué para que se entretuviera con estas estupideces.

–Tú sabrás cómo la educaste. Yo ya tengo suficiente con mi marido, mis tres hijos y mis cuatro nietos como para además juzgar la educación de mi sobrina.

–¡Hola...! –interpeló Paula con el objetivo de que la discusión entre los hermanos terminase–. ¡Que estoy aquí! Me resulta muy violento que tengáis este tipo de conversaciones haciendo ver que yo no cuento, como si no estuviese presente.

–¡Alba! Hemos cabreado a «la chica».

–Bueno, yo me marcho, que tengo abandonada desde hace dos días a mi familia –aclaró la tía Alba levantándose del sofá que le había servido de cama durante la convalecencia de su hermano mayor.

Se acercó a la cama y le retiró el flequillo para besarlo en la frente.

–Mañana vengo a verte.

–Si no hay más remedio –dijo Luis con contundente ironía.

Al girarse para dar un beso a su sobrina, que permanecía sentada en el sofá, hizo un guiño con su ojo izquierdo antes de pronunciar las siguientes palabras:

–Anda, Paula, acompaña a tu vieja tía a la salida y luego vuelves, que hace siglos que no te veo.

–Ahora vengo, Luis –Paula se levantó y salió del cuarto tras ella.

Ya en el pasillo de la segunda planta del hospital, Alba agarró a su sobrina para indicarle que se sentase junto a ella en unas sillas vacías de una sala de espera.

–¿Qué pasa, tía? –preguntó con curiosidad Paula.

–¿Cómo que qué pasa? Lo primero de todo es que tu padre todavía no sabe que tiene Alzheimer, eso es lo que pasa.

–¿Cómo que no lo sabe? ¿Y los médicos?

–¿Los médicos? Pues los médicos están esperando a que llegues tú para decírselo, ya sabes lo aprensivo que es. No he conocido en este mundo un hombre más hipocondríaco.

–Buff –Paula abrió sus hermosos dedos y los utilizó a modo de peine, acariciando su cabello.

–Sí, buff, eso digo yo. Mira, Paula, te seré sincera. Ya sabes que desde la muerte de tu madre yo no he estado de acuerdo con el tipo de educación y contacto que has tenido con la familia. Tu padre es como es, siempre ha sido un niño, con talento pero un niño. Pero ahora las cosas tienen que cambiar. Yo, con las cargas familiares que tengo y con mis años, en fin, no me puedo encargar de él.

–Bueno, nadie te pide que lo hagas.

–¿Cómo? –dijo molesta.

–Perdona, tía. Llevo veinte horas sin dormir y sin ducharme. No quería ser grosera. Lo que digo es que habrá que llevarlo a un sitio donde lo traten. No sé mucho de la enfermedad, pero sé que llegado un momento las personas que la sufren no son capaces de poder valerse por sí mismas. Yo tengo dinero y... –la tía zanjó con un gesto el último argumento que Paula estaba fabricando en la boca.

–No se trata de eso, Paula. Tu padre tiene un patrimonio como para poder vivir varias vidas. Claro que tendrá que contar con gente especializada que le pueda cuidar. Pero no es eso lo que necesita en este momento. El especialista nos ha contado que en esta primera fase de la enfermedad es fundamental poder contar con toneladas de cariño a su alrededor. Que el entorno afectivo que supone la familia puede hacer que la fase más nociva de la enfermedad se retrase un tiempo, que durante unos años esté como aletargada.

–¿Qué esperanza de vida tiene? –preguntó Paula

–Depende de muchos factores, pero con la edad que tiene Luis ahora, de entre cinco a nueve años. Pero pueden ser más...

–Puede que en ese intervalo de tiempo la ciencia haya avanzado lo suficiente como para retrasar el desenlace.

–No niña, no. Eso no creo que vaya a pasar. Esta enfermedad es un mal compañero de viaje.

Las dos se levantaron y Paula acompañó a su tía a los ascensores. Al volver al cuarto pudo percibir la energía negativa que exhalaba el cuerpo de su padre. Parecía un oso enjaulado a punto de estallar en un brote psicótico.

–¿De dónde has venido esta vez? –preguntó Luis.

–De Tokio. Tenía que cerrar una operación.

–¿Y ha salido todo bien?

–Sí, ha salido todo bien.

–Qué maravilloso país es ese. Recuerdo como si fuera ayer los dos años que, con breves intervalos temporales, pasé trabajando en Japón rodando una película y varias series de televisión para la cadena estatal japonesa NHK, la Nippon Hoso Kyokai. ¡Qué medios técnicos y humanos! Aquí en Occidente todavía estábamos ensimismados con el *stop motion* y las maravillas que nos había regalado el bueno de Ray Harryhausen y en Japón ya eran capaces de realizar cromas y técnicas de postproducción con las que aquí éramos todavía incapaces de soñar.

–Lo veo un poco exagerado, Luis. Claro que en Occidente habíamos realizado cosas estupendas. Pero no quiero hablar de cine contigo ahora.

–Ah... Supongo que tienes que irte ya, ¿no?

–Sí, me gustaría pasar por mi apartamento a darme una ducha y coger algo de ropa. Me imagino que ese sofá no debe de ser muy cómodo –señaló el sofá de cuero cercano a la cama.

–No quiero que te quedes esta noche. Tú estarás incómoda y yo también. Estoy bien; fue un pequeño mareo, me han metido en esa maldita máquina. ¿Cómo se llama?

–Escáner, TAC...

–¡TAC! Se llama TAC. Un verdadero agobio; espero que nunca te lo tengan que hacer, es claustrofóbico, y además con ese maldito ruido. Estoy bien, de verdad. Mañana, si puedes, ven. ¿Cuándo te vuelves a marchar?

–Tengo que consultar mi agenda. Hay una reunión importante a finales de semana en Londres pero intentaré tenerla desde Madrid por videoconferencia.

–Como quieras. Durante el tiempo que has estado fuera con tu tía ese trasto no ha parado de vibrar –señaló el teléfono móvil que Paula había dejado junto a la mesilla de la cama–. Creo que si no lo atiendes en cualquier momento estallará.

–No te preocupes, lo tengo todo controlado.

Hablaron de algo más y después, con un beso frío y protocolario, Paula salió de la habitación. Al llegar a su lujoso apartamento de Madrid, el cansancio y la tensión acumulados comenzaron a colonizar su cuerpo, que en cuestión de segundos sucumbió en un profundo cansancio.

Se duchó, pidió comida y se abrió una botella de vino de su selecta bodega. Al fondo de sus cavilaciones se podía escuchar a Glenn Gould interpretando de forma magistral el aria de las «Variaciones Goldberg». Pese a la melancolía que siempre despertaban en ella, nadie más, ninguna otra pieza de Bach, podía arrebatarle el corazón como esa.

Salió a la terraza de su apartamento. El jardinero, al que pagaba estuviera o no en Madrid, había realizado bien su trabajo y las plantas aromáticas le regalaban su fragancia. Se sintió un poco abotargada; al volver a entrar al salón se dio cuenta de que se había bebido casi toda la botella. ¡Qué raro! Era la primera vez en su vida que no había sido consciente de algo así, de beber sin control casi sin darse cuenta.

Antes de caer noqueada por el cansancio y el vino pensó un segundo en su madre, como cada día. Hacía ya veinticuatro años que su madre había muerto, pero no había dejado de pensar en ella ni un solo día, ni uno. Aquel día que ya finalizaba tampoco sería una excepción.

Paula intentó averiguar por la expresión de su padre el impacto que la noticia le había producido. Luis parecía entero. Había hecho al jefe de Neurología del hospital una serie de preguntas del todo comprensibles para alguien que termina de tomar conciencia de que padece una enfermedad degenerativa y sin cura posible cuyo umbral de vida, siendo optimista, se sitúa entre cinco a quince años desde el diagnóstico. Cuando el doctor Montes estaba a punto de salir de la habitación, y después de respetar el turno de preguntas de su padre, Paula intentó concretar un poco más el proceso de la enfermedad con un par de aclaraciones más.

—Usted nos decía que la actitud del paciente, cómo afronte la enfermedad, resulta vital para retrasar al máximo las primeras fases, pero entiendo que dependerá mucho de cada paciente; es decir, no creo que la estadística clínica sea muy homogénea...

—Precisamente sí. Una de las cuestiones que parecen incontrovertibles es que la actitud del paciente y del entorno afectivo resultan vitales para conseguir retrasar al máximo las fases más lesivas de la enfermedad. Pero, como es obvio, la propia etiología de su padre, cómo evolucione la enfermedad, hará que tomemos unas u otras decisiones.

–Entiendo; es un proceso dinámico, y en cierto sentido único.

–No exactamente. Existe ya muchísima información y documentación sobre la evolución clínica de la enfermedad y su desenlace final. Lo que no está tan claro, y es sobre lo que podemos actuar, es cómo retrasar al máximo posible las fases más agudas. Es ahí donde cada paciente, por la naturaleza de su fisiología o por su entorno afectivo, puede retardar en mayor o menor medida el proceso. Debemos entender, señorita Blanco, que nos enfrentamos a una enfermedad que hoy día no tiene cura. Con el tiempo su padre caerá en un estado de falta de autonomía y no podrá cuidar de sí mismo, por lo que los cuidados de terceros serán vitales para conseguir la mayor calidad de vida posible. Cada fase de la enfermedad debe ser tratada y analizada cuidadosamente. Actuaremos y adaptaremos la terapia en función de las situaciones que nos vayamos encontrando.

La voz aterciopelada de Luis sacó a Paula de sus reflexiones.

–Yo llevo años viviendo solo. Y no quiero que ese maldito Alzheimer cambie eso. Soy libre, siempre lo he sido. Ya me ha costado tener que vivir con Teresa en casa.

El doctor Montes miró a Luis a través de sus pequeñas gafas de montura color naranja que le hacían parecer un joven rebelde recién salido de la facultad de Medicina.

–Vayamos poco a poco, Luis. Todavía hay que realizar un sinfín de pruebas, ver cómo actúa la medicación. No debemos precipitar las cosas. Contamos con un buen departamento que los asesorará cuando llegue el momento. No se preocupen. Además de ello, toda la terapia siempre va pautada con apoyo de psicología clínica.

–¡Buff! psicólogos –dijo casi vociferando Luis–, ¡la profesión más prescindible del mundo! Durante toda la maldita enfermedad de tu madre no fueron capaces de ayudarnos, ni a ti ni a mí.

El doctor Montes posó su mirada en los ojos de Paula con la típica expresión de estar perdiéndose algo importante y con la suficiente eficacia expresiva como para que Paula se viese en la obligación de explicar lo que decía su padre:

–Mi madre murió de cáncer cuando yo tenía trece años. Fue muy duro para todos.

–Entiendo –dijo de forma lacónica el doctor Montes–. Bueno, Luis. Mañana por la mañana comenzaremos con una serie de pruebas no invasivas que nos permitirán obtener información vital para determinar la situación actual de la enfermedad.

–El TEP... TAC, o cómo demonios se llame –dijo con cierto desdén Luis, arrastrando las palabras.

Paula acompañó al doctor Montes fuera de la habitación para poder tener un momento a solas.

–Me gustaría que pudiésemos hablar a solas una vez que tenga los primeros resultados. Entiéndame; como puede ver mi padre no es fácil de llevar, siempre ha hecho lo que le ha venido en gana, y todos estos cambios no creo que los lleve bien.

–Nadie los lleva bien, señorita Blanco.

–Llámeme Paula. Me hace sentir mayor.

–Los cambios nunca son bienvenidos, Paula. Esta es una enfermedad que no solo pone a prueba al enfermo, sino también a su entorno más cercano. Me decía usted del cáncer. En cierta medida es parecido, ya que los cánceres que no remiten, con fases de metástasis al final de la enfermedad, suponen un desgaste anímico, no solo para el enfermo, sino también para todo su entorno afectivo familiar.

Paula sintió que no era el momento de hacer saber al médico que su vida se desarrollaba en un avión, en tres apartamentos y en un sinfín de salas de reuniones por todo el mundo.

Al llegar a la oficina de Madrid, Berta, su asistente, le preparó un café. Después intentó ordenar sus ideas antes de la videoconferencia que tenía prevista con Londres con los dos principales socios de su fondo de inversión.

Antes de sentarse frente a la inmensa pantalla, en la principal sala de reuniones de la oficina una frase de su padre atravesó su mente como un rayo para estremecerla: «Esta maldita enfermedad te deja sin futuro, no sin antes ir borrándote el pasado».

Las imágenes de Noah Cohen y David Goldberg, principales socios y accionistas del fondo de inversión que gestionaba Paula, aparecieron nítidamente en la pantalla.

Noah Cohen era una mujer menuda y hermosa. No tendría más de treinta y cinco años cuando ya formaba parte de la élite financiera de La City londinense. Ahora, con más de sesenta y cinco, y pese a amasar uno de los patrimonios personales más importantes de Europa, seguía siendo una mujer enérgica, detallista y trabajadora. Nunca pensó en tener hijos, nunca tuvo eso que llaman «instinto maternal».

David Goldberg, su socio, era la parte creativa de un tándem casi perfecto. Imaginativo y osado, era, a sus sesenta y nueve años, el complemento ideal de Noah, ya que le aportaba el grado de audacia que a ella le faltaba. David tenía dos hijos producto de dos matrimonios fracasados. Daniel y Ethan eran sobradamente conocidos en la noche londinense por su facilidad para gastar libras en discotecas de moda y restaurantes con estrellas Michelín. Ambos disfrutaban de una vida de lujo y dispendio gracias al patrimonio amasado por su padre.

Este cóctel de imaginación, inteligencia, valor y profundo conocimiento del mercado, había permitido a los dos socios convertirse en un icono del sector financiero durante varias décadas. Paula Blanco había sido, desde que comenzó a trabajar para ellos, el perfecto reflejo de las cualidades de ambos. Desde su llegada al fondo de inversión habían monitorizado y tutelado su trayectoria. Los dos habían vivido como propios los triunfos de su pupila preferida. Y Paula había devuelto esa confianza con creces a base de conseguir pingües beneficios, cerrando operaciones muy rentables que habían sido referencia para el sector en la última década. En cierto sentido, Paula representaba para ambos la hija que no habían tenido o la que hubieran deseado tener.

–¿Cómo está tu padre, Paula? –preguntó de forma directa David.

–Bien, supongo. Tiene Alzheimer. Todavía no tengo claro en qué estadio está de la enfermedad. Tienen que hacerle varias pruebas para poder determinarlo.

–Querida –dijo amablemente Noah–, sabes que puedes contar con nosotros para lo que haga falta. Tenemos excelentes relaciones, tanto en Inglaterra como en Estados Unidos, dentro del sector médico. Tú solo tienes que decir qué necesitas para que nos pongamos a ello.

–Lo sé, y no sabéis cómo os lo agradezco. Por el momento el jefe de Neurología del hospital me parece de lo más competente. Y creo que mi padre no llevaría nada bien salir de Madrid en estos momentos –les aclaró a ambos.

–Es muy importante que el médico que lleve el tratamiento de tu padre os dé confianza. De no ser así, ya sabes que puedes contar con los dos.

–Gracias, de verdad. –En un intento de desviar la atención, Paula fijó el foco de la conversación en el trabajo y en los proyectos que estaba liderando y que –no sabía todavía hasta qué punto– podían verse afectados por la enfermedad de su padre.

–Ya sabéis, por los informes de cierre que os he enviado, que la venta del fondo de Japón está cerrada. Solo quedan dos formalidades.

–Al final el viejo Takeda no resultó tan complicado como parecía –exclamó en tono irónico David.

–No. Además, al no contar con aliados, enseguida asumió que la venta de la compañía era del todo inevitable. Creo que la convocatoria de esa última reunión obedecía más a cuestiones de su propia personalidad que a una verdadera apuesta por alterar la venta en sí.

–¡Los japoneses y su sentido del honor! –exclamó Noah, para sorpresa de Paula y de David, ya que este último era el que siempre se permitía ese tipo de comentarios. Se notaba que Noah también estaba de buen humor.

–¿Y ahora qué, Paula?, ¿qué tienes pensado hacer? –Noah disparó sin disimulo la pregunta que los tres sabían que tarde o temprano afloraría en la reunión.

–Por ser del todo sincera con los dos, todavía no tengo las cosas claras. Es decir, sé que tenemos varias operaciones que perfilar en la oficina de Nueva York con Scott, pero también creo que no soy del todo imprescindible. Por otro lado, con esta venta hemos cerrado la ronda de desinversión que teníamos pactada con nuestros accionistas. Es por ello por lo que había pensado tomarme unas vacaciones. Necesito estar en casa y saber más sobre la situación y la evolución de la enfermedad de mi padre y cómo está su organismo para afrontarla. Además, he de preparar y coordinar cierta logística.

–Paula, te hemos dejado claro que puedes y debes tomarte ese tiempo. Creo que David y yo pensamos igual al respecto. No existen urgencias en la actualidad que requieran un grado de dedicación total. Puedes supervisar las cosas desde Madrid. En caso de que precisemos montar alguna reunión, siempre podemos realizar una *call* u organizar un viaje rápido. –David corroboró con un gesto de cabeza lo que su socia terminaba de decirle a Paula.

–Gracias, sois fantásticos –Paula pareció emocionarse.

–Te lo has ganado, y con creces –matizó David.

El resto de la reunión consistió en coordinar agendas para que Paula trasladase a los directores de las oficinas de Nueva York y Londres el peso de sus gestiones. Habían decidido que desde Londres se llevarían también las operaciones de los países del sur, como llamaban a Francia, Italia, España y Portugal, que era la tarea, entre otras, que realizaría Paula desde la oficina de Madrid. Ella se encargaría de supervisar solo aquellas cuestiones de fondo que habrían de llevarse al Consejo ejecutivo, que era el máximo órgano de decisión, si exceptuamos a la junta general de accionistas, que solo se reunía una vez al año y en la que estaban representados todos los accionistas del fondo de inversión.

Al salir de la reunión Paula no pidió un taxi a la secretaría, como solía. Había terminado pronto y quería caminar. La incertidumbre sobre su futuro inmediato era algo nuevo para ella. No recordaba la última vez que había hecho algo que no estuviese perfectamente planificado. No se lo podía permitir. Sabía que si había llegado tan lejos en lo profesional en ese mundo de tiburones era precisamente por esa mezcla de inteligencia, auto-control y disciplina. Sin ella se sentía desnuda ante el mundo, huérfana de las principales herramientas que habían labrado su éxito y personalidad.

3. «PATER»

Padre. Un nombre que en sí mismo puede no significar nada o significarlo todo. Luis Blanco no estaba en Madrid cuando su única hija nació. Paula se adelantó dos semanas a la fecha prevista para su nacimiento. Nació justo en el mismo momento en el que su padre estaba terminando de montar en Italia su cuarto largometraje. Pese a que los estudios Cinecittà de Roma contaban con la mejor tecnología disponible en la industria del cine a finales de los años setenta, las comunicaciones no eran ni mucho menos comparables con las que tenemos hoy día. Una o dos semanas de retraso imprevisto durante el rodaje de una película podían suponer millones de dólares en pérdidas. Así que cuando una solícita ayudante de producción le entregó la nota informándole de su inminente paternidad, Luis solo pudo disculparse e inundar la clínica de Madrid de rosas rojas y amarillas, que sabía que eran las preferidas de Clara, su mujer.

Clara Torres, la mujer de Luis y madre de Paula, parió pues en soledad a la que a la postre resultaría ser para el matrimonio su única hija.

Luis y Clara se habían conocido en el rodaje de una película. Él era un irresistible ayudante de dirección, ella una hermosa y delicada secretaria de producción. La fama de mujeriego de Luis no evitó lo inevitable, solo lo retrasó un poco. Clara lo amaba de tal forma que rápidamente aprendió a perdonarle todo. Sus ausencias, sus cambios de humor, sus amantes ocasionales. Al final ella sabía que siempre regresaba, siempre.

Y así pasaron los años. Con un padre ausente por el trabajo, o ausente por la falta de él. Cuando Luis estaba en lo que él mismo denominaba «su fase creativa», la energía que desarrollaba era de una naturaleza tal que podría haber iluminado una bombilla solo con haberla cogido entre sus dedos. Cuando el trabajo faltaba, sus periodos depresivos se acentuaban.

Luis Blanco fue durante la década de finales de los sesenta, los setenta y los ochenta, el máximo exponente del cine fantástico en un país carente de ninguna tradición en este género antes de su eclosión como director. Su capacidad para levantar los proyectos cinematográficos, no ya solo de escribirlos sino de diseñar cada una de las secuencias, los decorados, los filtros de fotografía, como si de un artesano se tratase, habían trascendido el país y hasta su retirada definitiva en 2006 fue considerado como un autor de culto en todo el mundo, sobre todo en los Estados Unidos, donde sus admiradores se contaban por legiones. Cada vez que viajaba allí, una vez retirado, para la remasterización de una de sus películas, para un homenaje o para la presentación de un libro sobre su trayectoria profesional, sentía que aquel país era en el único sitio de la Tierra donde realmente habían sabido entender y conectar con la esencia de su trabajo. No es que no se sintiera halagado con la cantidad de premios y homenajes que le habían concedido en España, sino que en Estados Unidos admiraban su capacidad para reinventar su propio cine, su sagacidad para entender por dónde iría la industria, su magisterio para conseguir que películas de autor arriesgadas para su tiempo fuesen admiradas tanto por la crítica como por el público que llenaba las salas. Esa misma unanimidad nunca la había logrado en su propio país, donde muchas de sus películas habían sido vilipendiadas, destrozadas por hordas de críticos incapaces de trascender el momento, de entender que esa película que criticaban estaba marcando un antes y un después en la industria, como solía ocurrir con el paso del tiempo, que se convertían en películas de culto.

Ninguno de esos éxitos, nacionales o extranjeros, mitigaron su insaciable necesidad de crear, su amor por el trabajo, su pasión por el cine. La autocomplacencia solía evaporarse de sus oídos con la misma rapidez que aparecía. Los halagos no le llegaban a colmar nunca, los premios terminaban como pisapapeles, como topes de las puertas de la casa para evitar que la corriente las cerrara, como recuerdos para visitantes. Nunca le interesó el ayer, siempre solo el mañana. Una vez terminada una película, la promoción, las entrevistas y los estrenos le resultaban un fastidio, un mal menor que había que soportar para poder seguir haciendo cine.

Paula aparcó su lujoso coche de alta gama frente al chalé de su padre, situado en una exclusiva zona residencial de las afueras de Madrid.

Llamó al timbre y, tras unos segundos de espera, una cálida sonrisa la recibió con sincera alegría.

–Tú debes ser Paula.

–Sí, esa soy yo. Perdona, mi tía me comentó el otro día tu nombre, pero la verdad es que lo he olvidado.

–Soy Teresa –dijo la mujer apartándose del umbral de la puerta para que Paula pudiese pasar con comodidad. Y volvió a sonreírle.

Al entrar al salón, en la planta baja del chalé Paula pudo ver a Luis sentado mirando, a través de las puertas acristaladas, su cuidado y amplio jardín.

–¡Luis!

Luis giró la cabeza justo en el momento en que Paula bajaba los tres peldaños que separaban las dos alturas del salón.

–¡Hola! ¿Te vas a quedar?

–Sí, esa era mi intención. Espero que no te importe. He pensado estar una temporada en Madrid.

Paula se sentó en el sofá de la zona baja del salón, el más cercano a la terraza cubierta y el jardín.

–No es necesario que hagas eso, Paula. Ya oíste lo que dijo el doctor: esto va para largo. Prefiero que hagas tu vida; ya llegará el momento en el que te necesite.

–Luis, quiero hacerlo. Hay que tomar decisiones, hay que hacer un sinfín de pruebas médicas y hay que organizar esta nueva etapa de tu vida. Quiero estar junto a ti, de verdad.

–Bueno, tengo que estar realmente muy mal. ¿El médico te ha dicho algo que yo no sé? Quiero decir, ¿me estáis ocultando información sobre el estado real de la enfermedad?

–No. Por Dios, Luis, nunca permitiría que algo así pasara. Además, el juramento hipocrático impide a los médicos ocultar información relevante o sensible a los pacientes.

–¡Déjate de juramentos hipocráticos, joder! Tienes un puesto de muchísima responsabilidad, no quiero que después de todos los esfuerzos que has realizado para llegar a donde estás ahora frenes tu carrera profesional o puedas arruinarla por mí. Sé lo que es ser casi imprescindible para una empresa.

–¡Luis! no nos pongamos tan intensos. Ya he discutido esta decisión con mis superiores y me he coordinado con toda la gente con la que de algún modo colaboro o depende de mí. No quiero que esto sea una preocupación ahora, ¿ok?

Luis se dio cuenta de que, si insistía, en el salón se volvería a instalar otra situación incómoda. La misma atmósfera que a lo largo de los años había acompañado la relación con su hija. Algunos armisticios les habían salvado de la desconexión total, de una ruptura abrupta. Unas veces por cesión de Paula, la gran mayoría, otras por la intermediación de familiares o amigos, generalmente su tía Alba.

–Como quieras. No puedo impedirlo, pero ya sabes mi opinión. Creo que por el momento es mejor dosificar las concesiones. Ya oíste a los médicos: esta hija de puta nos va a dar mucha guerra.

Teresa se acercó hasta ellos con una bandeja con agua mineral y una serie de medicinas pautadas por los médicos.

–¡Joder! Teresa es peor que tú. ¡Qué cruz tengo con vosotras!

–¿Estás ahora muy liada, quiero decir, puedes tomarte dos horas de desconexión de ese maléfico móvil que consultas todo el tiempo? –le preguntó al terminar de tomarse las pastillas y no siendo todavía las doce del mediodía...

–¿Cuál quieres ver esta vez, *Frankenstein, La novia de Frankenstein, La Momia*?... ¿*Drácula*?

–Nunca deja de impresionarme cómo me conoces. Me conoces mucho mejor que tu propia madre.

–Bueno, yo nunca te he idolatrado como hacía ella; eso me permite ver al hombre que hay detrás del mito –dijo y le guiñó el ojo.

Paula enseguida se dio cuenta de que el clima de cierta relajación y confianza se había evaporado.

–Perdona, siento el comentario.

–No, no lo sientes. Pero te perdono. No quiero que me dejes sin película.

–¿Y? –volvió a preguntar Paula.

–*Frankenstein*, por supuesto.

Se dispusieron a ver la película de la Universal de 1931 en la sala de cine que Luis tenía en el semisótano de la casa. Ideada y construida en su última etapa profesional, la sala seguía resultando impresionante, pese a que mucho del material técnico que poseía estaba un tanto desactualizado. Las cinco hileras con siete espaciosas butacas de cuero cada una, amplias y confortables, junto a la impresionante pantalla y el sonido, hacían que la sala de cine privado de Luis no tuviese nada que envidiar a ninguna sala de proyección profesional.

Paula se sentó junto a su padre. No podría decir la fecha de la primera vez que vio la película. Tampoco tenía claro las veces que la había visto. A Paula le maravillaba la capacidad de su padre para disfrutar con películas que había visionado infinidad de veces. Si un extraño se sentara junto a los dos es más que probable que obtuviese la impresión de que ambos veían la película por primera vez, tal era el amor que sentían por esas «maravillosas obras de arte», como las denominaba Luis. Permanecían imperecederas para seguir cautivando a los espectadores de todo el mundo con cada uno de sus fotogramas. Eran, como las obras de arte, atemporales.

Pronto, no recordaba a qué edad exacta, Paula descubrió que también amaba el cine fantástico. Lo que a otros niños de su edad les producía terror, a Paula le maravillaba, pero no por las escenas morbosas y sangrientas, sino por la triste soledad y melancolía que despertaban en ella todos aquellos monstruos del cine clásico de los años treinta. Tan solitarios, tan poéticos, siempre en busca de amor y comprensión.

Al terminar la película subieron a tomar algo a la cocina.

–Siempre que veo la película descubro algo nuevo –se sinceró Paula con su padre–. Es increíble la ternura que despierta Karloff.

–Sí, un actor bastante limitado que encontró en ese personaje la quintaesencia de sí mismo. La verdad es que nunca sabremos dónde terminaba uno y comenzaba el otro.

–Es una curiosa reflexión.

–Aunque ahora, a mí, en mis actuales circunstancias, me vendría mejor tener el favor de Prometeo.

Paula, que había cogido una apetecible manzana, se quedó mirando a su padre con una expresión lo suficientemente elocuente como para que Luis se viese en la obligación de tener que armar un poco más su argumentación.

–¡El mito de Prometeo! Ya te lo he contado muchas veces; es en el que se inspiró Mary Shelley para escribir la novela.

–Eso… y la explosión del volcán Tambora y el verano invernal junto al lago Lemán en Villa Diodati, supongo que junto al láudano y los excesos de Lord Byron… Sí, conozco todos los detalles; además está en el título de la obra. Pero ¿qué tiene que ver Prometeo con «tus actuales circunstancias»?

–Me vendría bien un osado Titán que fuera capaz de desafiar a Zeus para hacer avanzar la ciencia médica y ayudarme –le respondió él guiñándole el ojo a su hija.

–Luis, ya sabes que tu interpretación de la obra no es la mía. El verdadero monstruo es Víctor Frankenstein, que quiere desafiar a Dios para volver a dar vida, incluso quebrantando los límites de la ciencia. Cuando el experimento le sale mal, no quiere asumir su responsabilidad, dejando desvalido al ser que ha creado. Hemos matado a Dios y hemos entronizado a la ciencia pero seguimos muriendo. Si las cosas avanzan y tenemos mejor calidad de vida, bienvenido sea, con eso no tengo ningún tipo de prejuicio ético. Hay que dotar de recursos a la ciencia para mejorar y controlar la vida por encima de las limitaciones que en la actualidad nos impone la naturaleza.

–Exacto, pero eso nos acercaría demasiado a la labor de los dioses y no me gustaría enfadarlos; ya sabes cómo terminó Prometeo cuando cabreó a Zeus.

–No me acuerdo, recuérdamelo una vez más –y Paula le regaló una expresión pícara de niña mala.

–Zeus, para vengarse por haber entregado el fuego al hombre, lo encadenó a la roca de una montaña por toda la eternidad e hizo que un águila devorase su hígado cada noche. Como era un Titán inmortal, cada día su hígado volvía a crecer y el águila lo volvía a devorar. En fin, un castigo terrible.

–Por eso me gusta tanto la figura del monstruo de Frankenstein. Los mismos que lo crean lo condenan, ya que no les parece digno de vivir. Pero jugar a ser Dios tiene sus consecuencias y estas suelen ser terribles.

–¿Te he contado alguna vez que cuando era un pobre meritorio de cine que estaba apenas comenzando en esto conocí a Boris Karloff? Era una producción de bajo presupuesto; él estaba ya muy viejo pero seguía conservando esa presencia tan elegante. Al terminar la jornada se puso a llover y algún desgraciado se olvidó de mandar el coche de producción para recogerlo y llevarlo al hotel. Como nadie hablaba inglés, salvo una secretaria de producción y su intérprete, que ya se había largado, se quedó esperando el coche bajo la lluvia. ¿A que no sabes qué pasó entonces?

–No, ¿qué pasó?

–Que se puso a llorar como un niño desvalido. Todavía recuerdo la impotencia que reflejaba su rostro asustado, la sensación de derrota y desánimo ante la situación. Estaba al final de su vida y él lo sabía. Fue terrible pero tremendamente aleccionador para alguien que comenzaba como yo.

–Qué historia tan triste, Luis.

–Sí, lo es. Por cierto, ¿te quedas a cenar?

–¿Y por qué no salimos a cenar juntos? Hace años que no lo hacemos. No recuerdo la última vez que cenamos juntos en Madrid.

Luis, a pesar de no tener ninguna gana de salir de su casa para ir a un restaurante, era completamente consciente de que había pasado demasiado tiempo desde la última vez, por lo que aceptó la invitación.

–Ok, quédate por la tarde y después de mi siesta sagrada salimos juntos a cenar.

La cena fue magnífica, sin reproches, sin medias verdades, sin necesidad de fingir para ocupar los silencios incómodos de otras ocasiones. Ella se levantó de la mesa para ir al baño y Luis pudo observar con toda nitidez como varios comensales de mesas cercanas la observaban, algunos de ellos con indisimulado deseo, otros con intriga, ellas con una mezcla de envidia, avidez y curiosidad. A Luis le sorprendió la capacidad que tenía su hija para concitar la atención de hombres y mujeres, parecía una especie de imán.

Paula volvió del baño y se sentó junto al postre que terminaban de servir en la mesa. Estaba hermosa.

–Me maravilla que tengas el cuerpo que tienes con la cantidad de azúcar que te veo tomar. Te pareces a tu madre en eso; ella también tenía una capacidad inusitada de sintetizar glucosa sin engordar.

–No tomo tanto azúcar. No creas que pido postre siempre que como en un restaurante. Es más, no suelo hacerlo. Pero esta noche estoy contenta. Me ha gustado mucho pasar la tarde contigo, Luis.

–A mí también, la verdad. Podemos volver a repetirlo cuando quieras, al menos mientras lo pueda recordar.

Al llegar a las oficinas centrales de Orizont Investment, después de una semana de locura en Madrid, Paula sintió que volvía a recuperar el pulso de su vida. Que el espacio natural, el ecosistema donde se sentía más segura era analizando balances, cuentas de explotación y posibilidades de compra de activos.

Al entrar en su despacho de la décimo cuarta planta del rascacielos de La City observó el plomizo y monocorde cielo londinense. Después de dejar el abrigo y encender el ordenador se dirigió al *office* de la zona noble de la oficina, que ocupaba dos plantas del rascacielos para tomar un café. Pese al característico aroma que el café desprende, otro olor conocido atrajo la curiosidad de su pituitaria: el inconfundible perfume que desde hacía décadas utilizaba Noah Cohen.

–Hola Noah –la saludó sin girar el cuerpo.

–Me sigue sorprendiendo tu capacidad para discernir y detectar olores. Es verdaderamente intrigante, casi animal.

–Y a mí tu fidelidad a ese perfume –dijo Paula y se acercó a Noah para darle un beso.

Después de tomar café y ponerse al día de cuestiones personales, se dirigieron a una de las salas de reuniones del fondo para, como tantas veces, esperar a David Goldberg, que llegaba tarde. Según se acercaban a la sala, Paula reconoció la singular espalda de Thomas Fisher, sentado ya a la mesa. Al entrar en la sala giró la cabeza.

–¡Paula, querida! –y se acercó para darle un beso–. Siento mucho la enfermedad de tu padre.

–Gracias, Thomas. Agradezco mucho tus palabras y, en fin, espero que este intervalo sea lo menos lesivo posible para todos. Te quiero agradecer que asumas con tanta generosidad mi carga de trabajo en este momento tan delicado para mí.

La conversación siguió produciéndose en los mismos y neutros términos coloquiales sin entrar en ninguna materia delicada mientras seguían esperando a David.

Como siempre hacía, David fue directamente a darle un beso a su socia, Noah, que lo recibió con un gesto inequívoco de contrariedad por su tardanza. Luego, con una amplia y sincera sonrisa, se disculpó con Paula y con Thomas.

El objetivo de la reunión era, claro, coordinar el traspaso a Thomas Fisher de los asuntos más delicados e importantes que llevaba Paula.

Thomas, al igual que Paula, era uno de los activos humanos del fondo. No era socio todavía como Paula, pero todo apuntaba –y este nuevo trabajo así lo corroboraba– a que contaba con la confianza de los principales accionistas del fondo, Noah y David.

Paula y Thomas colaboraban habitualmente desde que él se había hecho cargo de la oficina de Londres. Thomas sentía admiración por el trabajo que Paula había realizado y era perfectamente consciente de que la reunión que estaban teniendo, motivada por el desgraciado e inesperado asunto personal de Paula, le había catapultado a la primera línea de la empresa. Era una oportunidad que tenía claro que no debía desperdiciar.

La enfermedad de Luis llegaba en un momento de cierto *impasse* para el fondo de inversión, ya que algunas de las operaciones importantes de venta, como la de Japón, ya estaban firmadas, y otras operaciones de compra estaban todavía en fase de estudio y análisis. No obstante, todos en esa reunión eran conscientes de que la «tregua» que los inversores internacionales del fondo les concedían era mínima, ya que la naturaleza de la propia firma era esa: vender empresas adquiridas años antes con una importante plusvalía económica. El negocio nunca paraba; repartir dividendos con los socios de una operación y volver a «levantar» capital para la adquisición de una nueva empresa que poner en valor. Normalmente sus ciclos temporales eran de cinco años; tres años de inversión para poner el activo en valor y dos años de desinversión para ir vendiendo los activos cuando se consideraba que el mercado estaba maduro para su compra. Normalmente elegían activos de mercados elásticos cuya demanda tuviese todavía capacidad de fuerte crecimiento. En Orizont Investment eran verdaderos magos en conseguir eso: vender sus activos en el momento álgido de la demanda, con lo que conseguían pingües beneficios. Al final todo obedecía a una dinámica bastante sencilla y razonable: inviertes cien, te hago ganar mil y cuando quiero invertir en otro activo puedo elegir a mis socios, ya que todos los inversores internacionales quieren confiar su dinero a un fondo así.

–Bien, creo que todo está bastante claro, Thomas –dijo a modo de síntesis Noah–. No obstante, para las operaciones de adquisición que estamos llevando a cabo en Italia y España, me gustaría que Paula tuviera la última palabra una vez que tengáis finalizados todos los estudios de viabilidad y antes de presentarlos al Consejo. Quiero que ella los supervise.

–Sí, claro, yo me sentiría más tranquilo también. Nadie conoce esos mercados mejor que Paula –dijo Thomas guiñándole un ojo.

–Pues todo claro. Por mi parte nada más. ¿Quieres decir algo tú, David? –le preguntó Noah a su socio.

–No, me parece que todo está muy bien atado. No quiero parecer brusco, Paula, pero la verdad es que si hubiésemos tenido que elegir un momento para que desconectases del día a día, este me habría parecido el más propicio. Además, no te vas al Tíbet; puedes contactar regularmente desde la oficina de Madrid y tenemos las nuevas tecnologías. ¡No te vas a librar tan fácilmente de nosotros, jovencita! –y le sonrió.

Al salir de la sala de reuniones y despedir a Thomas, David y Noah le propusieron a Paula ir a comer al exclusivo club privado al que los dos pertenecían, que estaba en uno de los barrios más pudientes de Londres.

La comida fue agradable; para Paula resultaba muy novedoso poder compartir experiencias, anécdotas y sentimientos con sus dos jefes fuera de un contexto puramente profesional.

Al terminar la comida y ya acunada en un sillón de orejas de cuero frente a una imponente chimenea isabelina que parecía haber sido diseñada por el propio Vulcano, Noah, que estaba sentada junto a Paula y a las que solo las separaba una pequeña mesa con cafés y licores, le preguntó:

–Querida, supongo que habrás pensado qué vas a hacer ahora con tanto tiempo libre. Cuando estás absorbida por este mundo al que pertenecemos, donde cada segundo cuenta, el tiempo libre es un lujo.

–Sí, es cierto. Cuando los niños eran pequeños y nos íbamos de viaje con ellos unos días durante las vacaciones, no recuerdo ni un solo día en el que pudiese desconectar del trabajo –les reconoció David a las dos–. Supongo que ser un padre ausente tiene su penitencia, y en mi caso así me van las cosas con los chicos.

Paula y Noah esbozaron una tímida sonrisa para intentar empatizar con el comentario de David.

–David, les has dado a tus hijos el mejor patrimonio que un padre puede dar, los mejores colegios y la mejor universidad. Además de esto, les has, perdona que matice, les hemos dado varias oportunidades empresariales que han desaprovechado. Son ellos solitos los que se están labrando su propio camino –reconoció Noah sin perder la ocasión de deslizar un comentario con cierto tono de reproche a los dos hijos de David.

–Sí, tienes razón. Pero ambas tenéis que concederme una cosa: la paternidad te hace terriblemente débil. Ninguna de las dos tenéis hijos, pero os aseguro que cuando los tienes resulta muy complicado poder ser objetivo en casi nada, máxime cuando siempre tienes la mala conciencia de estar dándoles los restos, el tiempo que te queda libre después del trabajo. Mala conciencia se llama –y cogió con elegancia una copa de brandy que se llevó inmediatamente a los labios.

–Pero no hemos dejado que Paula conteste a mi pregunta. Perdona querida por la falta de tacto –se disculpó Noah.

Paula, que respiraba aliviada con la perspectiva de que la pregunta que Noah le había realizado se hubiese disipado en la atmósfera algo cargada del salón tras las siguientes confidencias de David, volvió a sentir la presión de tener que dar una respuesta. Sabía que, pese al aparente contexto de relajación, cordialidad y confianza del encuentro, las preguntas de Noah no eran nunca inocentes y obedecían a sus propias motivaciones, a sus propios intereses.

–Creo que tienes razón; no recuerdo la última vez que tuve que gestionar la perspectiva de tener tanto tiempo libre. Desde que tengo uso de razón siempre he ocupado mi tiempo en cosas que pensaba que me resultarían provechosas. Depender además de la agenda de mi padre, de sus estados de ánimo, me genera cierta incertidumbre. Nunca os he ocultado que la relación con Luis, mi padre, es..., digámoslo así, mejorable.

–Cuando trabajas tantas horas y durante tanto tiempo con alguien hay cosas que no se preguntan, se dan por sabidas –contestó David para dejar claro que les resultaba del todo obvia la relación de Paula con su padre, o más bien la falta de ella.

Paula miró fijamente a los penetrantes ojos de Noah que, clavados en ella, seguían esperando una respuesta.

–Espero aprovechar estas semanas para poder planificar y organizar la vida de mi padre para el inmenso reto que tiene por delante. Poner en orden sus finanzas, elegir a la persona o personas que han de ayudarlo, hablar con mi familia para calibrar hasta qué punto puedo contar con ellos, sobre todo con mi tía Alba, que es la única hermana de mi padre; en fin, organizar lo que está por venir.

–¿Ella se puede encargar de él? Quiero decir, sabemos que tu padre nunca ha sido fácil de llevar. ¿Tiene tu tía ascendencia sobre él, respeta su opinión? –siguió preguntando Noah.

–Mi padre no respeta la opinión de casi nadie. Es su hermana pequeña sí, y le tiene cariño, pero el problema es que mi tía tiene su propia familia, marido, hijos y nietos, y no puede encargarse de él –confesó Paula con una sensación un tanto impúdica, ya que era la primera vez que hablaba de temas tan personales con sus dos jefes.

–Tengo dinero ahorrado y mi padre tiene incluso más que yo. Hace años, cuando empezaba con vosotros invertí parte de sus ahorros en operaciones que resultaron bastante bien. El dinero no es un problema. Quiero, con la información que me faciliten los médicos, contratar personas de confianza que nos ayuden y adecuar esas ayudas a cada fase de la enfermedad.

Después de terminar de tomar el café y el brandy, los tres se despidieron, ya que Paula, pese a contar con un apartamento en Londres, quería coger un avión y dormir en Madrid. Al día siguiente su padre tenía una serie de pruebas médicas a las que quería acompañarlo.

Las dos primeras semanas desde el encuentro en Londres con sus jefes resultaron tan febriles de actividad que a Paula se le pasaron volando.

Los resultados que fueron recibiendo llenaron a Paula de una indisimulada desesperanza. La enfermedad avanzaba más rápido de lo que los propios especialistas habían podido prever en función de la edad y las distintas pruebas que le habían realizado a Luis con anterioridad.

Tumbada en la cama de su ático de Madrid y una vez que ya había dejado a su padre en casa, Paula se quedó con la mente en blanco. Le sorprendió la sensación de paz y tranquilidad. Nunca en toda su vida su mente se había quedado en ese estado. Se estremeció porque, lejos de sentir desasosiego al explorar una sensación ignota en ella, le confortaba.

Y así permaneció por un tiempo, hasta que la música de Bach que provenía del salón la rescató del limbo.

Los meses fueron precipitándose en el calendario con una inusitada rapidez, como inexorables testigos de la evolución de la enfermedad.

Paula consiguió, como hacía siempre que se proponía algo, coordinar las visitas a los médicos y contratar a una enfermera y a un fisioterapeuta especializado para que ayudasen a su padre. Además contaba con la inestimable ayuda de Teresa, que era la empleada de hogar que vivía en la casa. Compaginó con maestría esa otra vida con la suya propia, ya que, pese a no seguir teniendo la misma carga de trabajo que tenía antes de la enfermedad, con el paso de los meses esta se había incrementado obligándola a ir incorporándose e implicarse más en los distintos proyectos que el fondo de inversión manejaba. La profesionalidad y pericia que Thomas Fisher había demostrado habían resultado del todo notables, pero sin Paula en los proyectos los inversores privados e institucionales se sentían más reacios a invertir, algo que tanto Noah como David sabían perfectamente. Paula Blanco liderando una operación era sinónimo de éxito y rentabilidad, y todo el mundillo financiero de La City londinense lo sabía.

El ritmo de Paula durante esos meses resultó frenético. Viajes, reuniones, médicos. Estar físicamente en un sitio pero con la cabeza en dos o tres a la vez resultaba agotador. Pese a ello, pese al mal humor con el que Luis la recibía después de llegar de algún viaje de negocios, se obligaba a mostrar su mejor disposición, sacando fuerzas de donde no tenía.

Terminaba las reuniones en Londres, Nueva York o Nueva Delhi y siempre buscaba la mejor combinación posible para volver a Madrid. No importaba lo cansada o lejos que estuviese; no quería permanecer ni un segundo más del necesario en una ciudad que no fuese Madrid.

Estando en un avión en medio del Atlántico, un sentimiento cruzó su mente con certera capacidad de transformarse en una verdad que había permanecido oculta y reprimida durante largo tiempo entre sus sentimientos, tanto que le hizo estremecerse en su cómodo asiento de *business*.

Y en ese preciso instante, a nueve mil pies sobre el océano Atlántico, Paula Blanco entendió por qué estaba haciendo ese descomunal esfuerzo. Aquel hombre al que llamaba Luis y que era su padre le importaba más de lo que nunca había estado dispuesta a reconocer.

4. «HE CRUZADO OCÉANOS DE TIEMPO PARA ENCONTRARTE»

Ya había pasado un año desde el diagnóstico de la enfermedad. Al margen del torvo carácter de Luis, que cada vez se tornaba más incontrolable, la enfermedad todavía no se había materializado desde un punto de vista externo. De hecho, las personas que conocían a Luis de forma más superficial no podían determinar que realmente tuviese ningún tipo de problema de salud.

En todo caso Paula intentaba controlar la exposición de su padre a terceros. Pese a estar ya retirado del mundo del cine, las invitaciones a coloquios, presentaciones, retrospectivas, colaboraciones, menciones públicas y privadas... no paraban de llegar a su casa o a través de la productora que controlaba parte de los derechos de su obra cinematográfica. Paula sabía que su padre, que siempre había odiado esa parte de su trabajo, no pondría ningún problema para que ella educadamente las declinase todas. Esto era lo único en lo que Luis colaboraba y no le importaba que ella tomase las decisiones por su cuenta. En el fondo le hacía el trabajo sucio. En todo lo demás tenía que consultarle.

–Luis, me ha dicho Julián Sepúlveda que esta semana que he estado fuera no has trabajado nada, que no has ayudado en absoluto –le espetó Paula con tono directo y sin disimular su contrariedad al entrar en el salón.

–Cada vez que viene esa bestia a casa luego me paso toda la tarde con dolores. No quiero que venga más, no sabe lo que hace. Creo que ese cabrón es un maldito psicópata; veo la cara que pone cuando me está haciendo daño.

–Julián Sepúlveda es uno de los mejores fisioterapeutas que hay en Madrid en tratamientos geriátricos. Ya sabes que el doctor Montes te recomendó que hicieras ejercicio y tener los músculos elásticos y tonificados, y ya me dirás cómo lo hacemos si no quieres moverte de ese maldito sillón.

–Me hace daño cada vez que viene. No quiero que venga más; disfruta mortificándome, lo leo en su mirada. Prefiero que sea una mujer, una masajista, y que me den masajes relajantes, no estas palizas para sadomasoquistas adictos.

–Sí, Luis, masajista. Y ¿qué más quieres? ¿te busco una de veinte años y experta en masaje tailandés?

–¡Pues no estaría mal, y con final feliz! Al menos, todavía tengo sensaciones por ahí abajo.

–Luis, por favor, hay cierta información sobre tu fisiología que no quiero conocer como hija.

–Tienes cara de cansada. De hecho, las ojeras que tienes debajo de los ojos están empezando a adquirir un preocupante tono violáceo.

–Gracias, Luis, eres único subiéndole la autoestima a una mujer.

–Me preocupo por ti. Y, por cierto, ¿de dónde has venido esta vez?

–De Nueva York. Pero no te preocupes, he podido dormir en el avión. De hecho creo que ya soy una verdadera experta en distintas formas de conciliar el sueño en altura –y sonrió a su padre intentando buscar un poco de complicidad que rebajase su aparente preocupación.

–¿Has venido directamente del aeropuerto o has pasado por tu apartamento?

–He venido directamente. Tenía ganas de verte y de que cenáramos juntos. ¿Quieres que vayamos a nuestro japonés favorito?

Pese a sentir que estaba sucia, con la misma ropa desde hacía más de doce horas, no quería darle la sensación a su padre de lo extenuada que se sentía realmente.

–No sé, pareces cansada. Ya me has visto, por el momento sigo respirando. ¿No prefieres irte a casa y descansar?

–No, venga, ponte guapo y nos vamos a cenar. Te espero aquí. ¡Pero no tardes mucho o me quedaré dormida en el sofá!

Luis sabía que su hija estaba agotada pero por una extraña razón que no llegaba a comprender quería ir a cenar con él. Para él resultaba del todo obvio que el cansancio había invadido y consumido su organismo en los últimos meses. Cada vez estaba más demacrada. Además, Paula jamás había sabido mentirle. Pese a ello decidió salir esa noche a cenar con su hija. Comenzaba a sentir como la enfermedad iba cada día mermando un poco más sus capacidades. Por el momento eran cosas sutiles del día a día que, eso le parecía, el resto de personas no eran capaces de percibir. Pequeños síntomas que la agobiaban al irse acortando en el tiempo su aparición. Todo eso rondaba su mente mientras el agua tibia de la ducha se deslizaba por su plateada cabeza. La ducha le sentó bien y se vio con ánimo de ponerse una americana negra y una camisa blanca de hilo. Al entrar ya perfumado en el salón, vio a su hija dando cabezadas en el sofá.

–Paula, ¿lo dejamos para otro día? Te veo realmente cansada.

–¡No! –Al desperezarse un poco, le gustó reencontrarse con su padre. Al menos con el padre que recordaba. Luis estaba radiante con la chaqueta y la camisa, y con el pelo largo engominado hacia atrás. «Parece un modelo de ropa para hombres maduros», pensó esbozando una ligera sonrisa.

Hacía tiempo que ninguno de los dos iba al restaurante. Luis Blanco había sido siempre uno de sus mejores clientes. Tras largas temporadas trabajando en Japón para el canal público NHK, era buen conocedor de la comida japonesa y supo apreciar la calidad de la materia prima de aquella novedosa oferta gastronómica en un Madrid que se desperezaba apenas del tardofranquismo. Así que desde el momento en el que el restaurante abrió él pasó a ser uno de sus clientes más fieles. Paula lo acompañaba en ocasiones y de esa forma y a lo largo de los siguientes años ella misma se hizo asidua. Esa fidelidad mantenida por tantos años es la que les permitía ir juntos, o por separado, y poder tener la mejor mesa posible que tuviesen sin reservar.

–¿Y cómo van las cosas por New York?

–Bien, con los últimos detalles de una operación que estamos a punto de cerrar. Como siempre pasa, al final hay alguien a quien le entra el vértigo antes de la firma y requiere de mi presencia.

–¡Qué curioso me parece tu mundo! Por un lado es sofisticado y técnico, con millones de datos que entran en juego a la hora de decidir comprar o vender, pero a la vez supeditado a factores que son imposibles de medir.

–¡No lo hubiese definido mejor! De hecho manejamos un concepto desde hace muchos años que resume eso que terminas de afirmar: «*Ceteris Paribus*».

–¿Es latín? –preguntó Luis metiéndose un delicioso trozo de atún rojo crudo en la boca.

–Sí, es un término latino. Es una idea aparentemente sencilla pero que nos permite analizar fenómenos complejos y facilitar su estudio y análisis. Lo que hacemos básicamente es dejar constantes todas las variables de una situación que queremos modelizar, estudiar, menos aquellas cuya influencia realmente queremos medir. Esto nos permite ahorrar un montón de energía y recursos, ya que simplifica una barbaridad el análisis.

–¿Las cosas que no son objeto de estudio las dejáis fijas, como si no se alterasen?

–¡Exacto! No es factible medir todos y cada uno de los factores que entran en juego en una operación financiera compleja. Serían millones de variables las que habría que medir o valorar. Como podrás entender, no podemos tener todas ellas en cuenta. Habría que movilizar tal cantidad de recursos humanos e informáticos que resultaría inviable poder analizarlas.

–Y entonces, ¿qué tenéis en cuenta, solo lo fundamental?

–Más o menos. Nunca el coste de la información puede ser mayor que el beneficio que la misma te aporta, ¿no crees?

–Sí, tiene sentido. Pero el que elige qué factores o variables son las que entran dentro del modelo de estudio es el que tiene toda la responsabilidad, sobre todo si deja fuera factores que *a posteriori* se ve que habrían resultado fundamentales y no han sido tenidos en cuenta.

–Entre otras, esta es una de las tareas más relevantes e importantes que hace tu hija en su trabajo: estudiar bien los proyectos analizando su viabilidad. En definitiva, qué cosas consideramos y qué cosas dejamos fuera.

–Pero... ¿no todos son viables?

–No, en ocasiones hay proyectos que con un análisis superficial parecen interesantes, pero que en el momento en el que profundizamos vemos que resultan complicados y arriesgados.

–Pero no siempre son factores económicos los que hacen que un proyecto sea o no viable, ¿verdad? –preguntó Luis con curiosidad, ya que no recordaba la última vez que hablaba con Paula de su trabajo.

–A veces son factores jurídicos, a veces políticos; estos últimos suelen ser los que menos controlamos. Los aspectos financieros de una operación, una vez que dominas la técnica y tienes experiencia, resultan sencillos de analizar;

son estos otros aspectos cualitativos los que más complicaciones pueden dar.

–Hija, no te envidio. Desde que eras muy pequeña tenía claro que no te dedicarías al trabajo de tu padre. Siempre te gustaron las matemáticas y supongo que el orden y la certidumbre que te aportan.

–Sí, siempre me gustaron y no por el orden. Al final la matemática es un lenguaje. En la antigua Grecia vivían un grupo de filósofos, «Los Pitagóricos», que se pasaban la vida profundizando en el conocimiento matemático y creando música. De hecho, si alguna vez tuviésemos que establecer contacto con una inteligencia de otro planeta, lo haríamos utilizando series secuenciales musicales. La música y sus compases son básicamente métrica, y por lo tanto matemática.

–Como en *Encuentros en la Tercera Fase*, con el órgano tocando la secuencia musical. Ta, ta, ta, ta, ta –Luis intentaba imitar el famoso compás musical de la película.

–Sí, sí, algo así.

Una vez terminada la cena y pese al tremendo cansancio que tenía, a Paula le compensó haber podido hablar con su padre de algo distinto a su enfermedad. No recordaba la última vez que Luis se interesó por su trabajo sin sentirse juzgada o despreciada por no haberse dedicado al noble arte de hacer películas de cine. Por no haber sido una «artista» como él.

Antes de dejarlo en la puerta de su casa, a Paula le apeteció proponerle que al día siguiente viesen una película en la sala de cine que Luis tenía en el chalé. Era jueves y hasta el martes siguiente no tenía que viajar.

–¿Quieres que mañana después de la sesión con Julián veamos una película juntos?

–Me gustaría mucho, hija. Vente pronto y así mando al carajo al joven maltratador de ancianos. Creo que ese cabronazo me odia.

–Por favor, tienes que tener paciencia con él. No olvides que está aquí para hacerte las cosas más fáciles. No puedo creer que después de una sesión de estiramientos no te encuentres mucho mejor.

–Podríamos simultanearlo. Unos días que venga el musculoso maltratador y una o dos veces a la semana una jovencita que me dé masajes «relajantes». Creo que eso sí sería beneficioso para mí.

–Y dale con el monotema. ¡Eres un viejo verde incorregible!

Los dos se rieron. A Paula le gustó poder reírse con su padre, disfrutar de su compañía sin tener que estar haciendo algo importante o trascendente. Simplemente estando juntos, sin más.

Al llegar a su apartamento se fue quitando la ropa, dejándola caer a lo largo del pasillo distribuidor. Los colores de las prendas producían una curiosa policromía en contraste con el color miel del barniz de la madera. Inertes, se quedaron como testigos mudos de la soledad de su apartamento. Ya completamente desnuda, entró en su espacioso baño. Al observar su cuerpo frente al espejo, se dio cuenta de hasta qué punto había adelgazado. Echó sales en la bañera-jacuzzi y se dio un baño sin prisas que le sentó muy bien. Relajada y desnuda deslizó furtivamente su cuerpo dentro de las sábanas de seda de su inmensa cama. En ese momento, tumbada en la cama, se dio cuenta del tiempo que hacía que no tenía sexo.

Sentados cómodamente en los sillones de la sala de cine, padre e hija decidieron por unanimidad volver a ver una de las películas favoritas de ambos, *Nosferatu*, de Murnau. Una película de 1922.

Luis mostró muy pronto a la pequeña Paula el valor de aquella extraña película en blanco y negro que mezclaba maravillosamente lirismo, romanticismo y expresionismo en un ambiente fantástico que ha quedado para siempre en el recuerdo de los amantes del cine fantástico como una auténtica obra maestra del género. La caracterización del actor Max Schreck como Nosferatu resulta magnética todavía hoy desde el primer fotograma en el que aparece.

El vampiro de Murnau, en consonancia con el expresionismo, se aleja de los cánones estéticos del vampiro descrito en la novela de Bram Stoker. El vampiro de Nosferatu es un ser horroroso, de cráneo deforme, dentición exagerada con unos colmillos deformados y deslavazados, ojos saltones y mirada amenazadora, zarpas afiladas y grotescas. Es un vampiro opuesto al que en 1931 interpretara Bela Lugosi en el *Drácula* de Tod Browning. Lugosi marcó un elegante referente por décadas que sería imitado hasta la extenuación en distintas revisiones del personaje. Un vampiro elegante, vestido con un fino traje y un cuidado peinado, un verdadero *gentleman* de la maldad. La imagen de Bela Lugosi es la que perduró en el cine hasta la revisión tan personal que sobre el clásico hizo el genio Francis Ford Coppola, ya en la década de los años noventa.

El visionado de la película había terminado.

–¡Las obras maestras nunca envejecen!

–Bueno, no estoy tan segura. En ocasiones he vuelto a ver películas que en su momento me gustaron y me han resultado completamente decepcionantes. No han sido capaces de superar el paso del tiempo.

–¡No serían obras de arte! Siempre me he preguntado qué pensarán los amantes de mi cine cuando yo ya no esté. ¿Tú qué piensas?

–Hoy día existen tantas posibilidades y soportes para poder ver casi «a la carta» el contenido que quieras que me resulta imposible pensar en otro escenario que no sea el de la especialización y el contenido bajo demanda.

–¡No has contestado a mi pregunta!

–Supongo que siempre tendrás seguidores que continúen apreciando tus películas. A tenor de la cantidad de peticiones que todavía me llegan para que acudas a todo tipo de actos y eventos en tu honor, no creo que tengas queja. Puedes sentirte halagado Luis, tu cine sigue interesando a mucha gente en el mundo.

–Eso lo tengo claro, lo que no tengo tan claro es que mis películas sean capaces de sobrevivirme.

–Te veo un poco pesimista. ¿Qué te hace pensar algo así?

–El dudar de la capacidad de que algo que has realizado con todo el amor del mundo pueda vencer al tiempo, o pasar por encima de modas o escuelas que, de algún modo, quede en el recuerdo para siempre, como un legado de todos y de nadie. Supongo que eso solo les pasa a las obras de arte universal.

–Luis, es la primera vez en la vida que te veo darle importancia a tu legado artístico. Siempre has estado más interesado en hacer y crear que en preservar lo realizado. Siempre centrado en el hoy o en el mañana más que en el ayer.

–Puede ser que antes tuviese una perspectiva de futuro que ahora no tengo.

–Sí, eso es cierto. Pero hace años que te retiraste y tampoco has mostrado mucho interés en la cantidad de estudios, retrospectivas, certámenes que se han hecho sobre ti o tu obra, que para el caso que nos ocupa es lo mismo.

A Luis le molestaba que su hija le mostrara lo incoherente que había resultado su propia actitud para con su obra o para con las distintas iniciativas de instituciones públicas o privadas que habían intentado, sin mucho éxito, recopilarla, mantenerla o divulgarla.

–Paula, no sé a dónde quieres llegar. Antes era antes. Ahora me preocupa, eso es todo. No tanto porque un montón de amantes del cine fantástico sigan consumiendo mis películas, sino porque las mismas sean valoradas y consideradas dentro de unas décadas como películas de calidad, obras imprescindibles del género. Y eso es precisamente lo que no tengo tan claro que pueda llegar a pasar, no creo que sea tan complicado de entender.

–Luis, eso te pasa a ti y a cualquier artista. El conjunto de la obra de un artista nunca resulta homogéneo. Quiero decir, en el propio proceso dinámico de búsqueda entiendo que se producen obras menores y otras que claramente son señaladas como las más representativas del artista, como obras cumbre de su carrera. Supongo que esas serán las que con el tiempo permanezcan en el recuerdo o que de alguna manera «etiqueten» toda tu obra.

Paula se dio cuenta de que su padre había desconectado de la conversación. Estaba otra vez sentado en el sillón de orejas, en la parte baja del salón, junto a los inmensos ventanales. El sol se filtraba a través de las hojas matizadas en mil colores de un liquidámbar, produciendo en esa parte del salón un cierto halo de irrealidad. Resultaba magnético.

Esa actitud taciturna se presentaba cada vez con mayor profusión, como un mal presagio. Paula empezó a temer que la enfermedad que hasta el momento había permanecido adormilada de alguna manera hubiese despertado para devastarlo todo. Pese a las visitas al médico, al ritmo agotador de la agenda personal y laboral que tenía que compaginar cada vez con mayor maestría, al cansancio…, Paula no había podido o no había querido asimilar que su padre realmente tenía Alzheimer y que esa «puta enfermedad», como la denominaba Luis, en un futuro próximo se lo llevaría para siempre.

Y, de repente, una mañana de domingo, luminosa y aparentemente apacible, apareció de improviso.

Ella, la reina de las operaciones financieras internacionales, la mujer astuta y fría que era capaz de dominar y mantener a raya a los competidores más codiciosos del planeta, esa misma mujer, necesitaba ayuda.

Se sentía como un robot que hubiera funcionado toda su vida de la misma forma: orientada a la consecución de objetivos, pero completamente castrada para la gestión de sentimientos. Paula se dio cuenta esa misma mañana de que era torpe gestionando las emociones que le iban aflorando. Posiblemente se estaban materializando en ese mismo instante porque desde la exposición a la enfermedad de su padre el aparente *statu quo* en el que se había desarrollado su vida se había visto completamente desarbolado. Era incapaz de entender los miles de sentimientos contradictorios que tenía en su cerebro, no podía decodificarlos... Necesitaba ayuda, necesitaba entender.

A Alba Blanco dos cosas le resultaron raras aquella mañana de domingo: la llamada de su sobrina Paula y lo insistente que se puso para que se vieran ese mismo día. Según le adelantó, el martes muy temprano tenía que salir para un viaje de negocios de dos semanas y quería verla antes.

Como es lógico, en un primer momento Alba pensó que algo grave había acontecido con la salud de su hermano, pero Paula la tranquilizó; todo seguía su proceso natural.

Después de acelerar al máximo el final de la comida familiar que tenía programada con su propia familia, quedó con su sobrina en una céntrica cafetería de Madrid.

Ya sentadas a la mesa y una vez que hubo pedido las consumiciones al camarero, le preguntó:

–Tú dirás; me tienes intrigada.

–Tía, ¿tú crees que soy fría, es decir, hermética?

–Desde luego que no te vas por las ramas, eres igualita que tu padre. ¿A qué viene esa pregunta, Paula?

–Tía..., eres lo más cercano a una madre que he conocido y necesito saber qué piensas de mí.

–No digas eso, Paula, tú has tenido una madre. Yo nunca he pretendido...

–No me has entendido; si mi pregunta te ha sonado a algún tipo de reproche por mi parte, nada ha estado más alejado de mi intención. Lo que quiero, lo que necesito, es que me ayudes. Necesito saber qué piensas, ¿entiendes?

–Sí, claro que lo entiendo, pero, no sé, me resulta muy extraño. Nunca hemos tenido este tipo de conversaciones. Ni siquiera cuando ya adolescente venías de los internados en verano para estar conmigo o con tu padre me hacías preguntas de este tipo. Siempre has parecido tan... segura, que por eso me extraña tanto la pregunta.

–Por eso mismo, tía. Tú tienes hijos, ¿no te parece extraño que nunca, nunca hayamos hablado de sentimientos, o no hayas tratado temas personales o íntimos conmigo? Incluso en el periodo más vulnerable de una persona, la adolescencia.

–Sí, claro que lo es, pero ya sabes mi opinión sobre la educación y la gestión de la misma que tu padre ha llevado contigo. Uno de los motivos por los que tu padre y yo hemos podido discutir más a lo largo de los últimos años está relacionado con esto. ¡Qué quieres que te diga; tu padre es como es, no tiene remedio!

–No he venido a hablar de Luis. No me has contestado todavía, tía. Necesito saber tu opinión; es importante para mí.

Alba era perfectamente consciente de que no había contestado a su sobrina. Cogió una de las dos pastas que a modo de obsequio el camarero había dejado en la mesa junto al café y a la infusión que, humeantes, esperaban a ser bebidos. Buscó esos segundos siempre necesarios para poder armar una reflexión coherente ante una pregunta que se le antojaba complicada.

Los ojos inquisitivos y penetrantes de su sobrina estaban clavados en ella, como los de un depredador a punto de atacar a su presa.

–Sí, creo que eres tan fría y egoísta como tu padre.

–Gracias, tía. Sabía que podía confiar en que lo que me dijeses sería la verdad.

–Te quiero y además creo que has podido tener poco margen de elección en ese sentido.

–¿Qué quieres decir?

–Tu madre era un cielo. Un ángel lleno de amor hacia los demás, y sobre todo hacia ti, al que Dios se llevó demasiado pronto. Quiero decir, Paula, que si tu madre hubiera estado aquí con nosotros probablemente la pregunta que me has hecho hoy jamás la habrías tenido que hacer, y por supuesto mi respuesta habría sido otra.

–Nunca he querido saber demasiado sobre ella y pese a eso tengo que reconocerte que no hay un solo día en el que no piense en ella, que no le dedique un pensamiento.

–Tu padre es como un niño vanidoso. Ya desde pequeño lo devoró y acaparó todo, el cariño de tus abuelos, su relación conmigo, su hermana pequeña. Todos al final giramos alrededor del adictivo talento de aquel niño prodigio, adolescente luego y hombre al final, dotado de «ese algo especial». Yo nunca he dejado de quererlo, pese a ser perfectamente consciente de que todo lo que él ama termina marchitándose. Es como una condena, supongo.

Paula, que conocía perfectamente el hecho de que la relación de Luis y su hermana había sido siempre muy complicada, también sabía que Alba era la única persona sobre la

Tierra a la que su padre de alguna manera le hacía algo de caso, cuya opinión podía llegar a valorar.

–Estoy mal, tía. No sé, me siento confusa y completamente bloqueada. Estoy perfectamente capacitada para la gestión racional de las cosas; supongo que es como una gimnasia que durante años desarrollas, un tipo de talento, primero como forma de supervivencia y después como habilidad profesional.

–¡Ya era hora! ¿Entonces, sí eres capaz de pedir ayuda? Porque eso es lo que estás haciendo, ¿no?

–Es la primera vez en mi vida que no sé cómo seguir, que soy incapaz de saber cuáles son los siguientes pasos. Tía, estoy pisando un terreno completamente desconocido para mí.

–Paula, como le pasa a tu padre, los sentimientos no son vuestro fuerte. Necesitas entender qué te pasa y para ello necesitas ponerte en manos de un buen profesional.

–¿Un psicólogo?

–No, una filántropa de almas perdidas. ¡Claro que un psicólogo! No hagas caso de los estúpidos prejuicios de tu padre. Nunca ha querido ir a terapia porque sabe que no saldría de ella jamás. En el fondo es como un niño malcriado por todos, cobarde e irresponsable ante las cosas importantes, ante la responsabilidad.

»Paula, si tienes el valor de darte cuenta de que el aparentemente sólido mundo que te habías montado comienza a perder firmeza bajo tus pies, debes intentar mirar desde otro punto de vista. Que sepas reconocer que necesitas ayuda es un paso muy importante.

–Para conseguir resultados distintos hay que hacerse preguntas distintas, ¿no?

–Me encanta esa frase, ¿es tuya?

–No y sí. La frase original es de Einstein y dice algo así: «Si buscas resultados distintos no hagas siempre lo mismo».

–Buff, Einstein, ¡claro!, por eso me ha gustado –comentó Alba y sonrió a su sobrina.

Paula siguió hablando con su tía y comprendió que tenía razón. No puedes analizar nada con cierta perspectiva si estás demasiada involucrado o cercano al objeto de análisis. Y estaba claro que Paula no era capaz de entender los sentimientos que se estaban despertando dentro de ella. Posiblemente en algún momento de su infancia había generado un mecanismo que reprimía los sentimientos según estos se iban materializando y los iba guardando en algún lugar recóndito de su propia mente. Ese mecanismo le había funcionado hasta ese momento, pero ahora, con treinta y siete años ya cumplidos, ya no resultaba tan eficaz y estaba comenzando a emitir signos de agotamiento. Su mundo se iba desquebrajando poco a poco.

–Sabes que llevo años asistiendo a terapia. Si quieres puedo preguntarle a mi psicóloga si conoce a algún compañero de profesión que pueda aconsejarme en función de los datos que sobre ti le pueda dar. ¿Quieres que le pregunte?

–¿Y no podría ir a tu psicóloga?... No he dicho nada.

Según la pregunta salía de su boca, Paula se dio cuenta de que era completamente estúpida. Compartir el mismo terapeuta que ayudaba a su tía desde hacía años no parecía la mejor idea. Tampoco sabía por qué su tía lo hacía. Según la versión de su padre, Alba era una mujer débil que necesitaba estar junto a personalidades fuertes. Esa debilidad patológica siempre le había hecho reaccionar con inseguridad y recelo a las manifestaciones de amor o cariño de los demás. «Esa continua y agotadora búsqueda del refrendo de los demás», como había oído a su padre referirse a su hermana en tantas ocasiones. Pero Paula no solía hacer demasiado caso a las etiquetas que su padre hacía de los demás; solían variar tanto como su estado de ánimo.

–Nunca te he preguntado nada sobre esa parte de tu vida. Me siento fatal; quizá tengas razón y sea tan egoísta como mi padre.

–Bueno, lo haces ahora. Mira, Paula, lo único que te pido es que le des una oportunidad. Soy consciente de que te costará mucho más que a cualquier otra persona, ya que tienes que vencer el prejuicio paterno. Pero no veas la terapia como el último recurso antes del desahucio. Yo llevo años asistiendo a terapia porque me ayuda a entender mi mundo. A entender por qué no fui ungida con el talento de tu padre y por qué tus abuelos siempre me exigieron todo a mí sin reparar si esa niña a la que se le presionaba, cuestionada siempre más que a su hermano, en el fondo sufría. El sentido de la justicia no es el fuerte de la familia Blanco, ¿sabes? –y sonrió con una mueca triste completamente forzada.

–¡Cómo lo siento, tía! Quiero decir que ha debido de ser muy complicado; conozco a mi padre y sé lo jodidamente egoísta y frío que puede llegar a ser.

–No hagas eso.

–¿El qué?

–Disculparte por algo de lo que no tienes culpa. Al final me di cuenta de que si quería ser feliz debía construir mi propia familia, y que si alguna vez lo conseguía los valores con los que la misma se conformase debían ser completamente distintos de los que yo había recibido en mi casa. Y eso hice. Ahora soy feliz, tengo la suerte de llevar décadas de estabilidad con tu tío, un buen hombre que me ama, tengo unos hijos cariñosos y unos nietos adorables. ¿Qué más se puede pedir?

Alba acercó su mano para acariciar la mano de Paula.

–Y entonces, ¿me vas a hacer caso? ¿Quieres que le pregunte a Olga si conoce a algún compañero de profesión para que vayas a verlo?

–Sí, eso estaría bien. Gracias, tía.

–Bueno niña, tu tío me va a matar. He dejado a toda la familia en casa y ya sabes la poca paciencia que tiene cuando no le dejan ver sus malditos partidos de fútbol –dijo, reparando en la hora que era.

–¡Qué tarde es...! Gracias por todo. Me siento mucho mejor; no sé, el poder contarte cómo estoy me ha descomprimido.

–¡Descomprimido! Hija qué cosas más raras dices, ni que fueras un submarino.

Al llegar a su apartamento y después de ponerse cómoda en el sofá del salón con la interpretación a piano de Daniel Barenboim de una pieza de Beethoven filtrándose en su cabeza de forma dulce y armoniosa, la conversación con su tía Alba le pareció como un reparador sueño tras días de insomnio. Después de semanas de vivir con angustia creciente su sorprendente incapacidad para la gestión de sus propias emociones, el contar con alguien que pudiese ayudarla le dio esperanzas y sobre todo un asidero emocional al que aferrarse.

Y así, gracias a esa determinación, conocería al hombre que, en todos los sentidos posibles de la palabra, la liberaría.

5. ADMIEL PERLMAN

Admiel Perlman entró en su despacho después de saludar a María, la secretaria del gabinete de psicólogos donde ejercía su labor profesional junto a sus otros dos socios ocupando la segunda planta de un viejo edificio del centro de Madrid.

Al sentarse en su sillón de trabajo comenzó a leer los correos electrónicos que había recibido.

Sonó el teléfono.

–Hola Admiel, soy Olga Fito. ¿Cómo te pillo?

–¡Olga! ¿Cómo estás, guapa? Hace siglos que no sé nada de ti, desde...

–El Congreso de Barcelona sobre nuevas terapias clínicas de hace tres años.

–¡Sí!, cierto. Buff, tres años ya, ¡cómo pasa el tiempo! ¿Y qué? ¿Cómo van las cosas?

–Bien, sigo con mi cartera de pacientes, publico en distintas revistas del sector, las charlas, en fin, que no me puedo quejar. Te llamo precisamente por una paciente mía; la verdad que es una paciente muy especial ya que posiblemente es con la que llevo, de forma más o menos intermitente, más tiempo en consulta.

–Entiendo.

–Me ha pedido que intente buscar un buen profesional que trate a su sobrina y, bueno, he pensado en ti.

–Gracias, Olga. Tendré que mirar cómo tengo la agenda porque creo que no puedo admitir a ningún paciente más.

–Admiel, por favor, no te llamaría si no fuese importante para mí. Por lo que me ha contado, estoy segura de que le podrás ayudar y necesita ayuda.

–¡Todos la necesitan!, ¿no crees? Está bien, Olga. Pásame los datos de contacto y la llamaré.

–Te lo agradezco de verdad. Cuando vuelva de París te llamo y hacemos por tomar un café... invito yo.

–No seas tonta, será un placer volver a verte. En fin, esta vida que llevamos; no nos da tiempo ni para respirar.

Al colgar el teléfono se quedó un rato pensativo. Conocía a Olga Fito desde el primer año de su llegada a España, durante el interminable proceso de convalidación de su título de Psicología Clínica después de haber realizado un curso puente de un año para homologar las asignaturas que había cursado en Uruguay con el sistema educativo español.

Admiel Perlman había nacido en Uruguay hacía ya treinta y seis años en el seno de una adinerada y próspera familia judía de comerciantes de origen alemán que, por una perfecta mezcla de azar y nazismo, pensaron que para la supervivencia de la familia resultaba más inteligente quedarse por unas décadas a vivir en un país mestizo e inclasificable como era el Uruguay de finales de los años treinta. Después de «recibirse» en la universidad decidió que necesitaba vivir con algo más de libertad. Si para un joven de cualquier parte del mundo es necesario e incluso sano vivir el proceso de emancipación de la familia, para un joven judío que forma parte de una comunidad muy cerrada y ortodoxa resulta absolutamente necesario. Así que, con poco más de veintitrés años, dos maletas y los reproches de su padre, de su madre, de sus hermanos y de parte de su familia revoloteando en su cabeza, cogió el avión que le llevaría a Madrid para comenzar la vida profesional y personal que necesitaba.

María entró en el despacho y lo miró. Admiel, como tantas otras veces, estaba desconectado del mundo.

–¡Admiel! Te he dejado un par de sobres importantes sobre la mesa. ¡Ah! y Elsa me ha pedido que no te vayas sin pasar a hablar con ella.

Lo primero en lo que reparó María en su primer día de trabajo en el gabinete psicológico donde ejercía Admiel fue en aquel hombre tan atractivo. La entrevista de trabajo que la llevaría a ese puesto la había pasado con sus dos socios y compañeros de gabinete, no con él, así que la primera vez que le vio aparecer la cogió completamente por sorpresa.

Admiel tenía dos socios con los que compartía el gabinete de Psicología. Vicente Martín, algo mayor que él y más especializado en el mundo de la consultoría de Recursos Humanos, y Elsa Sánchez, especialista en psicopedagogía infantil, que además era profesora en una de las más prestigiosas universidades de la ciudad. Elsa había sabido utilizar con mucha habilidad su puesto en la universidad para generar una clientela que le había facilitado el acceso a los medios de comunicación de masas. Como casi todos los profesores universitarios era una excelente divulgadora que además daba muy bien en cámara, por lo que solía ser invitada a tertulias o programas que tratasen aspectos relacionados con la educación o diversos trastornos de niños o adolescentes. Como siempre les decía a sus socios, «estos programas están ávidos de contenidos y, como suelen escorar hacia el amarillismo o el sensacionalismo indisimulado, necesitan darles una pátina de respetabilidad invitando a un profesional».

–Ok, en cuanto termine de leer los correos me paso a ver a Elsita.

–Pero no tardes mucho; por su agenda he visto que tiene un acto dentro de una hora.

–Captado. Ahora me paso. Gracias, María, no sé qué haría sin ti.

María sabía que aquella improvisada confesión no podía resultar más certera porque aquel brillante psicólogo al que sus pacientes adoraban era bastante desastroso con la organización de su agenda, y la vida en general. A María nunca dejó de sorprenderle cómo un hombre tan anómico, tan caótico en su comportamiento, podía tener la habilidad de ordenar la vida de los demás de forma, al parecer, tan eficaz y brillante.

Como siempre, no llamó. Al levantar la mirada de la pantalla del ordenador, Elsa vio en el umbral de la puerta de su despacho a Admiel con su metro ochenta y cinco, delgado y musculoso, con un hermoso pelo algo largo para su gusto y unos endiablados ojos verdes rematados por una varonil mandíbula que convergía en un irresistible hoyuelo. Los labios gruesos y carnosos de Admiel le sonrieron.

–No estoy contenta, Admiel. Más bien todo lo contrario. Me ha llamado Sara, la editora del periódico con el que llevo años colaborando como una cabrona, para decirme que todavía no ha recibido tu artículo.

–Elsita yo...

–Ni Elsita ni hostias. Una cosa, solo te pedí una cosa. ¿Recuerdas qué es lo único que te pedí?

–Sí, lo recuerdo.

–Lo recuerdas pero está claro que no lo has hecho, porque Sara está cabreada contigo, y también conmigo por recomendarte.

–Si me dejas explicarte quizás entiendas por qué todavía no les he entregado el artículo.

–Tú dirás, soy todo oídos.

–¿Me puedo sentar?

Admiel sabía que Elsa tenía que salir pitando; contaba con esa información para elaborar una respuesta más o menos convincente en el poco tiempo de que disponía

–Supongo que Sara no te ha contado que me tiró para atrás el primer borrador del artículo y que me pidió un sinfín de cambios en el mismo. Si quiere otro artículo, joder, que lo escriba ella. Ya le he explicado que no me dedico a realizar artículos por encargo.

–¡Admiel, por favor! Sara es editora. Si lo que le mandas, por muy brillante que sea, considera que el público de su periódico no lo va a entender o, como ha sido el caso, va a generar una polémica innecesaria, pues es lógico que te pida que suavices los términos.

–No era el estilo lo que quería que cambiase, era la misma esencia de la argumentación técnica. No puedo mutilar un artículo con base científica solo para que el tamaño del texto concuerde con el espacio que me ha sido asignado. ¡Es absurdo!

–Todos nos adaptamos a todo. La vida es adaptación, Admiel.

–No me vengas con eso ahora; sabes perfectamente lo que quiero decir. Es simplemente que si de partida hubiese sido sincera conmigo, si me hubiese dejado claro el enfoque y el tono del artículo, pues está claro que yo no lo habría aceptado. Esa sí es la labor de una editora.

–Pero ahora intenta llegar a un término medio, por favor, adáptate a lo que te pide. Entrégale el artículo de los cojones y ya está. Probablemente todo lo que dices sea cierto, pero, al estar yo en medio, puede que ella haya pensado que te había comentado el tono que suelen tener sus publicaciones. Entiéndeme Admiel; yo no podía decirle que tú jamás lees periódicos como el suyo.

–¡Mierda! Ahora estoy atrapado en una de esas situaciones que detesto, teniendo que tragar con algo que no quiero.

Elsa entornó los ojos y puso carita de pena como para reforzar con el gesto la petición que le iba a realizar a su socio.

–Por favor, solo por esta vez. Sara es jodidamente influyente y no puedo quedar mal con ella. Ya sé que Vicente y tú no reparáis jamás en estas cosas, pero al final el éxito de nuestro gabinete también pasa por hacer este tipo de concesiones y por tener amigos con conexiones e influencias.

–Está bien, terminaré el artículo. Pero la próxima vez que pase algo así no cederé. Desde que dejé Uruguay me juré que nunca volvería a realizar este tipo de cesiones, tener que hacer lo que otros quieren que haga. Si algo me he ganado es mi libertad.

Admiel salió del despacho de su socia con un humor de perros. Terminaba de aceptar una imposición que le hacía sentirse tremendamente incoherente.

Al sentarse en su despacho reparó en el margen del folio donde había escrito las señas de la paciente recomendada por Olga Fito, Paula Blanco, junto a una dirección de correo electrónico y un móvil.

Habían pasado tres semanas desde la última vez que Paula había visto a su padre. Al final las gestiones se prolongaron más de la cuenta en su último viaje de negocios, ya que había habido problemas de última hora en la validación por parte de la Agencia Europea de Comercio de la documentación de venta de un conjunto de empresas del sector inmobiliario a una mayor que operaba fuera de la zona de la Unión Europea.

La obsesión de los reguladores por no facilitar la creación de grandes corporaciones monopolísticas que impidiesen la libre circulación de bienes o personas y la fijación de precios de mercado estaba complicando cada vez más su sector... «Jodidos hipócritas» pensó.

Ahora estaba sentada junto a su padre en una de las cómodas butacas de la sala de cine a punto de ver una de las películas favoritas de Luis.

A Luis siempre le gustó *Blade Runner*, pese a no haber sido una película comprendida en su estreno por el público y haber resultado un fracaso de recaudación. Pero él siempre amó cada fotograma de esa cinta. Luego, con el paso de los años, a la película le pasó como al buen vino, primero con la crítica y luego con el favor del gran público, hasta convertirse en lo que es hoy, eso que llaman «una película de culto».

Aquel latido monocorde de una torre de ventilación, polución y gases que no permitían atravesar ni un rayo de sol. La eterna noche empapada en una lluvia fría y negra. Ese bello Prometeo ario en busca de la única verdad que realmente importa: «¿Cuánto tiempo me queda de vida?». El hijo en busca del padre de la cibernética, su creador, su Dios. Entre medias una inmensa ciudad interracial, bastarda y superpoblada de seres que se sienten tan solos y desgraciados que han de fabricarse sus propios amigos, juguetes que les hagan compañía. El futuro..., el presente.

Supongo que amaba el lirismo que atraviesa toda la historia, la incesante búsqueda de la verdad por parte de los replicantes, seres creados de forma artificial para servir al hombre, la soledad que sienten, el miedo ante la muerte.

La devoción de Paula por la película tardó en llegar. La primera vez que la vio, siendo una niña, no la comprendió. Más tarde, ya de joven, pensó que las frases del líder de los replicantes poco antes de morir en una deprimente y empapada azotea («Yo... he visto cosas que vosotros no creeríais: atacar naves en llamas más allá de Orión. He visto rayos C brillar en la oscuridad cerca de la Puerta de Tannhäuser. Todos esos momentos se perderán... en el tiempo... como lágrimas en la lluvia. Es hora de morir») eran una mezcla pretenciosa de metafísica y ñoñería un tanto artificial. Luego, según pasaban los años y se iba acumulando eso que llamamos «experiencia», las frases del replicante adquirieron una nueva dimensión, más real, como si de una profecía se tratase. Quizá porque con el paso de los años todos terminamos por ver cosas que no creeríamos.

Paula observaba como los ojos de su padre temblaban con la escena final. Pese a que sus pestañas seguían siendo grandes y frondosas, las lágrimas se empeñaron en rebasarlas e ir zozobrando una tras otra en las ásperas mejillas.

–El bueno de Roy –dijo Luis refiriéndose a Roy Batty, el jefe de los replicantes– es como yo. ¡Solo ansía poder vivir un poco más!

A Paula le estremeció ver llorar a su padre. Había pasado mucho tiempo desde la última vez que le había visto así; siempre se comportó como un hombre hasta cierto punto hermético al que le resultaba muy difícil exteriorizar sentimientos. Sabía que esa última secuencia siempre le emocionaba, pero esta vez había conectado con su nueva realidad dando a la escena un nuevo sentido lleno de significado para él. Se había identificado tanto con los sentimientos de Roy que no había podido contener la emoción ante su triste desenlace.

En un intento improvisado de querer quitar trascendencia al momento, Paula rompió el silencio.

–Cada vez amo más esta película. Tiene, como todo lo auténtico, el don de la eterna juventud.

Paula observó que Luis no reaccionaba a su comentario. Seguía con la mirada perdida, con el pensamiento muy lejos de donde estaban.

–¡Luis! ¿subimos a comer algo?

–Sabes, Paula, cada vez pienso más en la muerte. Pienso en que un buen día me iré sin más y todo habrá terminado. También pienso en tu madre, en todo lo que le hice sufrir, y también pienso en ti, hija...

–Luis, el doctor nos pidió que tuviésemos pensamientos positivos. Venga, ven, vamos arriba a comer algo. ¿Quieres que te prepare mi famosa ensalada de aguacate?

–Como quieras.

Paula acompañó a su padre hasta la cocina con una desagradable sensación, la sensación de no estar en absoluto preparada para abordar ese tipo de conversaciones con él. Con el tipo de relación que habían llevado hasta el momento, siempre sobre aspectos prácticos de sus vidas trufados de temas neutros, habían pasado las dos décadas desde que Paula había comenzado a ser considerada por el padre como una adulta. Pero no sabía muy bien cómo podía hablar con Luis de sentimientos, principalmente porque para poder hablar de algo antes hay que objetivarlo, desenraizarlo de alguna forma, y ella no sabía hacerlo. Las emociones, la rabia, la pena y la ternura se mezclaban dentro de ella de forma tal que resultaba imposible descifrarlas.

Estaba en el *hall* de entrada de su apartamento cuando su móvil de última generación vibró. Los dígitos que aparecían en la pantalla no los conocía, por lo que estuvo a punto de no contestar. Al final cogió el móvil.

–Sí, ¿podría hablar con Paula Blanco, por favor?

–Soy Paula, ¿quién eres?

–Hola Paula. Me ha facilitado su móvil Olga Fito.

–¿Quién?

–Olga Fito, la psicóloga. Me pidió que la llamara para cerrar una visita a mi consulta.

Paula tardó unos segundos en darse cuenta de que Olga era la psicóloga de su tía Alba y que la llamada era la contrapartida lógica a la petición que ella le había realizado la última vez que se vieron, hacía ya tres semanas.

–Sí, perdona, he tardado en entender el contexto. Tú dirás.

–Me comentó Olga que tenía un ritmo de vida un tanto cargado de trabajo y viajes y, bueno, he preferido contactar para cerrar una primera visita.

–Este jueves me vendría bien sobre las cinco, ¿tú cómo lo tienes?

–Déjeme ver... bien. Podría hacerle un hueco. Si le parece lo cerramos así y le paso ahora los datos de María.

–¿María?

–Perdón, ¡qué despistado soy! Es la secretaria. La verdad que es ella la que suele hacer este tipo de tareas de coordinación de agendas, pero en su caso, y viniendo tan recomendada por Olga, he hecho una excepción. Le enviaré ahora su móvil y el teléfono de mi despacho por si al final no puede venir o tiene algún tipo de problema.

–Ok, es perfectamente comprensible. ¿Cuánto tiempo nos llevará la consulta?

–Bueno, depende. Pero no se preocupe, lo primero que haremos será hablar.

–¿Es que en tus consultas se hace algo distintos de eso, hablar? Déjalo... es una estupidez. Nos vemos en principio el jueves. Adiós.

–Adiós, Paula.

Al colgar se dio cuenta de que no sabía lo más básico, cómo se llamaba él o la dirección del gabinete. Supuso que todo eso debía de preguntárselo a María, la secretaria.

Sentada en la sala de espera del gabinete de psicología en el que trabajaba Admiel, Paula asimiló dos certezas. Que estaba nerviosa, intranquila, y que no tenía claro por qué demonios estaba esperando ahí sentada. Se evaporaron de su mente atravesadas por la interpelación de María, la secretaria, que le informaba de que ya podía pasar a la consulta.

Admiel, en el pórtico de la puerta, la esperaba con una cálida sonrisa de bienvenida.

–¡Hola Paula! Soy Admiel Perlman.

–Soy Paula Blanco, encantada.

Al entrar en el despacho de trabajo, Paula titubeó por un segundo hasta que el gesto de Admiel la sacó de dudas al indicarle con la mano dónde debía sentarse.

Los dos se quedaron mirándose por unos segundos que a Paula se le antojaron eternos.

–La verdad –se intentó disculpar Paula– es que no sé muy bien cómo funciona esto.

–¿Esto?

–Sí, es decir, la consulta. ¿Le tengo que contar mi vida o...?

–Perdón, no se preocupe. Si le parece me puede contar cómo está, qué le ha hecho venir a consulta.

–Nada concreto. La verdad, creo que nada que pueda, en fin... objetivar.

–¿Objetivar?

–Concretar. Quiero decir, pienso que es un estado de ánimo, o mejor, una necesidad de comprensión.

–¿Qué quiere comprender?

–Mi situación personal actual.

Admiel la observaba con sus penetrantes ojos verdes; sus gestos corporales eran tranquilos y relajados, las piernas cruzadas y sus hermosas manos entrelazadas.

–Cuénteme cómo define su situación personal y por qué no es capaz de comprenderla.

–Por primera vez en mi vida no soy capaz de planificar nada y eso me genera ansiedad.

–Entre nada y todo existe un término medio, ¿no cree?

–No le entiendo.

–Usted ha categorizado su situación personal de forma extrema y solo quiero estar seguro de que es así como usted la percibe en la actualidad.

–Sí, hasta la enfermedad de mi padre tenía un completo control sobre mi vida y ahora no lo tengo, y esa sensación es nueva para mí y me molesta, me angustia, me genera ansiedad.

–¿Su padre está enfermo?

–Sí, en fin, pensé que mi tía se lo había contado, no sé, pensé...

–No, intento no tener información preliminar sobre los pacientes que acuden a terapia salvo que vengan derivados por patologías muy extremas; en ese caso sí estudio sus antecedentes clínicos. Pero entiendo que no es su caso.

–Quiero que sepa que no tengo mucha confianza en que esto sirva para gran cosa; en fin, soy bastante escéptica sobre la utilidad de su profesión.

–No hacemos magia, eso es cierto. La gran mayoría de las veces nuestro éxito en terapia está directamente unido a su trabajo.

–¿Qué quiere decir?

–Que no podemos ayudar a nadie que no quiera ser ayudado, que no se muestre receptivo; nuestro trabajo avanza si existe un clima de confianza entre ambos, entre usted y yo.

–¡Confianza!, curioso término. Por favor, llámeme Paula, y preferiría que nos tuteásemos.

–Paula, los prejuicios con los que llegamos a terapia pueden retrasar o incluso lastrar el resultado esperado. Todos cargamos con nuestra propia mochila, pero créame si le digo que lo que resulta capital es la voluntad de trabajar, de aprovechar el tiempo.

–Tengo la sensación de que he comenzado de forma muy caótica, que no me estoy explicando bien.

–¿El qué no está explicando bien?

–Pues lo que me pasa. La explicación que tú me terminas de dar, en fin, demuestra que no estoy siendo capaz de contar, de armar un relato coherente de lo que me pasa. Prefiero centrarme en lo que necesito, lo que quiero volver a recuperar, para ver si tú me puedes ayudar.

–Ok, dime, ¿qué es lo que has perdido y quieres recuperar?

–El control de mi vida, o al menos de una parte de ella.

–¿Qué parte de tu vida crees que no controlas?

Paula se quedó por un momento reflexionando sobre la pregunta que Admiel Perlman terminaba de hacerle y enseguida se dio cuenta de que no tenía la respuesta. Que lo que terminaba de afirmar era una sensación, algo abstracto a lo que todavía no había sido capaz de darle forma.

Admiel se percató enseguida de que Paula no terminaba de conformar una respuesta y consideró que resultaba más útil facilitar una puerta de salida por la que Paula pudiera deslizarse.

–¿Quieres agua o un té?

–¿Perdón? –consiguió contestar Paula de forma mecánica, todavía ensimismada en la pregunta anterior.

–Te ofrecía té, agua, vamos, algo que beber.

–Un té rojo estaría bien.

–Muy bien, te lo preparo.

Admiel Perlman se levantó y se dirigió hacia la esquina de su despacho, en dirección a una mesa en la que Paula no había reparado hasta ese momento. Ese detalle le hizo fijar la atención en el despacho. La mesa de trabajo estaba situada en el extremo opuesto a la puerta de entrada. Detrás de la misma, un amplio ventanal regalaba a Paula los últimos rayos de sol de una tarde de primavera. Las ventanas daban paso a una ridícula terraza, con dos cactus que resistían por seguir viviendo pese al maltrato hídrico al que los sometía el terapeuta.

A Paula le pareció divertido ver que la mesa baja de cristal que separaba su asiento del que ocupaba Admiel tenía una elegante caja de pañuelos de papel. Pensó que si estaban ahí era porque habría pacientes que los usarían, es decir, que se pondrían a llorar delante de él. «¡Madre mía! qué mal está el personal». La voz cálida de Admiel sacó a Paula de su reflexión y se sorprendió al verle sentado nuevamente enfrente de ella, con esos endiablados ojos verdes clavándose en los suyos.

–He visto que estabas bastante lejos de aquí; pese a ello debía ser un lugar agradable porque sonreías.

–¿Sonreía? ¡No! Ha sido por los pañuelos de papel. He pensado que si los tienes colocados en un lugar, digamos tan visible, es porque la gente, los pacientes, los utilizan.

–Sí, claro. Para eso están ahí, para ser usados.

–¿Puedo hacerte una pregunta?

–Dispara.

–¿Por qué tienes tantos relojes en el despacho?

–Verás, normalmente me siento donde estoy ahora porque necesito tener control sobre el tiempo de cada sesión.

–¿Por la tarifa?

–No, porque el tiempo de la terapia nos disciplina a ambos, nos sitúa en un marco temporal que necesitamos. Nos hace saber que estamos trabajando bajo unas reglas y dentro de un contexto normativo.

–¿Y el lugar?

–El lugar también es importante.

–¿Por el estatus, por poder? Es solo curiosidad..., no tienes por qué contestarme.

–Este despacho, la ubicación del mobiliario, la luz, la disposición que tenemos ambos, no es de ningún modo casual. Obedece a un objetivo claro: generar un marco seguro donde poder trabajar de forma adecuada. Ahora creo que debemos seguir.

Al terminar el primer día de terapia con Admiel Perlman, Paula saboreó una ambivalencia almibarada. Por un lado, el regusto dulce de saber que ese hombre sería capaz de ayudarla; todavía no sabía por qué, pero sentía una extraña confianza, algo parecido a saberte confortada y cómoda junto a él. Por otro, todas esas malditas preguntas la removían hasta hacerle sentir... incómoda e inquieta.

Decidió caminar por la calle y no coger un taxi, andar le permitía pensar, y después de esa primera visita necesitaba gestionar de alguna manera las distintas sensaciones que revoloteaban en su cabeza. No podía decir que la sesión hubiera resultado un completo desastre, pero tampoco tenía claro si había resultado realmente productiva. Pese al temor que anidaba en su interior, tenía que reconocer que no se había sentido juzgada, y ese pensamiento la alivió.

Después de la primera sesión con Paula, Admiel, como siempre, pasó al ordenador sus impresiones y los datos importantes que le había aportado la jornada. Había dos certezas que esa primera terapia ya le había revelado. Sin duda estaba delante de una mujer muy inteligente, que solía dominar las situaciones que se le planteaban. La otra es que estaba ante una mujer terriblemente bloqueada, y que este sentimiento de bloqueo, de vulnerabilidad, que por alguna razón todavía no podía desentrañar, la aterraba.

El doctor Montes llevaba una montura de gafas distinta a la que recordaba Paula; lo único que permanecía de alguna manera invariable era el estridente gusto de ese hombre por los colores de las monturas. En este caso, un pistacho subido de tono enmarcaba los cristales que anunciaban la corrección ocular de un miope sempiterno.

–La he citado a usted sola, ya que me gustaría que me contase el comportamiento de su padre de forma abierta y franca, sin cortapisas.

–He de serle sincera; en un primer momento no entendí que me quisiera citar usted a solas y, la verdad, me asusté.

–No se preocupe, solo quiero verificar que el comportamiento de su padre está relacionado con la fase clínica en la que está entrando de su enfermedad.

–¿A qué se refiere?

–Las imágenes por tomografía computarizada de la semana pasada nos han permitido analizar zonas donde ya aparece nítidamente dañado el sistema límbico de su padre. Sus hipocampo, hipotálamo, tálamo ya presentan daños en su morfología.

–Entiendo. No, la verdad es que no, no le entiendo muy bien. ¿El sistema límbico a qué le puede afectar?

–Es el primer sistema que sufre daños en la segunda fase de la enfermedad. Y para los familiares es una de las partes más duras, ya que es el sistema que se encarga, digamos, de crear las respuestas fisiológicas que el cerebro genera frente a los estímulos que recibe. ¿Me entiende?

–Sí, es como lo que le conecta con el mundo.

–De alguna manera sí. ¿Cómo está su memoria?

–Mal de repente; se olvida de cosas tan sencillas y repetitivas como dónde ha guardado las llaves de casa. Desde hace años las deja en el aparador que hay junto a la puerta; pues el otro día no lo tenía claro.

–Mire, Paula, en breve, la memoria, la atención, pero también las emociones –placer, miedo, agresividad– se verán alteradas, si no lo están ya. Quiero decir que entramos en una fase de la enfermedad donde Luis poco a poco irá cambiando y todos hemos de estar preparados.

–Veo que será más duro de lo que me imaginé. Una cosa es la teoría y otra muy distinta la práctica. Además, mi padre no es en absoluto una persona dócil.

–Ni que lo diga. Menuda nos montó la semana pasada para poder meterlo en la máquina de las tomografías. Menos mal que estaba su hermana y pudo calmarlo.

Paula se sintió en la obligación de tener que justificar su ausencia de la sesión coordinada con el hospital.

–Tuve un viaje a Londres por trabajo, ya sabe, de esos a los que no puedes decir que no.

–Lo entiendo, no se apure. Ya le dije que con esta enfermedad el entorno afectivo del paciente, ustedes, han de dosificarse mucho.

–Sí, pero me hubiese gustado haber estado. ¿Va a aumentar la medicación que está tomando mi padre?

–No por el momento. Sus analíticas siguen estando dentro del rango.

–Entonces, ¿qué tengo que hacer? Quiero decir, ¿las pautas que estamos aplicando y que nos prescribieron han de ser cambiadas o modificadas en algún punto?

–No por ahora. La dosis de los medicamentos que están siendo administrados por el momento están bien; es una cuestión que tiene más que ver con la actitud de Luis y de ustedes para con la fase de la enfermedad en la que entramos. Me refiero a los cambios que se producirán en los próximos meses en relación con los efectos y los trastornos asociados que le he comentado en el sistema límbico de Luis.

–Bien, se lo haré saber a Teresa; es la persona que vive en casa y se encarga de mi padre. Le explicaré este informe que me ha preparado y las reacciones que podemos esperar para los próximos meses.

–Hace bien. Todo el entorno de su padre debe ser conocedor de la fase de la enfermedad en la que entramos. Este ha sido el motivo de la consulta, explicarle y entregarle esta documentación para que estén ustedes coordinados.

Al salir del hospital Paula intentó ordenar las ideas antes de ir a casa de su padre. No quería mentirle, pero tampoco tenía claro que la información que el doctor Montes le había facilitado le fuera a hacer ningún bien.

Además de ello, Paula volvía a entrar en una fase laboral de continuos viajes y la sensación de descontrol sobre el día a día de la enfermedad de Luis le generaba una profunda angustia.

En terapia, Admiel ya le había advertido que estaba demasiado enfocada en el control y que resultaba lógico que pretendiera generar un marco de organización alrededor de la vida de su padre para que todas sus necesidades estuviesen razonablemente cubiertas, pero otra cosa muy distinta era intentar controlar hasta el último detalle de la actividad de todas y cada una de las personas que formaban parte de ese entorno, ya que además de patológico ello resultaba del todo ineficaz y ello solo agudizaría su malestar.

«Fácil de decir, difícil de hacer» pensó Paula.

6. Y ASÍ, LUIS BLANCO DESCUBRIÓ A PAULA

Las semanas siguieron avanzando y con ellas el paso de los meses. Por imposibilidad en la conciliación de agendas, las visitas a Admiel Perlman se fueron espaciando tanto que el psicólogo decidió dejar de ver a Paula. Habían tenido solo dos sesiones presenciales, varias llamadas de teléfono, muchos *emails* y un montón de disculpas; eso sí, desde distintos hoteles situados en varias partes del mundo.

Paula se volvía a sentir dueña de su destino y no tenía claro si quería que un atractivo terapeuta se metiera en los intestinos de su vida y la de su familia. Una mezcla de pudor y cierta sensación de libertad recuperada hicieron el resto.

Después de tres interminables semanas dando tumbos por toda América del Sur, Paula regresó a Madrid muy tarde.

Al llegar a su apartamento volvió a recuperar los olores que le pertenecían y que en los hoteles no conseguía tener. Esa sensación la alivió del cansancio extremo que acumulaba. La continua actualización que sobre el estado de salud de su padre quería tener la obligaba a no respetar en absoluto las diferencias horarias; la consecuencia de todo ello era renunciar a horas de sueño.

–Hola, Teresa, soy Paula. Bien, el viaje ha ido bien pero estoy cansada. ¿Cómo está mi padre?

–Bien, bueno. Ha vuelto a ponerse muy grosero con el chico de los masajes, con Julián. Como no quiere que venga más, se pone muy desagradable con el pobre.

–Ya..., no se preocupe, hablaré con Julián. Pensé que se había resignado y que de alguna manera ya le aceptaba como parte del tratamiento. Pero veo que no es así.

–Tiene días, pero hoy no ha sido uno de ellos. Ha estado muy nervioso todo el día. Creo que está de mal humor por algo, pero no me dice por qué. La dieta que me dio tampoco está ayudándonos mucho. Ya sabe que a su padre le gusta la comida sabrosa y los dulces. Cada vez es más caprichoso con los dulces, parece un niño pequeño.

–Ya, pero con la inactividad que comienza a tener no podemos permitirnos que coja kilos. Mira Teresa, dentro de nada mi padre no se valdrá por sí mismo y tendremos que manipularlo nosotras; eso significa que cuanto más gordo esté, peor será el trabajo, el día a día de todos nosotros.

–Sí, señorita, pero...

–No me llames señorita.

–Sí, Paula, pero su padre es muy difícil de llevar. En cuanto se hace algo que no quiere o en cuanto le cambiamos cualquier hábito, no vea usted cómo se pone. Además, como sabe que no está usted aquí y que nosotros estamos a su servicio, pues eso, abusa.

–Teresa, te prometo que mañana hablaré con él; esto no puede pasar. Y recuerda, no estás a su servicio, sino al mío. Somos un equipo, ¿recuerdas, verdad?

–Es fácil de decir, pero al final trabajamos en su casa y usted casi nunca está aquí, yo... –Paula escuchó nítidamente como Teresa estaba a punto de ponerse a llorar.

–Creo que tenemos que calmarnos un poco. Tengo dos semanas por delante en las que no viajo a ningún sitio y puedo trabajar desde donde quiera. Por favor, confía en mí, Teresa, necesito que estés serena.

Paula constató que los sollozos aumentaban de forma alarmante.

–¡Teresa! Te prometo que lo voy a arreglar, confía en mí por favor. ¿Me harás el favor de tranquilizarte hasta mañana?

–Sí, pero no quiero quedarme sola con su padre más, no me trata bien, yo...

–Está bien, mañana me cuentas por favor todas las cosas que mi padre os dice para que cuando hable con él pueda tener toda la información que necesito.

–Bueno, bien, señorita.

–¡Paula!

–Hasta mañana, Paula.

–Adiós, Teresa. Mañana, cuando veamos un hueco, hablamos en algún sitio discreto de la casa.

–Vale, mañana hablamos

Al colgar el teléfono Paula reflexionó para sí misma sobre por qué todo tenía que ser tan complejo. Estaba tan agotada que no tenía ni las fuerzas ni las ganas de plantarse en la casa de su padre para tranquilizar a Teresa. El descanso de la noche les vendría bien a todos.

Ya tumbada en la cama de su apartamento de Madrid recordó la frase que su madre siempre decía para reírse de las creencias paranormales de su hermana: «los muertos están hartos de hablarnos, por eso mismo no podemos escucharlos nunca».

Al día siguiente, al entrar en la casa de su padre pudo advertir en los ojos asustados de Teresa que el paso de las horas no había rebajado la preocupación de la pobre mujer. Eso la enfureció.

–¡Luis! Tenemos que hablar –dijo avanzando a grandes zancadas al encuentro de su padre que, sentado en su sillón favorito, observaba la parte de atrás de su jardín.

–Hola, Paula. ¿Cuándo has vuelto? Hace siglos que no nos vemos.

–Solo han pasado unas semanas. He estado bastante liada pero ahora podemos estar más tiempo juntos.

–Como quieras. Vengas o no vengas, yo seguiré aquí, en esta maldita casa, sin nada que hacer salvo las visitas a la legión de médicos y enfermeros a los que tengo que ver. No creas que me molesta; ya supone un buen aliciente para salir de aquí, de esta cárcel.

–No digas eso. A cuánta gente le gustaría poder disfrutar de una casa como esta, con todo lo que tienes y con gente que se desvive por ti cuando yo no estoy. Eso me recuerda un tema que quiero hablar contigo.

–He perdido mi autonomía, eso es lo que ha pasado. Ahora estoy todo el día tutelado, como si fuera un niño chico.

–Luis, no has perdido nada. Solo nos vamos adaptando a cada uno de los estadios de la enfermedad. Esto es difícil para todos; no creo que haya que complicarlo más.

–Yo creo que tú en el fondo disfrutas con todo esto.

–¡Cómo! ¿Qué quieres decir?

–Sí, no sé, es como una forma de vengarte del mal padre que te ha tocado en suerte. Ahora me controlas, tienes poder sobre mí.

–Por favor, que somos un poco mayorcitos para la culpabilidad. Eres muy injusto, Luis.

–No, de verdad. Cada vez, cuando no se me va la cabeza, lo pienso más.

–¿El qué?

–Reflexiono sobre el tiempo pasado. Verás, hija, yo lo único que he tenido claro en esta vida es que quería ser cineasta, que quería hacer cine fantástico. Luego, con el paso de los años he sido mil cosas y ninguna. Padre a ratos, marido poco atento, amante apasionado, hermano egoísta, hijo tiránico y demandante...

–Luis, no sé..., no creo que sea el momento.

–Concédeme tu tiempo, por favor.

–Está bien, pero no sé a dónde quieres llegar con todo esto.

–Paula, hija, que he sido mil cosas y ninguna, pero tengo claro que la tarea más importante, la única que tenía sentido la descuidé, la dejé pasar como solo un estúpido deja pasar la mejor oportunidad de su vida, sin ni siquiera realizar un gesto.

–Papá, no te comprendo.

–Sí, Paula, te descuidé, he sido un padre ausente. Me he perdido tu vida, solo he disfrutado de ti a retazos, relegándote siempre a un segundo plano. No sabes cómo lo siento ahora que el tiempo es un lujo que ya no tengo.

Luis se quedó mirando a Paula con intensidad. Los argumentos que ella había preparado para intentar disuadirlo de la escalada de tensión en la que se había instalado su relación con Teresa se volatilizaron en su cerebro.

El triste y descarnado alegato de culpabilidad que terminaba de realizar Luis, con las palabras todavía resonando en sus oídos, la estremecieron. Volvía a tener esa desagradable sensación; las sinceras exhortaciones emocionales de su padre volvieron a penetrarle hasta el tuétano. La incomodaban tanto que, justo en ese mismo momento, volvió a entender con meridiana certidumbre que tenía que volver a terapia, que se había precipitado al dejar la consulta de Perlman. Seguía siendo completamente vulnerable ante la mínima gestión emocional.

Lo primero que volvió a constatar Admiel Perlman, además de la obstinación de aquella mujer, fue lo rabiosamente hermosa que era. Volvía a tenerla frente a él, sentada en la misma silla donde se había sentado meses atrás. Después, sin muchas explicaciones, fue espaciando las consultas hasta que un buen día los dos llegaron a la misma conclusión: que no tenía el menor sentido que siguiera en terapia.

Ambos estaban ya sentados para comenzar, solo la mesa baja de cristal los separaba. Los rayos de sol de un perezoso mes de abril entraban tímidos a través de la ventana; filtrados por el color de las cortinas, inferían al despacho un cálido efecto que relajaba las conciencias. Paula no tenía claro si con aquella aparente coreografía de papeles y libros colocados de forma caótica se buscaba el efecto que ella misma había sentido el primer día que entró en él, hacía ya unos meses, ese sentimiento de cierto desinterés por lo superfluo. De poder dejar en la puerta las poses, las frases hechas, el postureo con el que nos solemos mover en sociedad.

Paula volvió a reparar en la caja de pañuelos que había junto a ella en la mesa de cristal. Le parecía tan ridículo que la gente pudiese tener que necesitarlos, tan poco pudoroso...

–¿Cómo estás Paula, qué tal va todo?

–Supongo que te lo podrás imaginar.

–Bueno, supongo que sí, que puedo imaginármelo, pero preferiría que me lo contases tú.

–Que no puedo más. No sé, pensé que sí, pero ahora estoy otra vez muy agobiada con todo. Necesito, no sé, poder quitarme presión, ordenar las cosas en mi cabeza.

–¿Y por qué estás tan presionada?

–El trabajo, muchos viajes y reuniones por todo el mundo, y también la enfermedad de mi padre que no me da tregua.

–Parece que nada ha cambiado desde la última vez que nos vimos. ¿Qué nuevos factores han hecho que todo esto se haya desencadenado y te agobie tanto?

–Supongo que la conjunción de ellos. Es cierto que estoy acostumbrada a la presión que mi trabajo supone en ocasiones, pero con la enfermedad mi padre cada vez se está haciendo más, no sé, dependiente.

–Ya veo –exclamó Admiel y se quedó mirándola de forma relajada, con una clara expresión de invitación en el rostro para que Paula prosiguiera con sus argumentos.

–Le noto tan... –y miró a Admiel con una expresión de extrañeza en el rostro justo antes de emitir la siguiente palabra, que por su entonación pareció que salía de forma furtiva de entre sus dientes– débil. Le obsesiona el paso del tiempo, siente que la vida se le escapa..., a cada momento.

–¿Y no es así? Está enfermo; supongo que la debilidad ante una enfermedad es algo, no sé, lógico. Quiero decir que, además de la edad, la constatación del deterioro de su propio cuerpo le resultará penoso. ¿En qué fase está ahora exactamente?

–No quiero hablar de eso ahora.

–Pensé que te sentías agobiada por la fase de enfermedad en la que está tu padre.

–Quiero decir que no quiero volver a caer en el mismo error de la otra vez.

–¿Error?

–Sí, esquivar las cuestiones que son verdaderamente importantes para mí. He sido estúpida y eso ha hecho que ambos perdiéramos el tiempo, pero no quiero que eso vuelva a pasar.

–Te escucho.

–No son las cargas de trabajo y el tener que coordinar mi vida con la enfermedad de mi padre lo que realmente me vuelve a traer aquí. La gestión de múltiples tareas no es un secreto para mí. Incluso bajo una insoportable presión. Estoy más que acostumbrada.

–Entiendo. ¿Qué te vuelve a sentar en esa silla Paula, realmente lo sabes?

–Creo que sí.

–Eso es estupendo.

–Yo..., lo que me trae otra vez aquí soy yo misma. Mi forma de ser, mis propias y mutiladas incapacidades.

–¿Estás mutilada? Has elegido un verbo interesante.

–Sí, me molesta mucho que mi padre se ponga sentimental. A veces cuando lo hace me dan ganas de golpearlo.

–¿Golpearlo?

–Sí, me parece tan teatral, tan fuera de lugar a estas alturas de nuestra relación. Parece que tuviera miedo.

–¿Y por qué crees que te molesta tanto verlo como una persona sentimental y con miedo?

–No me molesta que sea sentimental, aunque pienso que nunca lo ha sido en verdad. Solo me molesta que lo sea conmigo, que se ponga ñoño y empalagoso. Eso es lo que me hace perder los nervios. El miedo, en fin; supongo que cuando vislumbras el final sientes miedo, que es un proceso natural.

–¿No te parece que ese sentimiento sea auténtico?

–No tengo claro si lo que dice lo piensa de verdad o no. Lo que me molesta es que ahora me diga que siente haber sido un mal padre, como si me estuviese pidiendo perdón, como si yo le hubiese juzgado en alguna ocasión. Ni cuando me dejaba en el internado le juzgué; entendí que ese era mi sitio dadas las circunstancias.

Admiel Perlman observó con meridiana claridad como se crispaba el rictus de Paula. Estaba realmente molesta con su padre, y solo el hecho de volver a rememorar esas sensaciones la sacaba de sus casillas. Le sorprendió que a una mujer tan controlada como parecía algo así se le escapara.

–¿Y no has pensado que a lo mejor lo está haciendo?

–¿El qué, pedirme perdón? Yo no tengo nada que perdonarle. En la vida se toman decisiones en función de la coyuntura. Él no podía encargarse de mí teniendo el trabajo que tenía.

–Pero a lo mejor él necesita oírlo. Puede que necesite sentir que realmente le perdonas que no fuera el mejor de los padres. Que conoces sus motivos.

–Es absurdo. Nosotros nunca hemos tenido ese tipo de relación y no creo que ahora, cuando todo está a punto de terminar, sea el momento de construir algo que nunca tuvimos. Me parece completamente... artificial.

La expresión del rostro de Admiel Perlman desconcertó a Paula. Lo que terminaba de contarle con toda naturalidad en el fondo era la información más auténtica, certera y sincera que hasta el momento le había brindado en cada una de las sesiones de terapia que habían tenido hasta ese momento.

–¿Lo dices por el tiempo? Crees no poder terminar con ello antes de que tu padre, en fin, no sea ya consciente de nada.

–No, es porque no quiero tener ese tipo de relación con él. Cada vez que le veo así me siento afectada y me resulta más complicado volver a seguir con la rutina de mi vida. Yo quiero que esté bien. Me estoy gastando una fortuna en médicos, enfermeras, rehabilitadores y fisioterapeutas, en fármacos... Eso no me importa; lo que no quiero es tener ese tipo de relación con él.

–¿Y qué tipo de relación quieres tener, Paula?

–La relación lógica en las presentes circunstancias. La de un anciano con una enfermedad incurable al que su única hija, que tiene un trabajo muy absorbente, le pone todo tipo de medios con el único objetivo de que esté bien cuidado y con calidad de vida. Pero no me está facilitando las cosas.

–¿Qué quieres decir, en qué sentido no te está facilitando las cosas?

–Bueno, en que maltrata a Teresa, la persona que le cuida y vive con él. Además de esto, es malencarado con cada uno de los distintos terapeutas que le tratan semanalmente. El otro día Teresa me dio un ultimátum; que si las cosas no cambiaban dejaba la casa, eso me dijo. Yo no puedo... no me puedo permitir no tener a nadie que le cuide. Y conseguir a una persona cualificada que esté los siete días de la semana con él no es tan fácil. Además, ya empieza a hacerse las cosas encima.

–Entiendo.

–Hace todo lo posible por complicar el día a día aún más. A veces tengo que gestionar las crisis que provoca a diez horas de distancia en avión y sin poder dormir para poder realizar gestiones en el horario de Madrid, pese a estar en Seattle. ¡Es una vida de locos!

–Pueden ser llamadas de atención de Luis, maneras de conseguir que estés pendiente de él.

–Pero ¿en qué tipo de hombre infantil se ha transformado mi padre? No tengo idea si es producto de los fármacos, del deterioro cognitivo que la enfermedad está provocando en su cerebro o, como me temo, puro egoísmo. Ese es el único rasgo que todavía se puede apreciar de su personalidad y que nos puede servir como puente con el Luis anterior a la enfermedad.

–¿Y qué puede querer conseguir Luis con ese tipo de actitud?

–Yo no lo sé; se supone que usted es el experto en actitudes disfuncionales.

–Quiero decir que simplemente pueden ser llamadas de atención de su padre para que usted esté más presente. El rechazo a todas y cada una de las personas y terapeutas que ha situado a su alrededor para que lo cuiden, unido a su necesidad de conectar emocionalmente con usted; en fin, parece que pueda ser eso.

–Un poco prematuro, ¿no te parece? Es decir, pareces muy seguro de tus conclusiones.

Admiel Perlman sintió que era el momento de cambiar a otro tema.

–¿Cómo va tu vida sentimental, Paula?

–¿Perdón?

–¿Tienes pareja estable, sexo a menudo, amantes?

–Esa es una pregunta bastante personal. No pienso hablar contigo de eso.

–Bueno, en terapia se habla de cosas personales, ¿no crees?

–Muy bien, entonces ¿por qué no me cuentas tú algo personal?

–¿Ves lo que has hecho?

–¿Qué he hecho?

–Intentar tomar el control de la dirección de las preguntas que te hago y que te incomodan.

–No hago tal cosa. Lo que te quería señalar es ¿qué tiene que ver mi vida amorosa con lo que he venido a tratar contigo?

–¿Y qué es lo que has venido a tratar conmigo, Paula?

Admiel Perlman observó como se contraía el rostro de Paula, apoderándose de él una mueca divertida que le hacía parecer una niña a la que le hubiesen dicho una gran ofensa.

–De vez en cuando tengo sexo con hombres. Pero no son, en fin, relaciones muy duraderas. –Paula claudicó y prefirió contestar a Admiel antes que seguir entrando en un terreno en el que no se sentía nada cómoda.

–¿Cómo de duraderas?

–¿Las relaciones? La verdad es que no...

–¿Puedes contestar a la pregunta por favor?

–Pues, no sé. A veces son hombres que conozco en los hoteles adonde voy. Tengo que pasar mucho tiempo viviendo en esos hoteles y...

–No tienes que justificarte, yo no te juzgo, solo te pregunto.

–¡No me estoy justificando! –contestó en tono airado Paula, a quien Admiel Perlman le parecía cada vez más un molesto atrevido.

–Bueno, sonaba bastante parecido a una justificación. Pero no es eso lo que me interesa. Entonces son encuentros fortuitos. Es decir, duran solo el tiempo en el que comparten hotel o se quedan con los datos para, no sé, volver a verse.

–No. Busco encuentros asépticos, discretos, cortos. No me interesa, y creo que a ellos tampoco, que esa relación, si podemos definirla de esa forma –Paula esbozó una sonrisa– dure más allá de esa noche.

–Entiendo. Y al margen de esos encuentros, digamos, cortos y fortuitos, no hay nadie más.

–No, ¿cómo crees que puedo sacar tiempo para algo más? Si hace un rato precisamente te he dicho que estoy agobiada.

–Sí, recuerdo perfectamente que lo has dicho. Pero luego has matizado que el agobio no es tanto por la gestión del tiempo sino por el tipo de actitud que tu padre tiene ahora hacia ti y hacia terceros.

Admiel Perlman, que tenía un reloj situado de forma estratégica justo enfrente del asiento que solía utilizar en terapia, a la espalda de los pacientes, vio que ya había terminado el tiempo de la sesión.

–Ya hemos terminado por hoy.

–¿Ya? Pero si no me ha dado tiempo a decir casi nada. Tengo la sensación de...

–Pues yo estoy muy contento. Creo que la sesión ha sido tremendamente productiva.

–Está bien.

–¿Puedes venir este jueves, en dos días?

–Sí, ahora puedo estar unos meses en Madrid sin apenas viajes, salvo a la sede de Londres.

–Pues hasta el jueves entonces –concluyó Admiel y estiró su mano para chocarla con la de Paula. Al acercarse, pudo volver a deleitarse con el espectáculo de sus ojos de inclasificable color, tan hermosos, tan indescifrables, tan únicos.

Al salir de la terapia ella no quiso coger un taxi, le vendría mejor pasear.

Las ideas que se acumulaban en su cabeza salían disparadas hacia un cielo algo plomizo; abril en Madrid es un mes traicionero, con una variabilidad de la oferta meteorológica tan cambiante como el temperamento de los madrileños.

Caminar sin sentido, sin un rumbo exacto, sin ganas de llegar a ningún sitio, simplemente estar en ese limbo emocional que permite el anonimato de una gran ciudad donde casi nadie conoce a nadie, así terminó sentada frente a la barra del bar de un lujoso hotel. Cuando el camarero situó frente a ella la copa que había pedido empezó a reparar en el entorno. Varios hombres de negocios con trajes confeccionados en exclusivos sastres, un grupo de mujeres elegantes y aburridas y un apuesto treintañero con aires del norte de Europa. Él no parecía pertenecer al lugar.

El descaro con el que el chico la miraba le pareció halagador y excitante. Estaba claro que todavía seguía siendo una mujer atractiva para un amplio espectro de hombres.

Paula le sonrió descaradamente. El joven se levantó y se acercó a ella.

–Eres muy hermosa –dijo en un inglés que delataba su condición de ciudadano noruego.

A Paula le gustó que, pese a ser más joven que ella, tomase la iniciativa de forma clara y directa.

–Tú tampoco estás nada mal. ¿Te alojas aquí?

–Sí, estoy en Madrid por negocios.

–Podemos hacer dos cosas. Seguir un rato hablando sobre nuestra vida, ¿qué hacemos? ¿dónde vivimos? si estamos o no casados..., aportando información que a la postre resultará completamente irrelevante o...

–¿O?

–Terminar la copa y que me invites a tu habitación.

La idea se materializó rápidamente en el cerebro de Aksel. Le excitó que esa hermosa mujer le siguiera el juego. Una tarde previsiblemente aburrida en un hotel de Madrid de repente se había transformado en una prometedora tarde con encuentro amoroso incluido.

Pese a la intensidad física que el joven Aksel había desplegado a lo largo de todo el encuentro amoroso, a Paula le invadió un profundo sentimiento de vacío. Al terminar, las torpes caricias que el exhausto joven le aplicaba mecánicamente en los senos potenciaron aún más esa sensación. ¿Por qué lo que antes siempre le había funcionado en tantos encuentros ahora solo servía para golpear aún más su desconcertada conciencia?

Se vistió de forma furtiva y salió de la habitación del hotel sin decir adiós. Caminando por el pasillo hacia el ascensor empezó a experimentar un terrible cansancio. Al salir a la oscuridad de la noche, la sensación de vacío y soledad se incrementó.

Paula se sentía tan sola, tan desorientada que por primera vez en su vida sintió lástima de sí misma. Madrid no pareció sensible a su soledad y angustia porque los ruidos, los coches, las personas seguían empeñándose en pasar a su lado como si nada de lo que ella sintiera fuera importante.

La noche había caído ya sobre la casa de Luis Blanco. Teresa, diligentemente, ya le había dado la cena y las medicinas que, junto a una infusión, él siempre tomaba antes de irse a la cama.

Teresa observaba a aquel viejo con un sentimiento ambiguo. Por un lado temía los arranques incontrolados de rabia que, cada vez de forma más indescifrable para ella, él tenía. Por otro le daba pena que un hombre como él se fuera marchitando.

–Señor, es muy tarde. Debería de irse a la cama. –No terminó de decir la última palabra y, como tantas veces antes, ya esperaba con miedo la airada respuesta de Luis.

–Como quiera. ¿Puede usted ayudarme a incorporarme, por favor? –le pidió él con dulzura, para su sorpresa.

Ya acostado en la cama, con las luces de la ciudad entrando amortiguadas a través de las cortinas, Luis comenzó a materializar ideas y sensaciones que venían atormentándolo en los últimos meses. La certeza de que la enfermedad comenzaba a dar los primeros síntomas claros de entrar en su última fase, esa etapa que va silenciando al paciente hasta alejarlo de toda relación con el entorno. Esa nítida certidumbre fustigó, hasta hacerlas desaparecer, las últimas dudas que pudiera haber tenido. Ya todo eran verdades diáfanas frente a él, terribles, sí, pero necesarias. No quería irse así, sin arreglar las cosas con su hija, lo único que ahora tenía sentido para él.

Con esa potente verdad acunándolo, durmió de forma plácida por primera vez en meses. Ya nada le apartaría del compromiso al que había llegado consigo mismo. Ese juramento del que solo te puede apear la propia muerte.

7. Y ASÍ, PAULA DESCUBRIÓ A PAULA BLANCO

La llamada de Luis invitándola a su restaurante japonés favorito desorientó a Paula, pero al final el ánimo y el empeño que su padre había puesto en intentar persuadirla hicieron el resto y terminó por claudicar y aceptar la invitación.

Había varias razones que hacían que Paula no quisiera ya exponer a su padre a lugares públicos. La primera de ellas era puramente de logística. Luis era un hombre corpulento y resultaba bastante complicado poder manipularlo. Además de ello, tenía que ir con una especie de aparatosa braga para controlar la incontinencia que con cada vez mayor asiduidad sufría cada día.

La última razón que inclinó la balanza a favor de aceptar la invitación fue que hacía ya bastante tiempo que Luis no salía de casa y, con él, Teresa. A Paula le pareció que las dos o tres horas que pudiera pasar junto a su padre podían resultar un verdadero regalo para Teresa. La libertad es algo que no valoramos hasta que la perdemos.

Llamó desde el manos libres del coche para informar que ya estaba cerca. Había quedado con Teresa para que preparara a su padre y lo sacara al coche, así ganarían tiempo. Al verle acercarse cogido de la mano de Teresa, con pasos tan inseguros como solo se tienen al principio o al final de la vida, el corazón se le heló.

La cara que puso el *maître* al reconocerlos, con una mala y disimulada expresión de cordialidad, entristeció a

Paula. Era evidente para las personas que hacía tiempo que no veían a su padre que Luis estaba realmente deteriorado.

–¡No te podrás quejar! Ya estamos en tu restaurante favorito –dijo mostrándole una amplia sonrisa después de dejarlo, no sin dificultad, sentado frente a ella.

–Muchas gracias, Paula. No creas que no soy consciente de lo complicado que se vuelve todo lo que antes hacíamos con sencillez.

–Hasta que podamos, creo que los dos tenemos que intentar disfrutar de las cosas que nos gustan. ¡Y este restaurante nos gusta mucho a los dos!

–No quiero pensar que posiblemente esta sea la última vez que me deleite con estos exquisitos manjares.

–Bueno, Luis, eso nunca se sabe. De momento estamos aquí y podemos hacerlo. *Carpe Diem*, papá –y subió ligeramente una copa de vino frío que habían pedido.

Paula notaba que su padre estaba inquieto. Esperaba a que los camareros fueran sirviendo los platos que habían ordenado para hablarle. La sensación de que tenía algo importante que decirle la incomodó.

–Niña, esto se acaba –dijo él de repente, y esbozó algo parecido a una incipiente mueca.

–¡No digas eso! Ya sabes que podemos retrasar la enfermedad si afrontas el día a día con positivismo.

–¡Y lo hago! pero noto como mi cabeza empieza a dormirse. Es una sensación muy curiosa.

–Ten cuidado con el Sukiyaki[1]. ¡Está muy caliente!

A Luis la expresión que puso su hija le hizo gracia. Le hizo viajar muchos años atrás, cuando Paula todavía era una niña y, después de abrasarse la boca con algo caliente, le po-

1 Finos filetes de carne de res, verduras de temporada finamente cortadas y pasta de soja.

nía la misma carita, una mueca especial que hacía que se arrugase su hermosa nariz.

–Paula. No me queda mucho tiempo, eso lo sé, lo noto. No necesito que ningún especialista me diga si tengo o no razón.

–Bueno Luis, eso no... –con un gesto de su mano el padre consiguió que Paula dejase de fabricar en su boca el último argumento que, reprimido para siempre, se silenció.

–Déjame terminar, por favor. ¿Lo harás?

Esperó con tranquilidad a que Paula bajara ligeramente la cabeza de forma afirmativa.

–¿Recuerdas que siempre he amado *Blade Runner?*, quizá por la poesía con la que Ridley Scott fue capaz de tratar una novela tan compleja como la que escribió Philip K. Dick. Como director de cine puedo elegir distintas versiones o tratamientos estéticos, pero ninguna de ellas hubiese mejorado ni un solo fotograma la versión original. Todo en ella es perfecta. El guion, la música de Vangelis, la fotografía, el reparto. De los personajes, ya sabes cómo amo a ese perfecto Nexus-6 que es Roy Batty.

–¿Cómo crees que no lo puedo saber? ¡Luis, llevo viendo esa película contigo desde que tengo uso de razón! Antes incluso de haber entendido una palabra de lo que realmente significaba.

–No es eso lo que quiero decirte. Con el tiempo, como les pasa a las grandes obras de arte, la película ha ido envejeciendo, pero su mensaje, su esencia, sigue teniendo el mismo vigor del primer día. A Roy Batty le mueve el impulso metafísico de la búsqueda de su creador, como si de un hermoso Prometeo se tratará. Ahora lo entiendo con una claridad absoluta. Es el miedo al olvido de su paso por la vida, de su legado y testimonio vital, más que el propio miedo a la muerte, lo que le impulsa. La necesidad de saber cuánto tiempo le queda de vida lo que alimenta su rabia y su búsqueda de respuestas. Él, que había sido fabricado como un guerrero de combate, un colonizador imbatible; pese a ello, el miedo al olvido de todos sus recuerdos, de sus vivencias una vez muerto, lo consumía. Como tenía la certeza de su propia obsolescencia programada, la rabia lo espoleaba a buscar una solución y esa solución solo se la podía facilitar su creador.

Paula observaba a su padre; no tenía muy claro dónde terminaría su disertación sobre una película que ambos amaban. Pero se mentalizó para no volver a interrumpirlo.

–Como él, yo también siento una poderosa rabia. Una inmensa rabia por todo el tiempo perdido. Por las horas dilapidadas entre gente banal, entre las sábanas de mujeres a las que no les importé ni me importaron, en fiestas, en días enteros deprimido por el trabajo que no llegaba, atormentado por no poder hacer nunca los proyectos que había creado, esperando la oportunidad de verlos nacer. ¡Todo ese tiempo perdido que ahora no tengo!

Luis se quedó callado, con los ojos muy lejos de allí. Pero Paula sabía que todavía no había terminado.

–El tiempo, Paula. Esa es la clave. Dicen que los niños pierden la inocencia cuando toman consciencia de que, pese al amor incondicional de sus padres, un día lejano ellos también morirán. La muerte nos rodea desde niños, Paula, pero hasta que no aprendemos que un día vendrá a buscarnos de forma irremediable somos inocentes, somos más felices. Yo, como Roy Batty, quiero irme cuando sienta que he terminado mi tarea en este mundo.

»Solo me queda una cosa por hacer, y creo que es la tarea más importante de mi vida.

Luis se quedó mirándola muy fijamente. El resto de palabras que su padre pronunciaría ella ya las conocía. El temor que albergaba y que había hecho que tuviese que volver a terapia con Admiel Perlman se materializó de forma clara y contundente en ese preciso instante.

–Te quiero mucho, hija. Creo que es la primera vez en mi vida que te lo digo.

–Luis, por favor. Me estás incomodando. No quiero seguir hablando de este tipo de cosas ahora.

–No puedo aplazarlo por más tiempo. El tiempo es un lujo del que ya no puedo disponer.

–¿Pero qué quieres que te diga? Ya sé que me quieres. Soy tu única hija. Supongo que es normal, ¿no?

–Paula, ¿tú me quieres?

La pregunta desarboló por completo las líneas defensivas que Paula había construido a lo largo de los años. Lejos de sentir la pregunta como algo cercano o hermoso, le pareció completamente injusta y fuera de sentido, del sentido que para ella tenía la relación con su padre.

–Pues lo siento, pero no voy a contestar a esa pregunta. Las cosas no funcionan así. Quiero decir, no puedes venir justo ahora porque tienes no se sabe qué remordimientos e intentar disiparlos con una simple respuesta. Son los hechos, las acciones que hacemos a lo largo de toda una vida que marcan quiénes somos o cómo nos relacionamos con los demás. ¿Qué quieres de mí, por qué no lo dejas estar?

Luis sintió que Paula no le quería. No al menos de la forma que él necesitaba.

Su cara de desamparado conmovió a Paula. Pese a la rabia que experimentaba al sentir que su padre estaba forzando una situación de forma completamente artificial e innecesaria, no quiso tensionar aún más las cosas.

–Mira, necesito tiempo. Son muchas cosas las que tengo en la cabeza. La presión del trabajo –mintió–, tu enfermedad y la coordinación de todo lo relacionado con la misma, mis propios problemas personales. Yo te quiero a mi modo, que espero sea suficiente.

–Bueno, hija, está bien. Otro día hablamos de nosotros con un poco más de calma.

El resto de la comida resultó de una tensa calma, previsible y a ratos ocurrente. Pese a las pausas que con más asiduidad hacía Luis, seguía siendo un ingenioso conversador, con un ramillete de chascarrillos y recuerdos graciosos que solían hacer muy amenas las veladas.

–¿Quieres venir a casa a ver una película conmigo, o estás cansada y quieres irte a casa?

–No, estoy bien. Ya te dije que vengo para estar unas semanas contigo. ¿Qué película quieres ver, Luis?

–¿*Drácula*, de Coppola?

–¡Sí! Hace tiempo que no la veo. Venga, vamos a casa.

Luis todavía recordaba nítidamente la primera vez que vio la película, en enero de 1993.

Le pareció maravilloso que un director tan consagrado como Francis Ford Coppola, que había realizado películas únicas e irrepetibles como *El Padrino* –primera y segunda parte– o la maravillosa versión del libro de Joseph Conrad, *El corazón de las tinieblas*, como fue *Apocalypse Now,* quisiera hacer la adaptación del clásico de Bram Stoker, que ya había querido ser adaptada por el gran Orson Welles. Con todas esas reflexiones sobrevolando su cabeza esperó con la excitación de un niño que va por primera vez a un cine a que la luz de la sala del cine Callao de Madrid fundiese a negro.

Una vez visionada la película, los actores –salvo el todavía no muy conocido en aquel momento Keanu Reeves en el papel de Jonathan, que le resultó sobreactuado– le parecieron magníficos en sus interpretaciones. La fotografía, la banda sonora, los filtros y efectos, los increíbles y cuidados decorados, el refinado trabajo de la dirección de arte y de sastrería... le fascinaron. El homenaje a la invención del cine en la secuencia del cinematógrafo, o la magnífica transición que logró Coppola acercando la cámara a una gran pluma de pavo real que, utilizando uno de sus dibujos, se transforma en un túnel teñido de un fondo rojo espectacular por el que transita en tren Jonathan a Transilvania, le maravillaron.

Paula terminó de ver la película junto a su padre.

–¡Qué magnífica obra de arte! Pasan los años y sigo observando cosas nuevas en ella.

–Sí, papá, no parece envejecer.

–Es curioso el paralelismo entre los rituales y los símbolos que sigue *Drácula* y los de la religión cristiana, por ejemplo en la figura del Ángel caído.

–¿Qué quieres decir?

–Como pasa en la religión cristiana, existe un importante ritual alrededor del vino como sustituto necesario de la sangre, como símbolo de comunión. Haciendo un paralelismo entre la figura de Drácula y la de Satanás, ambos pueden resucitar a los muertos y dar una especie de vida después de la muerte. Tienen discípulos que han de respetar una serie de preceptos muy claros. ¿Tú ves ese paralelismo en los símbolos?

–La verdad, papá, que no dejas de sorprenderme. Jamás habría sacado un paralelismo de este tipo de la película. No digo que no tengas razón o fuerces los argumentos, pero me parecen sorprendentes y muy imaginativos. –Y regaló a su padre una amplia sonrisa. Como había entrado la tarde y Teresa ya había regresado, lo dejó en sus manos, pues lo percibió muy cansado. «Demasiadas excitaciones para un solo día» pensó para sí.

Al llegar a su apartamento, después de una intensa sesión en el gimnasio, se preparó un baño con espuma, cortó un poco de queso y se abrió una botella de Ribera del Duero. Puso un poco de música y encendió unas velas aromáticas en el salón. Tumbada en el cómodo sofá la pregunta se materializó de forma brusca, como si hubiese permanecido largo tiempo escondida en algún recóndito lugar de su subconsciente.

–¿Quién es Paula Blanco en verdad? –oyó decir a su propia voz, como si en el momento de pronunciar la pregunta su cuerpo estuviera poseído por otra persona.

–Soy la ambiciosa profesional, la hija dedicada, la organizadora nata, la buscadora de amantes ocasionales, la huérfana de madre, la sobrina, la que nunca ha ido a ninguna reunión de antiguos alumnos de la universidad o el máster. Realmente, ¿quién soy yo? –volvió a preguntarse.

El resto de derivadas que la pregunta desencadenó atormentaron su conciencia de tal modo que, pese a no tener programada cita con su terapeuta, decidió que lo mejor que podía hacer al día siguiente nada más levantarse era intentar que le hicieran un hueco para poder verlo.

Admiel Perlman pudo observar a una Paula Blanco desconocida para él. Todas las barreras y los mecanismos defensivos que solía utilizar en las sesiones habían desaparecido; parecía verdaderamente desconcertada y ansiosa. Había conseguido poder hacerle un hueco, ya que había tenido una cancelación de una de las citas de primera hora de la tarde.

–¿Quieres un té o una infusión, Paula?

–¿Qué?

–Una infusión; yo me voy a hacer una. Te pregunto si quieres una tú también.

–Sí, gracias.

Admiel Perlman elaboró y espació un poco más el ritual de confección de las infusiones para poder observar de forma indirecta el nivel de ansiedad o impaciencia de Paula. El descontrol emocional que pudo percibir en sus gestos corporales eran tremendamente reveladores.

Una vez sentados y con las dos tazas humeantes en la mesa de cristal que los separaba, Admiel preguntó:

–Cuéntame, ¿qué ha provocado esta cita no programada?

–Una pregunta a la que no le encuentro respuesta.

–¿Y qué pregunta es?

–Que simplemente no sé bien quién soy, y se supone que debería saberlo con treinta y ocho años ya cumplidos.

Admiel Perlman se quedó callado, como solía, para provocar que Paula siguiera con sus reflexiones.

–Que no me reconozco, eso es lo que pasa. Tenía una vida, unas prioridades claras que conformaban mi día a día, todo tenía sentido en esa vida y me iba bien, ganaba mucho dinero, tenía un buen estatus, no sé, estaba acostumbrada a mis rutinas; en ellas encontraba seguridad.

Paula miró a Admiel con ojos tristes y desamparados, como buscando una reflexión mágica que la liberara de la angustia y el desconcierto existencial que sentía en esos momentos, algo nuevo en su vida.

–Paula, te propongo un viaje.

–¿Un viaje? No entiendo.

–Sí, un viaje no exento de momentos duros, pero que estoy seguro de que, con trabajo por parte de ambos, terminará muy bien. En el mismo buscaremos el sentido de tu vida, porque creo que eso es lo que está generándote este sentimiento de angustia.

–¿El sentido de mi vida? No entiendo, pero si... –con un gesto amable y delicado de su mano, Admiel acalló las palabras que Paula estaba a punto de expresar.

–¿Te puedo contar una historia?

–Si viene al caso...

Admiel eludió el comentario fuera de tono y le contó la historia del hombre que le ayudó a entender por qué debía hacerse psicólogo.

–Viktor Frankl es el padre de una de las terapias que utilizo como terapeuta, la logoterapia –empezó de forma pedagógica–. Es un tipo de psicoterapia que se basa en la creencia de que la voluntad de sentido es el principal motor del ser humano. Fue tan importante su aportación a la psicoterapia que germinó en la llamada Tercera Escuela Vienesa de Psicoterapia, después de Freud, Primera Escuela de Viena, que creía en la voluntad de placer como motor vital, o Adler y la psicología individual, Segunda Escuela de Viena, que pensaba que el verdadero motor del ser humano era la voluntad de poder. Sé que te resultará un poco teórico, pero confía en mí, por favor.

–Entiendo –contestó de forma lacónica Paula.

–A lo que quiero acercarte no es a una breve introducción a la historia de la psicoterapia de la primera parte del siglo XX, sino a las ideas de Frankl, que no se pueden entender sin conocer su propio proceso vital.

–¿Proceso vital?

–Verás, este hombre sobrevivió al Holocausto, donde perdió, además de a su joven esposa y a sus padres, a parte de su familia. Después de sobrevivir a una de las experiencias vitales más aterradoras por las que se puede pasar, llegó a la conclusión de que el ser humano es capaz de sobrevivir en condiciones tan extremas y penosas, como pueden ser las que uno experimenta en un campo de exterminio, si su vida tiene un profundo sentido para sí mismo. Y lo logra cuando da sentido a su «logos», a su propia experiencia como ser humano. Solo así es capaz de soportar entornos tan terribles.

Admiel se levantó de la silla y se dirigió hacia la estantería blanca que había junto a la ventana y a la mesa donde tenía el ordenador. Pareció buscar un libro en la abigarrada estantería; con él entre las manos volvió a sentarse.

–Toma –dijo y le entregó el libro a Paula ante su sorpresa.

–¿Me pones deberes?

–Te hago un regalo. Te vendrá bien leerlo.

–*El hombre en busca de sentido.* ¿Qué es? ¿Un libro de autoayuda para personas como yo, que no terminan de encontrarse?

–¡No! Es uno de los libros más importantes de Viktor Frankl; lo escribió al poco de ser liberado de Dachau en 1945 y en él desarrolla las bases de la logoterapia y de un nuevo paradigma científico.

–¿Qué es, de esos que te aconsejan cómo ser feliz paso a paso?

–Paula, por favor. Si te pido que lo leas es porque creo que te vendrá bien. ¿Tengo tu compromiso?

–Está bien. No suelo creer mucho en este tipo de libros con moraleja pseudofilosófica, pero lo leeré. ¿Tengo que hacer un resumen o algo así?

La mirada que le lanzó Admiel le sirvió como respuesta.

–Mira Paula, es normal que a lo largo de nuestra vida vivamos momentos que nos hacen reflexionar sobre el sentido mismo de la vida, que nos hacen hacer balance. A veces dicha reflexión no nos lleva a una decisión que nos haga cambiar las cosas pero en otras ocasiones, las más extremas, supone una verdadera catarsis que, de superarla, resulta en que ya nada vuelve a ser lo mismo.

–¿Estoy en una de esas fases catárticas?

–No lo tengo claro todavía. Creo que la enfermedad de tu padre ha removido sentimientos reprimidos por largo tiempo que han despertado y que, al aflorar, no tengo claro que seas capaz de gestionar con las herramientas con las que cuentas actualmente.

–¿Soy una furiosa treintañera reprimida?

–¿Podemos dejar la ironía para otro momento, por favor?

–Bueno, es un recurso cuando una está confundida y reprimida por largo tiempo.

–Ya veo. ¿Quieres que dejemos la sesión por hoy? No te veo concentrada.

–Perdona, Admiel. No, por favor, estoy siendo muy infantil, pero es que estoy bastante nerviosa.

–Lo que quería decirte es que creo que debemos trabajar la gestión de las emociones. Con trabajo por tu parte estoy seguro de que puede ser un camino en el que en poco tiempo podremos ver progresos.

–¿Tengo un problema emocional?

–Paula, no es tan sencillo. Creo que hay sentimientos relacionados con tu propia experiencia vital, sobre todo del momento de la pérdida de tu madre, a la que estabas muy unida, que sumados a la separación del resto de la familia afectiva y al hecho de que todo pasó en un intervalo muy corto de tiempo, sin casi posibilidad de asimilación y con el triste colofón de la internación en un colegio en otro país, propiciaron que un montón de sentimientos fueran reprimidos como mecanismo defensivo por tu parte. Quiero explorar la posibilidad de que afloren para con ello reforzar los vínculos afectivos. Que seas capaz de reconocerlos como algo consustancial a tu persona.

–¿Lo que quieres decir es que vas a meterte en algún lugar de mi cabeza para que afloren sentimientos reprimidos y con ello reforzar el vínculo con mi padre?

–No es a tu padre al que quiero ayudar con mi terapia, no lo olvides. Estoy únicamente pensando en ti, Paula. Pero creo que no podemos avanzar sin profundizar para entender el pasado y aprender de él.

–Entiendo; yo lo único que quiero es volver a sentir que controlo mi vida, quiero estar como antes.

–El filósofo Nietzsche decía que «quien tiene algo por qué vivir, es capaz de soportar cualquier cómo».

–¿Me quieres convertir en una estoica?

–Eso ha tenido gracia. No, quiero enseñarte el poder que tiene la elección. Elegir un rumbo en la vida u otro. Ese principio de elección es fundamental porque en ciertos momentos puede determinar el destino que tome nuestra vida.

–Bueno, mi vida tenía sentido. Nadie en su sano juicio no envidiaría mi vida. A punto de cumplir treinta y nueve años tengo tres apartamentos en propiedad en las principales ciudades del mun...

–Cosas Paula..., cosas. Decía Frankl que «el amor a uno mismo es el punto de partida del crecimiento de la persona que siente el valor de hacerse responsable de su propia existencia». Si no encontramos sentido a nuestro propio sufrimiento, si no tenemos armas para poder combatirlo, tenderemos irremediablemente a la desesperanza y a procesos depresivos, nos abandonaremos, ¿entiendes? No puedes sustituir o aplazar esas cuestiones con cosas materiales. Son preguntas a las que tenemos que responder.

–Sí, toda esa filosofía está muy bien, pero no paga las facturas. Además, me molesta que me estés sermoneando como si fuera una chalada. Yo no estoy deprimida, estoy... confusa.

–Yo no te he etiquetado.

–Pues yo he sentido que lo hacías.

–Te pido disculpas entonces.

Tal y como se había comprometido, Paula leyó el libro que Admiel Perlman le había regalado, *El hombre en busca de sentido*, y le dejó impresionada. La autenticidad, la verdad que yacía en cada una de sus 153 páginas, regalaban a un lector necesitado y ávido reflexiones profundas y auténticas. El libro desmontó cualquier apriorismo, cualquier prejuicio que Paula tuviera.

Sentada en el cómodo asiento de la zona *business* del avión que había de llevarla a Londres para la presentación de un proyecto de adquisición de un grupo inmobiliario en Perú, las sabias palabras de Frankl retumbaban en su cabeza: «no todas las víctimas del Holocausto fueron judíos, pero todos los judíos fueron víctimas». O sobre la adaptabilidad del ser humano, incluso a los contextos más sombríos, mencionando la famosa afirmación de Dostoyevski cuando definió al hombre como «el ser que se acostumbra a todo». Anotó también la frase que se atribuye a Lessing: «hay cosas que te deben hacer perder la razón, a no ser que no tengas ninguna razón que perder». Se quedó parcialmente dormida con una frase que atravesó su cerebro como el preludio de una auténtica verdad: «mi salvación solo es posible en el amor o a través del amor verdadero».

Paula entendió que con su abyecta ideología los nazis pudieron robarle a Frankl casi todo. Le privaron de sus padres, de sus familiares, de su ciudad, de su amada y joven esposa..., de su libertad. Lo que no le pudieron robarle, lo que no le pudieron quitar, fue su capacidad de elegir qué actitud tomar ante esa terrible experiencia. Y decidió vivir y regalarnos su pensamiento.

Una vez terminada la reunión, cuando ya todos los participantes habían salido, se quedó mirando a su alrededor. Analizaba las sensaciones que había experimentado a lo largo de la presentación. Su cuerpo se había dividido durante un momento, como si se hubiese desdoblado en dos personalidades y Paula Blanco observase desde fuera a la propia Paula que, con milimétrica certidumbre, desgranada ratios de rentabilidad, proyecciones sobre el retorno de la inversión, sobre el EBITDA esperado del proyecto de Perú. La sala le era conocida; había estado en ella en innumerables ocasiones, las oficinas y el mobiliario de Orizont Investment, incluso los olores. Los números que terminaba de presentar con éxito también, ella misma los había realizado y supervisado numerosas veces. Todo le era sumamente familiar, todo menos... ella misma. Sentía con extrañeza que estaba representando un papel y que había sido sumamente convincente, ya que no paró de cosechar elogios al terminar. Pese a ello, Paula ya no estaba ahí, no al menos al ciento por ciento. «¡Qué extraña sensación! –pensó para sí–. Soy una mujer desdoblada en dos, en mitosis».

Sumida en ese tipo de reflexiones no reparó en que Noah Cohen había vuelto a entrar en la sala y se había sentado frente a ella, y que hacía unos minutos que la observaba en silencio.

Al darse cuenta de que Paula había regresado de algún lejano lugar, se dirigió a ella:

–¿Pasa algo, Paula? Te noto muy distinta.

–¿Hay algo que estuviera mal en la operación de Perú?

–No, lo de Perú ha estado perfecto. El Consejo aprobará la operación sin problema. Como siempre tu trabajo ha sido impecable.

–Gracias, Noah. Estoy yendo a un terapeuta en Madrid; tengo la necesidad de entender algunas cosas. Pero no quiero que te preocupes; a nivel laboral no ha de afectarme –mintió.

–No te preguntaba por el trabajo. Llevas en la casa tantos años que te siento como una especie de hija. Me refiero a ti, te noto cambiada. Me sorprende lo del terapeuta; no sé, es algo que no te pega.

–¿Qué quieres decir?

–Creía que eras un poco como yo, «que lavo los trapos sucios en casa»; tú ya me entiendes.

–Sí, te entiendo, pero no soy capaz, al menos en este momento de mi vida. Noah..., necesito entender cosas, gestionar emociones que no puedo descifrar por mí misma. Me están ayudando a interpretar esos sentimientos.

–Bueno, no soy la persona más adecuada para aconsejarte; tengo bastantes prejuicios al respecto. Fíjate la cantidad de libras que lleva gastadas David en terapia con sus hijos para nada.

–No es una ciencia exacta; supongo que tienen mucho que ver la voluntad de querer llegar a alguna conclusión, de trabajar con el terapeuta de forma honesta; no sé si ha sido el caso de los hijos de David, la verdad.

Paula se quedó observando cómo una lluvia fría típica londinense golpeaba, espoleada por el viento, los amplios ventanales de la sala de reuniones.

–Sabes que puedes contar conmigo, ¿verdad?

–Lo sé, no debes preocuparte. Como ves, los temas del fondo de inversión los llevo bien, y los otros, bueno, creo que estoy en buenas manos y que con trabajo y perseverancia conseguiré salir adelante.

–No sé si es el momento más adecuado, la verdad.

–No, dime Noah, por favor, ¿pasa algo que deba saber?

–Me están haciendo una seria de pruebas médicas exhaustivas ya que mis niveles de bilirrubina son extremadamente altos. No le he querido decir nada a ningún socio y menos a David; ya sabes que es como un niño grande. La única que lo sabe por el momento eres tú, y así debe ser.

–Ok, no te preocupes, seré discreta. Pero, por favor, en el momento en el que sepas algo más, házmelo saber.

–Sí, no te preocupes. ¿Te quedas esta noche o vuelves a Madrid?

–No, salgo en el último avión de esta noche. ¿Quieres que lo cancele y cenemos juntas?

–Me encantaría.

Paula canceló el vuelo y reservó el primero de la mañana. La cena con Noah Cohen en uno de sus restaurantes preferidos, muy cerca de Covent Garden, resultó como siempre estimulante y deliciosa. Cuando estaba relajada, Noah Cohen resultaba ser uno de los personajes más divertidos del mundo gracias a su insondable y vivaz inteligencia.

Ya acostada en la cama de su apartamento londinense, con el sabor de los taninos del vino francés que habían degustado todavía asomando en su paladar, Paula tuvo la desagradable premonición de que el enemigo durmiente que apenas había mostrado una pequeña señal de su existencia en el organismo de Noah era mucho más terrible y letal de lo que podría parecer. Paula admiraba a esa pequeña mujer, valiente, inteligente, que durante décadas se había hecho respetar en un mundo de hombres, en un mundo de tiburones sin alma como era el universo financiero, que no dejaba de idolatrarla. Y ese, pensó, era un problema endémico de los fondos de inversión: el relevo de sus fundadores. Pese a que cualquier persona inteligente puede pensar que detrás de un fondo de inversión exitoso hay un montón de buenos técnicos, la realidad es que nadie puede concebir Berkshire Hathaway sin Warren Buffett, el «Oráculo de Omaha», como lo denominan, por su sagacidad para descifrar durante décadas el complicado mundo de las inversiones.

Al volver a Madrid, Paula siguió acudiendo a las sesiones con Admiel Perlman. Y así, durante largas semanas, fueron desperezándose poco a poco algunos de los sentimientos que ocultos atesoraba en su interior, entendiendo al fin el necesario uso que los pacientes dan a los pañuelos desechables que siempre hay a mano en la consulta de los psicólogos. Y esas sesiones de terapia, descubrieron a Paula a Paula Blanco que, con pasos dubitativos como los de un bebé, exploraba sus sentimientos, aún imberbes e inmaduros.

8. LA OFERTA DE ORIZONT INVESTMENT

La supeditación emocional de Luis a la presencia física de su hija cada vez resultaba más evidente. El grado de deterioro que la enfermedad estaba causando provocaba que acciones cotidianas que antes podía hacer de forma autónoma, ahora no solo le resultaran imposibles de abordar, sino que ya no quería realizarlas sin la supervisión de Paula. El que Paula no estuviera de forma continuada con él le generaba un profundo sentimiento de frustración que solía canalizar de forma violenta e iracunda con las personas que, obligadas por su trabajo, tenían que estar veinticuatro horas a su disposición. Esta tensión extrema provocaba que la vida al lado de Luis Blanco resultase muy penosa y por momentos insoportable.

–Tía, soy Paula. ¿Te pasaste ayer a ver a tu hermano por la tarde? –preguntó ejecutiva y sin disimulo a Alba Blanco.

–Sí, claro, ¿no quedamos en eso?

–Sí, pero como al final he cancelado el vuelo y no puedo regresar hasta mañana por la tarde, quería estar segura.

–Bueno, tú no te preocupes que tiene un ejército de personas a su alrededor.

–¿Cómo lo has visto?

–Torpe y con la misma mala leche de siempre. No sé lo que le pagas a esa chica, Teresa, pero no es suficiente. ¡Qué santa paciencia tiene!

–Sí, no sé por cuánto tiempo podré seguir contando con ella, pero ahora mismo es una pieza fundamental en nuestra vida. Es inviable que se quede solo y con todas las medicinas y terapias que tiene al día; necesito a alguien de confianza que se encargue y lo supervise con ciertas garantías. Y, créeme, no es tan fácil.

–Hija..., tu padre no ha sido fácil nunca, y menos ahora que está así. Pues págale más y ya está, seguro que así no te pone problemas.

–Te digo que no es tan fácil. No solo es cuestión de dinero; estar con él veinticuatro horas, siete días a la semana, vuelve loco al más cabal.

–Paula, entonces tendrás que renunciar a algo, porque lo que está claro es que tu padre cada vez será más dependiente. Otra cosa es que, cuando pierda la sesera, lo metamos en una buena clínica privada donde sepan tratar este tipo de dolencias.

–¡Qué bruta eres, tía!

–No lo soy, es la pura verdad. No te digo que lo hagas ahora, yo tampoco lo haría. Luis puede ser un verdadero capullo pero es mi hermano y le quiero. Lo que digo es...

–Ya sé lo que dices, dejémoslo estar por ahora.

A Paula cada vez le gustaban más las miles de pulseras que Admiel Perlman lucía en la muñeca. La primera vez que las vio le parecieron concesiones de un hortera trasnochado, pero con el paso de las sesiones aquellas pulseras resultaron ser el complemento perfecto para aquel hombre rabiosamente atractivo.

–¿Cómo ha ido la semana, Paula? Creo que tuviste un viaje a Londres, ¿no?

–Sí, la semana pasada resultó agotadora. A mi padre le trastornan cada vez más mis ausencias.

–¿Y eso cómo te hace sentir?

–¿Agobiada? Sí, porque veo que no colabora, sigue haciendo todo lo posible por enrarecer el ambiente y tiraniza a las personas que están a su lado, que están ahí para ayudarle.

–Es una reacción primaria y lógica, ¿no crees?

–Sí, ya me dijiste que con ella lo que pretende es llamar mi atención y conseguir que pase aún más tiempo junto a él, pero es tan infantil lo que hace, tan injusto para la gente que le está cuidando cada día...

–Son recursos básicos, pero creo que él siente que por el momento le valen, ya que objetivamente estás pasando cada vez más tiempo junto a él.

–Es que cada vez está peor y, bueno, siento que así le alivio en parte.

–Pero entras en su juego de chantaje emocional, ¿te das cuenta?

–¡Claro que me doy cuenta! Pero no resulta fácil. ¿Qué harías tú en mi caso?

–No es esa la pregunta. La cuestión es que ese tipo de actitud por su parte te agobia, pero respondes al chantaje actuando como él espera y deberíamos de ver por qué eso es así, aparte de analizar las respuestas más superficiales y lógicas.

–¿Qué quieres decir?

–Que tenemos que volver a hablar del pasado, Paula.

–¡Qué maldita obsesión tienes con el pasado! El pasado no hará que mi padre mejore y se cure, y que yo retome mi vida, ¿no es verdad?

–No, no lo hará, eso sin duda, pero podrá ayudarte a aguantar mejor el presente, Paula. En el pasado, en las vivencias traumáticas que guardamos y que silenciamos podemos encontrar mecanismos que nos ayuden a conocernos mejor y a soportar con garantías nuestro día a día, el hoy.

–Está bien, pero no quiero volver a llorar como el otro día; me resulta pornográfico llorar delante de un hombre que solo me observa. Me sentí... ridícula.

–¿Y no aliviada?

–Bueno, puede que sí, pero luego en casa... me hubiera golpeado.

–Algo hemos avanzado en las sesiones que llevamos. Tu cerebro racional y planificador comienza a no poder controlar las emociones.

–No te comprendo.

–No es importante. Concéntrate, por favor.

–Me das miedo.

–Hablemos de tu madre –Admiel cogió y releyó una de las hojas de la libretita blanca donde parecía apuntarlo todo durante las sesiones y después de ellas–. Clara Torres, así se llamaba, ¿no?

–Sí, se llamaba Clara.

–¿Qué edad tenías cuando ella murió?

–Eso ya lo sabes. ¿Qué sentido tiene que me lo vuelvas a preguntar?

–¿Puedes colaborar, por favor?

–Tenía trece años cuando mi madre murió.

–¿Cómo era tu madre, Paula?

–Cariñosa, no sé, como todas las madres.

–Bueno, no tengo a «todas las madres» aquí ahora delante de mí; te pregunto cómo era Clara para ti.

–Una buena mujer que no tuvo mucha suerte. Amó a un hombre que solo se amaba a sí mismo y cuando comenzaba a poder disfrutar de su hija, un cáncer doloroso y letal se la llevó por delante cuando todavía era demasiado joven.

Admiel Perlman siguió callado provocando la continuidad del relato de Paula.

–La verdad es que me acuerdo de que tenía una sonrisa muy hermosa. Su cara estaba llena de pecas que le hacían parecer una niña. Jugaba mucho conmigo, pero no a los típicos juegos, a los que compras en una tienda, sino a juegos que imaginábamos juntas. Le gustaba hacer cosas conmigo y disfrutaba mucho enseñándome a experimentar.

–Y tu padre en esta época, ¿dónde estaba?

–Si no estaba rodando fuera de España, estaba preparando un proyecto. Recuerdo que teníamos un pasillo enorme en la primera casa de la que tengo memoria –se quedó unos segundos pensativa–; debía de tener unos siete años cuando pasó.

–¿Qué pasó, Paula?

–Mi padre tenía su despacho al final del pasillo, junto a la cocina. Solía hacer los guiones a mano y luego los tachaba y los volvía a rehacer, cortando trozos de papel y pegándolos en aquellas partes del guion que había rehecho. ¡Un trabajo de chinos! Pero bueno, no había correctores ni típex en aquel entonces.

–Me hago una idea.

–Yo sabía que no podía entrar a su despacho bajo ningún concepto, porque era algo que tanto mi madre como mi padre me habían dicho en infinidad de ocasiones. Y pese a ser una niña muy buena, bueno... tenía la lógica curiosidad ante lo prohibido, supongo.

–Ya ¿y?

–Un día, aprovechando que mi padre no estaba en casa entré en su despacho. Fueron un conjunto de coincidencias, ya que siempre estaba cerrado, pero esa tarde no. Al venir de la cocina vi que estaba abierto; mi madre estaba planchando al otro lado de la casa. Entré despacio y recuerdo que me puse a mirar los papeles que había encima de la mesa. Eran guiones de una de sus películas; me quedé absorta viendo la grafía de la letra de mi padre. Era preciosa, de una armonía increíble. Observando la forma bella y plástica de su letra no reparé en el sonido de la puerta de la casa al cerrarse así que el chillido que mi padre dio desde el marco de la puerta de su despacho me pilló completamente desprevenida.

–¿Te pilló en su despacho?

–Del sobresalto y al girarme empujé un bote de pegamento que no estaba bien cerrado, y el pegamento se derramó sobre los folios del guion...

Admiel observó como la mirada de Paula se entristeció; habían pasado más de treinta años, pero la sola rememoración del incidente todavía le hacía estremecerse.

–Nunca había visto a mi padre así. Parecía fuera de sí; pensé que me iba a golpear al ver su trabajo mancillado por mi estúpida torpeza. Apartó la silla de cuero con ruedas, donde se sentaba siempre frente a su escritorio, con tal violencia que salí disparada al otro lado del despacho, junto a la estantería. Se puso a intentar recoger el pegamento, pero solo consiguió generar una pasta con él y con los folios que habían sido irremediablemente dañados. Me miró con furia, no sé, con unos ojos que yo nunca había visto. «Eres una estúpida», me dijo. Yo estaba tan asustada que me hice pis encima, esto le enfureció aún más. En ese momento oí que mi madre chillaba su nombre con un tono autoritario. «¡Luis, por amor de Dios, la estás asustando!», gritó y lo apartó de un golpe. Entró en el despacho hasta donde yo estaba y me guareció entre sus brazos.

–¿Recuerdas qué sentiste en ese momento?

–¿Que si lo recuerdo? Nunca podré olvidar esa sensación. Sentí seguridad, sentí que no quería estar en ningún otro lugar del mundo salvo entre aquellos brazos, sentí que quería que aquel instante durara para siempre. Mi madre me demostró que pese a no haber cumplido las reglas me quería por encima de cualquier otra cosa.

–Sí, tu madre te quería, de eso no hay duda. ¿Qué hizo tu padre después de que tu madre entrase en su despacho?

–Se quedó quieto, como un gigante herido. Al salir del despacho en brazos de mi madre recuerdo que tuve la valentía de mirarlo a los ojos y...

Paula se quedó por unos segundos rememorando el instante, absorta en el recuerdo de ese momento.

–... los apartó de mi mirada. Como si mis ojos le hubiesen, no sé... abrasado por dentro.

–Y posiblemente fue así, ¿no crees?

–¿Qué quieres decir?

–Que le demostraste a aquel hombre, tu padre, que como adulto responsable se suponía que debía tener la capacidad de controlar sus emociones, que no había estado a la altura. Se había descontrolado por completo. ¿Recuerdas más episodios de ese tipo en los que tu padre demostrase descontrol emocional?

–Sí, antes de la muerte de mi madre. Yo debía de tener diez años. Tuvo una mala racha laboral, no le encargaban películas y eso le sumió en una fuerte depresión. Apenas salía de su despacho cuando estaba así.

–¿Y cómo afectaba a la familia?

–Mi madre le quería, además admiraba su trabajo y lo entendía; los dos habían trabajado en la misma profesión. Ella se desdoblaba intentando atendernos a los dos, supongo.

–¿Tu padre era violento?

–¡No! Jamás nos pegó a mí o a mi madre.

–Bueno, sabes que hay muchas formas de violencia, y no todas derivan en violencia física.

–Recuerdo que mi madre me contó que un día, estando mi padre grabando con un actor importante de esos que no paran de exigir y que se creen «el culo del mundo», como siempre dice él, ese actor, que debía de estar de mala leche o aburrido, se puso a humillar a un pobre joven meritorio...

–¿Meritorio?

–Perdón... son las personas que están comenzando en el mundillo del cine, como una especie de aprendiz, de becario. Mi padre observó la parte final de la humillación cuando ese actor, que además era bastante corpulento, le pegó una patada en el culo al pobre chico, solo para que algunos técnicos y un par de actrices secundarias se rieran. Mi padre llegó, le cogió del cuello de la camisa y lo lanzó medio metro hasta estrellarlo contra el suelo. Le advirtió que si tenía huevos se levantase, cosa que no hizo, como es obvio. ¿Ese es un comportamiento violento?

–Es la aplicación de una cierta justicia de forma violenta, ¿no te parece?

–Sí, Luis siempre ha tenido un sentido de la justicia y del momento de aplicarla un tanto especiales –explicó ella y esbozó una sonrisa.

–¿A qué te refieres?

–No hace tanto, a raíz de los premios Goya, se le ocurrió decir que no le parecía bien que en la fiesta del cine español se utilizase el evento como escaparate de reivindicaciones políticas. Y estaba claro que la corriente iba por otro lado y que ese comentario solo podía traerle problemas, pero a él ese tipo de cosas le daban igual; no pensaba en las consecuencias que para su carrera o legado tenían ese tipo de posicionamientos en contra del «sistema» o de las corrientes de poder mayoritarias.

–Entiendo... le gusta nadar a contracorriente.

Admiel Perlman observó el reloj que había a la espalda de Paula.

–La terapia ha terminado por hoy.

–¿Ya? Es curioso, hay sesiones en las que el tiempo pareciese que volase.

–No, no lo hace. Pero estoy contento con el desarrollo de la sesión de hoy, creo que estamos avanzando.

–¿Hacia dónde?

–Hacia un lugar donde comprendamos mejor las cosas y seamos capaces de vivir también con las que nos duelen y nos hacen sufrir.

–No quiero sufrir.

–Recuerda a Viktor Frankl. Él llegó a afirmar que el sufrimiento deja de ser sufrimiento cuando encuentras un sentido a tu vida, una meta, un propósito. Afirmó que hay tres caminos que nos ayudan a darle sentido a la vida: cumpliendo un deber o creando un trabajo, en el amor o dando lo mejor de nosotros mismos cuando nos enfrentemos a un destino que no podemos cambiar.

–Uno de los caminos lo tengo dominado, porque de sentido del deber y del trabajo estoy más que sobrada.

–Aparentemente sí –comentó el psicólogo y le guiñó un ojo.

A Paula le pareció una frivolidad la contestación tipo «Oráculo de Delfos», pero ya se había acostumbrado a sus comentarios. Comenzaba a sospechar que formaban parte de una estrategia cuya finalidad solo conocía el propio Admiel. Siempre eran comentarios al final de la sesión y siempre resultaban provocadores, como si con ellos quisiera desencadenar en ella algún tipo de reflexión.

Al salir de la sesión y conectar su móvil, vio dos llamadas perdidas de David Goldberg.

David tardó en contestar. Su tono de voz parecía el de un hombre muy cansado.

–La biopsia de Noah ha sido positiva. Estoy, cómo decirte, aterrado.

Paula no sabía qué decir. Nunca había tratado ningún tema personal con David. Todo lo que sabía de su vida personal se lo había contado de una manera más o menos directa y discreta la propia Noah.

Enseguida se dio cuenta de que David lo único que quería era una voz conocida con la que poder desahogarse. Eso alivió a Paula.

–Nunca he conocido una persona más inteligente que Noah. Es la mejor socia... la mejor amiga. No puedo pensar en que pueda pasarle nada, no a ella.

La pausa que siguió a esa íntima reflexión duró el tiempo suficiente para que Paula entendiera que ahora sí era el momento de decir algo.

–Creo que no debemos precipitarnos. Noah no es joven pero tiene una buena edad para afrontar con garantías algo así.

–El cáncer está en un estadio cuatro. ¿Sabes lo que eso significa, Paula?

David enseguida se dio cuenta de que lo que terminaba de emitir por la boca era una estupidez ya que alguien que pierde a su madre con poco más de trece años sabe «exactamente» qué significa un estadio cuatro en un cáncer.

–Perdona, es que estoy un poco nervioso.

–¿Has podido verla, es decir, has estado con ella, o cómo te has enterado?

–Me ha llamado. No me dejó que la acompañara; ya sabes cómo es de firme cuando algo se le mete en esa cabezota.

–¿Crees que puedo llamarla, sería conveniente?

–Lo único que me dijo es que quería tomarse la tarde y que estaría en su apartamento. La he intentado llamar, pero tiene el teléfono desconectado. Supongo que necesita tiempo para pensar y no quiere contestar llamadas.

–¿Quién lo sabe?

–Yo y ahora tú.

–Que siga así; tenemos que ver cómo debemos gestionar la noticia. Noah es una institución y los mercados son reactivos a las novedades y los cambios no planificados.

–Nadie pretende cambiar nada.

–No he querido decir eso, David; lo que quiero decir es que tenemos que controlar la noticia y estar coordinados con Noah, solo eso.

–Te voy a necesitar en Londres más a menudo, Paula. Siento que esto se solape con la situación de tu padre, pero ahora tenemos que ayudar a Noah en lo que necesite, que sienta que puede delegar.

–Sí... es decir, sí, claro. En fin, veamos qué nos dice Noah, pero claro, tenemos que prever todos los escenarios.

–Mañana hablamos; me voy al club a tomarme la botella de whisky que llevan décadas guardándome para una buena ocasión. Creo que hoy es el día.

–No tengo muy claro si eso te aliviará, pero desde luego te ayudará a relajarte un poco. Disfruta del whisky, mañana te llamo.

Al colgar el teléfono, Paula comenzó a sentir que las piernas le temblaban.

–Noah Cohen está en un estadio cuatro de un maldito cáncer ¡Joder! es que no me lo puedo creer –se sorprendió con el golpeo de sus palabras una vez resonaron en sus tímpanos.

Relajada entre los vapores y aromas a sales de baño del spa de su apartamento, evocó las miles de anécdotas que a lo largo de los años había vivido con aquella mujer menuda. Tan única como suele resultar la excelencia.

Tenía claro que con Noah Cohen fuera de juego, enferma o muerta... –esa idea le provocó un escalofrío desagradable–, Orizont Investment ya no sería lo mismo. Los fondos de inversión se ganan el respeto de los inversores a base de alcanzar buenos ratios de rentabilidad; es bien sencillo de entender, no tanto de lograr. Noah Cohen llevaba décadas haciendo ganar millones de libras y dólares a los inversores privados y públicos de todo el mundo. Su firma, Orizont Investment, era una de las más prestigiosas del mundo financiero.

Se levantó pronto; quería tener tiempo de recomponer sus prioridades, que habían hasta cierto punto saltado por los aires por la nueva situación y el nuevo horizonte que la enfermedad de Noah proyectaba sobre su vida. Tenía claro que volvería a tener que viajar y que su presencia en Londres en los siguientes meses sería fija. No obstante, su cerebro estaba preparado para poder planificar situaciones límite. Esa, entre otras, había sido la enseñanza que había recibido de Noah: perseverar y tener la cabeza fría para tomar siempre la mejor decisión posible.

–¿Cómo estás, Noah?

–Serena… enfadada con mi cuerpo por dejarse invadir por algo así sin decirme nada. Mi mente es todavía la de una joven financiera que se quiere comer el mundo. No sé, Paula… supongo que todavía no estoy preparada.

–¿Y quién lo está? ¿Qué te han dicho los médicos?

–Que tengo un adenocarcinoma ductal de páncreas, así se llama el hijo de puta.

Esa sería la primera y última vez en su vida que oiría a Noah Cohen decir un taco.

–Lo llamo así porque resulta que es un mal amigo de viaje, silencioso y letal; solo da la cara cuando ya es imposible poder luchar contra él, salvo de forma paliativa.

–Pero bueno, tú tienes recursos económicos; ahora mismo estoy segura de que se están aplicando terapias experimentales que pueden, no sé, aportar otro punto de vista.

–No para mí, querida. Está muy avanzado y ya tengo metástasis en el hígado. Es cuestión de poco tiempo.

–¿Pero has pedido una segunda opinión?

–Es ciencia, Paula. Sí, claro, ya sabes que tengo amigos en todos lados. La biopsia, el TAC, las analíticas, todas las pruebas que me han realizado son concluyentes.

–No sé qué decir.

–Di que sí.

—¿Sí?, ¿a qué tengo que decir que sí?

—Quiero hacerte socia ejecutiva del fondo, Paula. No he tenido hijos; Orizont Investment es lo único que realmente me ha importado en esta vida. No puedo permitir que se vea perjudicado por mi situación

—Pero...

—Déjame que termine —le cortó, consiguiendo enmudecer su impulso—. Las dos sabemos que los inversores se pondrán nerviosos. No con los que trabajamos desde hace años, pero el resto, algunos de los institucionales, puede que se sientan inquietos. No quiero que eso pase, Paula; quiero controlar y ordenar el proceso, quiero que sea claro y transparente para todos.

—¿David?

—David, ay..., David. Es tan brillante, pero tan imprudente al mismo tiempo. David aceptará lo que le pida; siempre lo ha hecho. No tenemos que preocuparnos por él; déjame eso a mí. Son nuestros competidores y los mercados en los que debemos centrar a partir de ahora nuestros esfuerzos y los siguientes pasos a dar. Una mala elección, una nota de prensa en el momento inadecuado, puede precipitarlo todo, generar incertidumbre, y ya sabes Paula cómo reacciona el dinero con la incertidumbre como compañera de viaje.

Paula vislumbraba con nítida claridad los escenarios que Noah le iba dibujando. Esa mujer conocía tan bien los mercados que era casi imposible poder rebatirle nada.

Al colgar el teléfono una cosa la sorprendió. Le terminaban de ofrecer el puesto de socia ejecutiva de uno de los mejores fondos de inversión del mundo, pero ese ofrecimiento no le había despertado nada, ningún sentimiento, ni ilusión, ni apatía... nada. Otro de los aspectos de la llamada que le llamó la atención es que Noah había dado por supuesto que Paula aceptaría; ni siquiera le había preguntado si quería el puesto.

–¡Hola, Teresa! ¿Cómo ha dormido hoy?

–Le he oído levantarse varias veces, creo que para ir al baño. Pero no lo sé, ha estado caminando un rato por el cuarto. Parece inquieto últimamente.

–Ya he comprado la barrera para colocarla en la bajada de la escalera; me preocupa que pueda caerse por la noche.

–Señorita... perdón, Paula, no creo que ese sea ya un problema. Su padre es consciente de que cada vez le cuesta más coordinar los movimientos. Ya no se mueve de ningún sitio sin pedir ayuda, salvo por las noches cuando está en su cuarto. Es la única parte positiva de la última caída que tuvo.

–¡Ni me lo recuerdes, menudo susto! Bueno, pondré la barrera igualmente.

–Como quiera, es su casa.

–Mira, Teresa, en las últimas horas ha pasado algo que seguramente haga que tenga que pasar más tiempo fuera de Madrid.

Como esperaba, la cara de Teresa se contrajo por el miedo. Fue una reacción primaria e instintiva provocada por el terror que la noticia le había producido.

–Yo no me hago con él, no sabe cómo se pone cuando usted no viene a verlo. Los días se nos hacen «eternos». Es que ya nada le divierte, ya no lee apenas, no quiere ver el cine que tanto le gustaba, se pasa las horas sentado en la butaca mirando el jardín.

–Es imperioso que lo haga. Ahora mi empresa me necesita y después de cómo se han portado conmigo con la enfermedad de mi padre, no puedo, no debo decirles que no. Además, entenderás que todo esto –señaló a su alrededor– hay que pagarlo de alguna manera.

–Comprendo que usted, en fin, es algo que tiene que hacer, pero tiene que hablar con él para que entienda que los demás no tenemos la culpa y nos trate un poco mejor.

–Teresa, por favor. Ahora necesito que estés tranquila; yo no puedo ocuparme de él y necesito que lo hagas tú. Pasaré más tiempo en Londres y, si pasara algo, estoy a menos de tres horas en avión. No puedo hacer esto sin contar con tu total compromiso. Sé que te pido un gran esfuerzo, pero no tengo otra opción, estoy en tus manos.

Teresa se quedó mirando la cenefa decorativa de la cocina como intentando buscar algún argumento que le permitiera hacer comprender a Paula la tensión que se respiraba en la casa cuando ella no estaba para controlar los accesos de cólera de su padre. Enseguida llegó a la conclusión de que no podía negarse; Paula le había vuelto a subir el sueldo y ahora ganaba tanto como no hubiese soñado ganar en toda su vida. Además de eso, había una razón que terminó por determinar la decisión. El viejo gruñón le importaba; los años pasados a su lado de una forma tan intensa habían estrechado los lazos afectivos entre ella y Luis Blanco.

–Está bien, cuente conmigo. Supongo que Julián y el resto seguirán viniendo para ayudarme.

–Teresa, estoy en tus manos; tú misma me dirás los recursos que necesitas para poder atenderlo –le dijo y la abrazó.

Al entrar en el salón, pudo percibir un cierto olor muy sutil y ligero, característico de una persona que está sentada sobre su propio orín.

–Teresa, tienes que hablar con Mónica; la sonda se ha vuelto a atascar y mi padre se ha orinado encima.

–¡Otra vez! Ese maldito trasto no para de dar problemas. Ahora que está usted podré cambiarlo, sino tengo que esperar a que venga Julián, porque yo sola no le puedo mover.

–Es cierto, no había pensado en ello. Creo que tendremos que pensar una alternativa para esto. No puede estar tantas horas solo contigo porque si hay un accidente tú no puedes manipularlo.

Pese a que la conversación entre Paula y Teresa se había producido justo a su lado, Luis parecía completamente ajeno; su cabeza seguía absorta en un mundo interior que cada vez le atrapaba más, le hacía desconectarse de la realidad que lo rodeaba y le hundía en la sima insondable y cruel de su enfermedad.

–¡Luis..., papá!

–Paula, ¿cómo estás, hija?

–Bien, te noto cansado. Tenemos que hablar. Puedes atenderme, es importante.

–¡Claro, hija, qué alegría verte!

–Ha pasado algo en mi trabajo y tengo que pasar más tiempo en Londres.

–¿En Londres? ¿y qué tienes que hacer tú en Londres?

–Las oficinas centrales de mi empresa están en Londres.

–¡Ahh! no lo sabía.

Paula se quedó paralizada; constatar que su padre no recordaba algo tan cotidiano en su vida, tan conocido por ambos, ya que había formado parte de su vida durante las últimas décadas, era algo que la enfrentaba a la triste realidad.

–Tengo que estar en esa ciudad por un tiempo. ¿Has entendido?

–Londres, sí, que tienes que vivir ahí por un tiempo.

–Sí, exacto, pero no quiero que te preocupes. Londres está muy cerca y en pocas horas puedo venir si pasara algo. Además, todos los días te llamaré.

Luis volvió a desconectarse; su mirada perdida supuso otra andanada de realidad a las expectativas de Paula sobre la deseada ralentización de la enfermedad.

Se alejó del sillón que siempre ocupaba su padre y se acercó a Teresa, que estaba cerca de la entrada de la cocina.

–¡Hoy está fatal! Es que no lo comprendo, ayer parecía otra persona distinta por teléfono. Nunca le había visto así, está como ido. ¿Ha comido bien, le has dado algún medicamento distinto?

–No, lo de siempre, pero cada vez come peor... No he hecho nada distinto al resto de la semana.

Con el paso de la semana, Paula fue arreglando los diversos escenarios abiertos que tenía en Madrid. Había conseguido organizar agendas y coordinar el día a día de su padre, que era su máxima prioridad.

Nada más sentarse frente a ella, Admiel Perlman se dio cuenta de que a Paula le pasaba algo grave e inesperado que había acontecido en el intervalo semanal entre sesiones. Ya tenía el suficiente magisterio como para detectar los sutiles cambios de expresión en el bello rostro de su paciente.

–¿Qué tal la semana, Paula?

–Buff, ¿cómo empezar?

–Poco a poco, no hay prisa.

9. LONDRES

La tarde anterior a su viaje a Londres, donde debía pasar un tiempo no determinado, Paula decidió, viendo que su padre se sentía con más fuerza, ver juntos en el cine de su casa una de las películas favoritas de ambos, *King Kong*, en la primera versión de 1933 dirigida por Merian C. Cooper y Ernest B. Schoedsack y maravillosamente protagonizada por la canadiense Fay Wray.

Paula recordaba perfectamente la primera vez, con poco más de cinco años, que vio esa película junto a su padre. Con el paso de los años y pese a los distintos visionados nunca habían mermado en ella la ternura que sentía hacia la figura de Kong, entre otras razones porque le maravillaba el amor limpio y puro que esa descomunal bestia sentía por la chica protagonista, el personaje que Fay Wray interpretaba de la actriz Ann Darrow.

Se habían realizado distintas versiones de la película con el paso de los años. En la primera de ellas no habían conseguido llegar a destilar esa delicada poesía, pese a la evidente y lógica mejora en todo lo relacionado con los efectos especiales. Quizá la que más se acercó a entender el alma y la soledad del bello y singular gigante fue la versión de Peter Jackson de 2005; esa revisión sí había logrado en muchos de sus fotogramas rescatar la delicadeza y la sensibilidad que subyacía en la versión de 1933.

Paula todavía se sentía estremecer al ver encaramarse al gran gorila al Empire State de New York huyendo con su único amor, la única persona que lo había de algún modo aliviado de su soledad, que había comprendido su bella singularidad. Sin posibilidad de huida, en la parte más alta del rascacielos, intentando preservarla del acoso de los aviones, exponiendo a modo de parapeto protector su enorme cuerpo a los incesantes dardos en forma de balas que no paraban de disparar a su alrededor. En un último y poético gesto de amor y generosidad el gorila deja a la chica en lo alto del edificio y cae al vacío. Ya en el suelo, frente al enorme cuerpo inerme, el productor Denham, el hombre sin escrúpulos que había organizado, estafado y engañado para intentar recuperar su estatus, le aclara a un soldado que pensaba que los aviones del Ejército habían terminado con la bestia: «No fueron los aviones. Fue la bella quien mató a la bestia», alejándose de la escena lleno de resentimiento.

–Sabes, papá, creo que amo tanto el cine fantástico por eso.

–¿A qué te refieres?

–Por ese maravilloso punto de unión de todas estas historias..., el hilo invisible que funde todos los personajes del cine fantástico que me gustan, Kong, Frankenstein, Drácula o el replicante Roy Batty.

–Bueno, Paula, es una curiosa y extraña familia. Te escucho.

–A todos ellos les une lo mismo: la búsqueda del amor en estado puro, su pasión por la vida y el terror a la soledad que emana de la incomprensión asociada a su condición de ser «diferentes», de «monstruos» frente al resto del mundo. Pero siempre obtienen la misma respuesta: la violencia, la incomprensión, bien por como son, bien por lo que son.

–¡Por eso son tan hermosos, Paula! Y por eso estas películas que vemos nunca morirán, porque siempre habrá personas, como tú y como yo que sabremos ver más allá de lo evidente, de lo superficial. Es una forma de belleza rara y especial, pero al fin y al cabo belleza.

–Me ha gustado volver a verla contigo y que podamos hablar así… tranquilos.

–A mí también, hija. Comienza a ser un lujo que no sabes cómo saboreo… cada segundo –suspiró y esbozó una triste sonrisa–. Cada día que pasa soy más consciente del don que es vivir. Ya no proyecto nada, ya no anticipo, vivo el día a día como si fuera el último.

–Muy bien papá, creo que haces bien.

–¿Al final te marchas mañana?

–Sí, salgo temprano. Pese a tener ropa en el apartamento de Londres, llevo varias maletas y quiero poder organizarme.

–Ten cuidado hija.

Subieron a cenar pronto y Paula dejó a su padre acostado al cuidado de Teresa. Ya sentada en su coche camino de su apartamento rememoró con dulzura las horas que había pasado junto a Luis. Habían tenido una buena tarde, lúcida, como si la enfermedad no le hubiese mordido todavía. Paula tenía ya la suficiente información sobre la enfermedad como para saber que esos días eran excepcionales y había que aprovecharlos exprimiendo cada segundo.

Al entrar en la lujosa recepción de Orizont Investment en Londres, saludó a las dos recepcionistas. Se dirigió a su despacho, situado junto a la sala de juntas, en la parte noble de la oficina. Pasados unos minutos llamaron a la puerta. Al levantar la mirada de los documentos que le habían dejado ordenados, los que tendría que analizar en el Consejo extraordinario que había organizado el fondo para informar sobre la situación de la enfermedad de Noah Cohen y los distintos escenarios que la misma podía provocar, Paula se encontró con la sincera sonrisa de Lee Yorkshire, su secretaria para asuntos relacionados con Londres y New York.

–Pareces cansada. ¿Cómo está tu padre?

–Mejor, pero dentro de las fases previsibles de la enfermedad. Vamos, que está estable dentro de lo normal. ¿Ha llegado ya David?

–Creo que no, ya sabes que la puntualidad no es una de sus virtudes.

–¿Le dejaste recado de que quería verlo antes del Consejo?

–Algo así. Le he dejado recado en su móvil y le he mandado mensajes y *emails*.

Paula consultó su reloj.

–Bueno, queda prácticamente una hora. Supongo que se pasará por mi despacho o que me hará llamar cuando llegue al suyo.

Esas palabras todavía viajaban en el aire cuando le entró un mensaje de David a través del Whatsapp: «Subiendo... nos vemos en mi despacho».

–¡Bueno, llega a tiempo! ¿Me puedes meter todo esto –señaló los papeles que estaba revisando– en el porfolio de cuero? Lo recogeré antes de ir al Consejo.

–Cuenta con ello.

–Al final todos los consejeros han confirmado su asistencia, ¿no?

–Sí, claro, lo he comprobado a primera hora. Nadie ha cancelado.

–Según vayan viniendo los acomodas en la sala de juntas; que tomen algo si quieren. Nosotros no tardaremos.

–Cuenta conmigo. No te preocupes que los mantendré a raya hasta que lleguéis.

Paula se dirigió a grandes pasos hacia el despacho de David. Antes de entrar en él, estando todavía en el hall de entrada que compartía con el despacho de Noah que permanecía cerrado, sintió una punzada en el estómago.

Al girarse, David, que terminaba de dejar su elegante abrigo, observó la hermosa presencia de Paula que con un elegante traje de chaqueta le observaba con esos ojos únicos e indescifrables, siempre inquisitivos.

–¿Cómo estás, David?

–Aterrado. No sé muy bien cómo se van a tomar nuestros consejeros la noticia. Es como... irreal.

–Es una oportunidad. Su reacción nos permitirá calibrar hasta qué punto la salida de Noah puede afectarnos.

–¿Qué quieres decir?

–Que hoy jugamos en casa, David, son nuestros consejeros. Se han hecho millonarios gracias a nosotros, muchos de ellos están ahí por su valía o por su lealtad, pero son de la casa. No son ellos los que han de preocuparnos, son los accionistas, sobre todo los mayoritarios, que puedan sentir incertidumbre y, ante una oferta de compra de algún fondo rival, quieran vender su paquete de acciones facilitando una puerta de atrás a nuestros enemigos.

–¿Puerta de atrás?

–Una OPA sobre nuestra cartera de acciones. A un precio que esté por debajo del nominal actual, obligando, solo con esa acción, a suspender nuestra cotización en Bolsa, fijando el último precio y arrastrando la plusvalía del precio de la acción a la baja al final de la sesión. Ese es el escenario que más temo.

–Pero no pueden; los mayoritarios no pueden vender a terceros sin antes ofrecer su cartera a accionistas del fondo. Precisamente les pusimos esa cláusula a los accionistas mayoritarios para evitar el efecto arrastre de la venta de su paquete de acciones sobre el resto.

–No es tan sencillo. En parte tienes razón, pero solo si el escenario es estable. Este es un escenario de cierto pánico, cierto o provocado por nuestros enemigos con la connivencia de alguno de los accionistas mayoritarios que pueden, en caso de que las acciones comiencen a fluctuar a la baja, solicitar la venta de su paquete de acciones. Es una situación objetiva que debemos evitar para dejarles sin argumentos de venta.

–¡Buff! Qué angustia tengo, Paula. Yo, en fin, nunca he caminado sin Noah; los dos éramos como uno solo, como una sola mente, completamente complementarios. Sin ella me siento… desnudo y vulnerable.

–David, sosiégate. Yo llevaré el peso de la reunión. Pero necesito que hoy des lo mejor de ti. Por favor, que no se te note esa vulnerabilidad. En estos momentos todavía no sabemos de quién nos podemos fiar y de quién no. Una vez que soltemos la noticia habrá que estar muy atentos a los movimientos que se vayan produciendo. Por eso es tan importante que les demostremos solidez, continuidad, estabilidad en definitiva.

David no podía dejar de admirar la clarividencia de Noah Cohen, su sagacidad para comprender el verdadero potencial de las personas. Viendo el comportamiento de Paula ante una situación de profunda crisis, entendía por qué Noah había mimado tanto a aquella joven española que hacía ya muchos años había comenzado a trabajar con ellos. Sin duda Noah supo ver en ella esa promesa y parte de las cualidades que ella no había dejado de demostrar y perfeccionar con el paso del tiempo. Existían sin duda puntos de unión entre las personalidades de ambas. Las principales cualidades que Noah tenía, David también las apreciaba nítidamente en Paula. En qué medida dichas cualidades habían sido cinceladas al cabo de los años a su imagen y semejanza por la propia Noah era algo que David nunca sabría, y además no le importaba. La realidad era que el resultado era del todo perfecto y satisfactorio para los objetivos del fondo.

Como le había prometido su secretaria, todos los consejeros estaban junto a la mesa auxiliar de café, té y bollería, o en pequeños corros alrededor de la mesa principal de la sala de reuniones del Consejo.

Al entrar se fueron girando para saludar a David y a Paula. David ocupó la parte presidencial de la mesa, el sitio que solía ocupar en los consejos Noah Cohen. El sillón que solía ocupar David, a su lado, fue tomado por Paula. Esa primera decisión, nada arbitraria, pretendía lanzar el primer mensaje al Consejo. Un mensaje inequívoco de continuidad, de firmeza.

Paula dejó que David hablara primero. Como socio fundador del fondo de inversión le correspondía a él, en ausencia de Noah, abrir las sesiones.

–Queridos socios. Muchos de vosotros sois conocedores, bien por la propia Noah, bien por mí mismo, de la situación en la que estamos. No es un día sencillo para mí y las primeras palabras que os quiero dedicar están a su vez centradas en glosar la figura de mi socia de todos estos años, Noah Cohen, vuestra socia también.

David, que había estado mirando de forma pausada a todos y cada uno de los socios, comenzó a tener un imperceptible tic nervioso en el ojo derecho, invisible para el resto, pero no para Paula que sentada a su lado podía ver perfectamente como el ojo intentaba aliviar de forma rítmica parte de la tensión que el cuerpo de David padecía en esos momentos.

–Como todos sabéis, Noah está enferma. Algunos de vosotros me habéis hecho saber con preocupación los rumores que sobre la enfermedad están circulando en La City y en Wall Street –cogió el vaso de agua que había frente a él y se aclaró un poco la garganta, ya que comenzaba a sentir sequedad–. Sí, queridos amigos, Noah está gravemente enferma.

Dio un vistazo general al conjunto de caras de preocupación que, con más o menos disimulo, le observaban con toda atención.

–Noah padece un cáncer de páncreas que, por lo avanzado que está, es incurable. –Alguno de los socios murmuró, otros dejaron salir de su boca exclamaciones piadosas, otros se quedaron mudos.

Philip Lockshire, uno de los socios más fieles y veteranos, supo trasladar la pregunta que en ese mismo momento todos se hacían.

–Pero, David, ¿de qué horizonte estamos hablando?

–No más de tres meses.

–¡Dios mío, es terrible! Noah es, en fin, consciente de...

–Ella misma me ha trasladado la información. Ya la conocéis; quiere ser la primera en enterarse de las cosas, máxime cuando afectan a su propia vida.

Charles Pelton, de mediana edad, otro de los socios que ejercía como inversor principal de un fondo patrimonial, fue bastante más directo y realizó la pregunta que el resto de socios quería conocer y que por cuestiones de cortesía no se atrevían a formular.

–Querido David. Es una terrible noticia y, supongo que hablo en nombre de todos cuando te digo lo mucho que me apena conocer el crudo desenlace de la enfermedad de nuestra querida Noah. Pero ya sabes cómo funcionan las cosas. Necesitamos controlar la información, es decir, no quiero enterarme de las cosas a través de la bajada de las acciones de nuestro paquete en Orizont Investment. Entiéndeme, lo que pido es un plan de acción que nos permita controlar el proceso.

–Charles, claro que te entiendo. Será Paula, a la que todos conocéis, la que desgrane ese plan de acción que estás pidiendo. Ya está consensuado con la propia Noah. Queridos todos, muchos de vosotros lleváis invirtiendo en Orizont

Investment décadas; sabéis que jamás hemos perdido una operación. Es cierto que en ocasiones no hemos llegado a conseguir las plusvalías que esperábamos, pero ese ha sido el peor de los escenarios; la gran mayoría de las veces, con cada fondo que hemos levantado hemos conseguido las plusvalías que nos habíamos marcado. Por eso somos uno de los fondos de inversión más respetados del mundo. Ahora os pido que atendáis con atención a la información que Paula Blanco os va a aportar. Cuando termine podremos contestar a todas las dudas que podáis tener. Paula, por favor.

Paula se levantó y cogió un mando a distancia diminuto que tenía camuflado en su mano derecha y que le permitiría ir avanzando o ampliando aspectos de la presentación que estaba a punto de hacer. De forma sistemática y didáctica fue desgranando cada una de las fases del plan de acción que habían elaborado para controlar el efecto que sobre los mercados tendría la información de la enfermedad y posterior muerte de Noah Cohen. Desde el control sobre la comunicación y la nota de prensa a medios que sería distribuida al día siguiente, hasta las provisiones en las que habían pensado, en caso de que pudiese se desatase el pánico, situación que no preveían.

Por último, y una vez que tuvo claro que todos los socios estaban más que satisfechos con su exposición, les anunció que Noah Cohen había decidido nombrarla directora ejecutiva general. Les hizo partícipes de las nuevas funciones y condiciones asociadas a su nueva responsabilidad, sobre todo las que estaban relacionadas con la parte variable de su incremento salarial. Habían pactado además el traslado gradual y anualizado de las acciones de Noah Cohen a la propia Paula, bajo una serie de escenarios relacionados con los objetivos y los beneficios acordados por el propio fondo en la siguiente década. Es decir, de darse todas las condiciones

Paula sería dueña del ciento por ciento de las acciones de Noah Cohen al final de diez años.

Enseguida, tanto Charles Pelton como el resto de los socios se dieron cuenta de que era otra de las jugadas maestras de Noah Cohen. Por un lado daba más poder a Paula Blanco, la persona que en los últimos años más dinero les había hecho ganar a todos ellos. Además de resultar eficiente, era relativamente joven, lo que aseguraba el futuro. Otra de las condiciones, la supeditación anual de la transferencia de las acciones de Noah a los resultados marcados por el propio Consejo, les permitía a los consejeros tener el control, siempre que disfrutasen de consenso, del variable en acciones de la propia Paula. Si a todo ello se le unía el que Paula Blanco era desde hacía tiempo una de las jóvenes ejecutivas más codiciadas en el mundillo financiero, la noticia de su nombramiento trasladaría un mensaje inequívoco de continuidad y solvencia en la gestión del fondo a los mercados. En definitiva, un mensaje de estabilidad. Y estabilidad es el término más hermoso que puede oír un inversor.

El resto del Consejo consistió en breves intervenciones que siguieron una misma pauta. Por un lado, ensalzar la figura de Noah; por el otro, dar la enhorabuena y desearle suerte a Paula por su nuevo nombramiento.

Una vez terminó el Consejo, Paula acompañó a David a su despacho. Ya con la puerta cerrada se dejó caer sobre uno de los dos sillones de confidente que David tenía frente a su mesa de trabajo.

–¡Estoy muerta! ¿Cómo los has visto?

–Tranquilos, mucho más tranquilos de lo que esperaba. Creo que has hecho una magnífica exposición, Paula. Hoy te has superado.

–Gracias, David. Sí, sabía que me jugaba mucho y no quería que mi torpeza pudiese propiciar preguntas para las que hoy todavía no tenemos respuesta.

–¿Torpeza? Tú no sabes lo que es eso, querida.

–Quiero ver a Noah. Desde que he llegado, en fin, no he parado. ¿Tú crees que esta tarde puedo acercarme a su apartamento? ¿Me dejará verla?

–Hago una cosa. La llamo y le cuento cómo ha ido el Consejo y te digo algo. ¿Vas a estar en tu despacho?

–Sí, he pedido algo de comer y me quedaré trabajando hasta por la tarde. Le he dicho a Lee que me actualice y busque dosieres de todas las líneas de negocio que llevaba Noah y de las que yo tengo solo una información superficial.

–¿Pero no estabas cansada?

–Sí, lo estoy, pero ya sabes que los mercados no cierran nunca, el dinero no duerme.

–¿Cómo crees que reaccionarán mañana los medios cuando sea publicada la nota de prensa?

–Con morbo y curiosidad.

–Yo hoy como con Dean Surrey. Le debemos el que sepa la noticia antes que el resto de los periodistas del mundillo.

–¿Comes en el club?

–Sí, qué preguntas tienes. Paso mi vida en ese maldito club. Al menos no me siento tan solo.

–David, tú no estás solo, tienes a tus hijos.

–Por favor, no me hagas llorar. No me los nombres. Creo que un padre tan patético como yo es merecedor de unos hijos como los que tengo, lo contrario sería increíble.

–No hables así, David. Siempre podemos volver a comenzar, siempre es posible arreglar las cosas.

–No entre nosotros. No te miento si te digo que esos chicos han sido para mí uno de los motivos de mayor felicidad y mayor tristeza de mi vida. ¡Qué le vamos a hacer! Así es la vida. –Paula observó el semblante triste de David. Ella era conocedora de los escándalos relacionados con sus hijos y la cantidad de veces que David había tenido que acudir a resolver algunas de las consecuencias de sus actos sin sentido poniendo dinero para silenciarlas o bien para paliarlas cuando ya era inevitable que fuesen conocidas por los medios británicos más sensacionalistas.

Al entrar en el lujoso apartamento que Noah Cohen tenía en Kensington, a Paula le sorprendió el elegante mayordomo con rasgos hindúes que la acompañó hasta uno de los salones. Era la primera vez, tras años trabajando para ella, que Noah la invitaba a su casa. Mujer reservada como era, a Paula nunca se le hubiese ocurrido la visita de no haber sido por lo delicado de la situación.

–Puede usted esperar aquí, señorita Blanco –dijo el hombre con el típico acento de hindú educado en Inglaterra.

Paula se puso a observar el inmenso salón de techos altos. Le resultó un poco más recargado de lo que hubiera esperado. Conociendo a Noah desde un punto de vista profesional, la decoración del salón no le pegaba en absoluto. Ella era analítica y fría, y Paula siempre pensó que los espacios por los que transitaría aquella notable mujer en su escena personal serían fríos, pulcros y minimalistas; nada que ver con aquel clásico y abigarrado salón de estilo victoriano.

Al ver entrar a Noah, y pese a haberse auto-aleccionado de que no debía dejar traslucir ningún sentimiento, la visión de su mentora la dejó completamente devastada. Parecía como si los menos de dos meses que habían pasado desde la última vez que se habían visto en persona hubiesen caído como una losa sobre su pequeño cuerpo. La enfermedad la había devorado por completo y le había hecho envejecer de golpe una década. ¡Parecía una verdadera anciana!

–¿Tan mal estoy? –Nada se le escapaba a esa maldita mujer, ni la más sutil de las expresiones.

—No, yo... Sí, me he quedado un poco sorprendida. Lo siento.

—¿Por qué habrías de sentirlo? Tú no tienes la culpa y yo ya sé que me estoy muriendo, así que no hay nada por lo que debas de sentirte culpable.

—¡Cómo eres! ¿Cómo estás?

—Mal. Enfadada, aburrida, cansada, con ganas de vivir. En fin, pensando que todavía tengo millones de cosas que hacer y que ya tengo claro que no podré realizar jamás.

—Supongo que sí. Para la mayoría de las personas, en fin, el final nunca llega en el momento adecuado.

—David ya me ha contado la reunión de esta mañana y cómo se lo ha tomado el Consejo. Me gustaría saber tu opinión.

—Creo que por el momento siguen en el barco con nosotros. Veremos a partir de mañana, cuando llegue la nota de prensa a los principales medios económicos del mundo, cómo evolucionan las cosas.

—Ten confianza, Paula. Desde hace años todo el mundo sabe que en Orizont Investment las principales inversiones pasan por ti, que tanto David como yo las supervisábamos y las aprobábamos, pero que por nuestra edad ya nos resultaba imposible poder liderar. Es un paso lógico en la toma de control del fondo. Y ese paso lo damos con alguien de la casa.

—Eso lo entiendo, pero recuerda que la decisión viene condicionada por tu enfermedad, y eso siempre puede provocar cierta incertidumbre.

—Las tonterías las provocan los cambios de política de gestión, las decisiones poco razonables e inexplicables para los analistas y para el sector. Lo que podrán leer mañana se entenderá como un mensaje de refuerzo y garantía de continuidad de las decisiones de inversión del fondo, créeme.

—¿Quieres tomar algo? Si quieres puedes cenar conmigo. Aunque la realidad es que cenarás sola y yo me sentaré a tu lado con un montón de pastillas. Hace días que no puedo comer nada que no vomite a los pocos minutos. Estos malditos complejos de vitaminas son los que me mantienen viva.

–Pues la verdad es que tengo hambre; he comido una ensalada encima del ordenador.

Sentadas a la mesa, con un vaso de selecto vino de Burdeos, Paula observaba la cabeza, adornada por un hermoso pañuelo de Hermes de aquella memorable mujer irrepetible. La ligera cena resultó exquisita.

–No soy de dar consejos, pero te regalaré uno: Paula, los silencios son ocupados por la voz de otro. Procura llevar siempre la iniciativa con los consejeros y que los inversores no te pillen nunca desprevenida.

Se quedó callada por un instante, como intentando buscar algo dentro de su cerebro. Sus ojos se aceraron, clavándose como dardos en los de Paula. Lo que fuera que quisiera decir, ya se lo había contado.

–Otra cosa. Los consejeros serán fieles siempre que consideren que sus inversiones están más seguras con nosotros que con cualquier otro. Ahí comienzan y terminan sus lealtades.

–Lo sé, Noah, no te preocupes... Como decía el gran Gordon Gekko, «si quieres un amigo en este negocio, cómprate un perro».

–Tú y el maldito cine. Por cierto, he sido un poco grosera. ¿Cómo sigue tu padre?

–Olvidándose poco a poco de quien es.

–Terrible. No creas que no he pensado en ello. Yo al menos intentaré permanecer lúcida hasta el final.

–¿Qué quieres decir?

–Que no quiero estar drogada todo el día para mitigar el dolor. Las semanas que me queden de vida quiero sentirme viva.

–Pero Noah, el dolor será insoportable. Tú sabes que...

–¿Me lo dices o me lo cuentas? Ya sé que lo es. Ahora mismo estoy sintiendo como si me atravesaran los intestinos con un hierro al rojo vivo, pero eso también me hace sentir viva. No quiero estar las últimas semanas de mi vida completamente drogada. Aguantaré hasta que pueda.

–En fin, mañana, ¿dejamos que sea nuestra agencia de prensa la que trate la gestión de la noticia con los medios?

–Sí, ellos saben mejor que nadie cómo tratar cada una de las fases, conocen los tiempos. Prefiero que sean los profesionales los que nos asesoren en todo momento. Ya han recibido instrucciones precisas y serán ellos los que contacten contigo en caso de que consideren que además debemos hacer algún tipo de declaración adicional. Yo ya nunca más volveré a ser vista en público hasta..., bueno, ya me entiendes.

–Sí, claro. La privacidad es algo que hemos tenido a gala en la empresa y entiendo que ahora, en las presentes circunstancias, mucho más.

–Las razones son del todo lógicas. No quiero ser vista así y menos quiero ser recordada con imágenes de mis últimas semanas de vida, débil, vulnerable, decrépita. No lo quiero para mí y menos para Orizont Investment. Ese tipo de cosas solo fomentarían la morbosidad y alimentarían a la prensa amarilla, a esos tabloides que siempre he odiado tanto. ¡Quiero asfaltar mis últimas semanas de vida de naturalidad!

–Tomo nota. Estaré prevenida y coordinada con la agencia de comunicación en caso de que tengamos que hacer algún tipo de declaración.

–Espero que con la nota de prensa de mañana todo quede suficientemente claro. De no ser así, diseñaremos los siguientes pasos, pero sin precipitarnos. Hay que transmitir una imagen de control y previsibilidad.

De repente, un tono exótico y dulce la rescató de la conversación.

–Señora, creo que tiene usted que descansar. —El elegante mayordomo hindú de Noah Cohen reconvino a Paula por su inconsciente abuso del tiempo y descanso de su señora.

–Está bien. Creo que esta noche he cometido varios excesos; espero que esto no dañe mi salud —comentó la aludida y guiñó un ojo de forma cómplice a Paula. Esa expresión relajó sus facciones cadavéricas haciéndola parecer por unos segundos la mujer de antes de la enfermedad.

Al salir del apartamento, Paula decidió pasear. Era tarde pero la zona de Kensington es una de las más seguras de Londres a cualquier hora del día o de la noche. Pese a estar agotada, ya que la jornada había comenzado hacía ya muchas horas, tenía ganas de pensar. Al día siguiente, una vez publicada la noticia en los principales medios económicos del mundo, los días serían para ella mucho más duros y estresantes, eso lo tenía claro. Con todos esos pensamientos revoloteando en su cerebro al compás de sus pasos, la imagen de Admiel Perlman se materializó de forma súbita, clara e inconsciente. Esa inesperada visión hizo aflorar una sonrisa en sus hermosos labios.

Con esa sonrisa todavía dibujada en su rostro comenzó a sentir como una tímida lluvia acariciaba su cara. Fue calándose poco a poco. Esa sensación, desagradable para la mayoría de los mortales, a ella le gustó. Era una hermosa mujer caminando sola en la noche de un Londres ya dormido.

10. BUSHIDŌ, EL CAMINO DEL GUERRERO

Existen ciudades que de forma natural se vinculan para siempre a la biografía vital de una persona. Las amas, a ratos las detestas, pero nunca te dejan indiferente. Ese tipo de vínculo siempre presidió los sentimientos de Paula Blanco para con la ciudad de Londres. Daba igual que no hubiese nacido en ella; en sus calles se sentía como en casa.

La conexión de Paula Blanco con el icónico sello de cine de terror, «La Hammer», como coloquialmente se llamaba a la productora inglesa, fue bastante precoz. No tendría más de diez años cuando vio por primera vez *Drácula*, de Terence Fisher, con el gran Christopher Lee en el papel del famoso vampiro que le haría mundialmente famoso y que inmortalizaría en numerosas ocasiones, y a Peter Cushing como el doctor Van Helsing. Desde ese momento entendió que el calidoscopio de sentimientos y emociones que ese tipo de películas hacían despertar en ella conformaría para el resto de su vida una forma de «estar en el mundo». La mezcla de miedo, morbosidad, ansiedad, curiosidad, suspense, marcaría para siempre los gustos cinematográficos de Paula Blanco.

Se levantó por la mañana, no sin dificultad, y telefoneó a la casa de su padre.

–Teresa, ¿cómo ha pasado la noche? ¿Está con un poquito más de ánimo?

–No, señorita Paula, está muy apagado.

–¿Ha desayunado ya?

–Bueno, sí. Se ha tomado medio sobado, de esos que le compró y que le gustaban tanto. Ahora me cuesta que se coma uno.

–Es normal, es un bollo un poco seco y le costará tragarlo. Además, con todas las pastillas que toma. Y, el resto, ¿le sigues viendo tan ausente?

–Sí, señorita. Hay días que apenas hace gestos, está como con la mirada ida. Luego dice algo, pero a veces no tiene que ver con nada. Es una pena verlo así.

Hacía tiempo que Paula sabía varias cosas de Teresa. Una de ellas es que le resultaba del todo imposible poder dejar de llamarla «señorita». Había optado por aceptarlo sin más. Otra de las características de Teresa era su incapacidad para poder filtrar información que pudiese generar en el receptor angustia o desazón. Esa era una de las razones por las que había luchado tanto por conservarla; esa sinceridad básica y descarnada le permitía conocer el estado real de su padre en la distancia, sin cosmética o artificiosidad impostada, sin eufemismos.

Terminaba en su despacho de Orizont Investment un día que se prometía a priori complicado tras la publicación de la noticia de la enfermedad de Noah Cohen y su salida precipitada de la gestión del fondo. Hubo dos o tres llamadas de periodistas especializados que, pese a la profesional gestión de la agencia de comunicación que trabajaba con ellos, quisieron tener una segunda opinión y contactar con ella en la oficina. Las secretarias, aleccionadas, supieron parar dicha pretensión con certera determinación. Paula estaba sorprendida; incluso en EE.UU, mercado que ya llevaba varias horas operando, no había un gran revuelo. Sí que algunos canales de televisión especializados habían mencionado la noticia, pero se habían centrado más en el valor que suponía para el fondo la continuidad y el liderazgo en la dirección que representaba Paula Blanco. Lo habían tratado como un proceso lógico y natural que simplemente se había acelerado por la enfermedad de una de las fundadoras, precipitando un relevo que al mundillo financiero le había resultado del todo natural.

Sonó la puerta de su despacho. Al levantar la mirada observó la risueña cara de su jefe, David Goldberg. Estaba claro que su semblante mostraba relajación y cierto alivio.

–¿Has visto el tratamiento que ha dado Bloomberg a la noticia?

–Sí. Parece que hemos engañado a todo el mundo –exclamó Paula y le guiñó un ojo.

–Esta primera partida parece que la hemos podido ganar. Me han llamado algunos de los gestores intermedios de fondos institucionales que suelen acudir a nuestras operaciones. La mayoría de ellos coinciden en resaltar como positivo que, dadas las presentes circunstancias en relación con la enfermedad de Noah, se te dé mayor poder ejecutivo frente al Consejo. Paula, creo que hemos acertado con esa decisión. Estoy muy contento, sobre todo por ti; todo el mundo valora y respeta tu figura como digna continuadora de nuestro legado.

–Gracias David. Sí, es estupendo. No sabía que estos años dedicados a trabajar fueran tan valorados. Quiero agradeceros, en fin, la confianza y el cariño que los dos habéis depositado en mí desde el primer día que empecé a trabajar aquí. Sin ese apoyo nada de esto se hubiera logrado. Es un éxito de todos.

–Me marcho ya... todavía estamos al principio del camino.

–Sí, yo también me voy. Termino de contestar unos correos y me voy a casa, estoy cansadísima.

Al entrar en el *hall* del edificio de apartamentos de Londres donde vivía, Paula saludó a Scott, el portero de noche. De los dos porteros, Scott era prácticamente el único que conocía, ya que le solía ver por la noche cuando llegaba y a primera hora de la mañana cuando salía de su apartamento para ir al despacho a trabajar. Iba de forma mecánica hacia los ascensores cuando Scott interrumpió su camino.

–¡Señorita Blanco! Disculpe... me han entregado esto para usted.

A Paula siempre le hacía gracia como pronunciaba ese hombre su apellido, la dificultad que parecía tener en decirlo correctamente.

Al acercarse al mostrador de la lujosa recepción, el conserje le entregó un sobre. En el mismo solo podía leerse, «A la atención de la Srta. Blanco». Paula giró el sobre para ver si podía deducir algo más del remitente. Nada, ningún otro dato escrito en la parte trasera del sobre.

Por la expresión del cansado rostro de Paula Scott se dio cuenta que la carta la había sorprendido.

–La han dejado... vamos a ver, hará tres horas. Ha sido una mujer oriental. Me ha pedido que se la entregase en mano, que usted entendería. Ha sido muy insistente en cerciorarse de que se le entregaría en mano a usted.

–Pues la verdad es que no... no lo entiendo. Es decir, no estaba esperando ninguna carta, la verdad.

–Era una mujer de su edad, muy elegante. Hablaba un inglés con muy buena pronunciación.

–Abriré la carta y así saldré de dudas. Gracias Scott.

Al llegar al apartamento se dio un baño relajante. Ya con el pijama puesto se sirvió una copa de vino tinto. Puso la *Sinfonía del Nuevo Mundo* de Dvořák y se sentó cómodamente en el sofá del salón. Abrió la carta con curiosidad.

«*Estimada Srta. Blanco* –comenzaba la carta escrita en inglés y a mano, posiblemente con una pluma. La grafía era dulce, elegante y armoniosa–, *usted no me conoce. Me llamo Aiko Takeda. Soy hija de Hashimoto Takeda. Usted lideró hace unos años la venta de la empresa de mi padre, Ijitsu Takeda Investment. Esa empresa, que usted primero compró y luego al cabo de unos años vendió dentro de un plan de desinversión de activos, era la cosa más importante que tenía mi padre, el trabajo de toda su vida. Él la fundó casi sin ningún recurso, la hizo crecer y siempre sintió una tremenda vinculación con cada uno de los trabajadores que formaban parte de ella. 'Mi otra familia', así se refería siempre a ellos. Puedo entender que para ustedes ese tipo de vínculos emocionales son estúpidos, pero para mi padre lo eran todo. Después de la venta de la empresa por parte de su fondo, el nuevo comprador la sometió a un drástico ajuste de despidos, recolocaciones forzosas y prejubilaciones de muchos de los trabajadores que durante años habían mostrado a mi padre lealtad y compromiso. Pese a los millones que le pagaron por el porcentaje que le correspondía de la venta, el sistema de 'ajuste de su empresa', como lo llamaron ustedes, y de sus trabajadores, supusieron para mi padre un proceso dolorosísimo que le sumió en una profunda tristeza, que más tarde derivó en una honda depresión.*

Yo siempre he querido y admirado a mi padre y verle sufrir tanto me generó un intenso sentimiento de impotencia.

Supongo que no lo sabrá, porque una vez vendidas las empresas entiendo que centran su atención en el siguiente objetivo, pero mi padre, después de dedicar hasta el último céntimo que recibió de ustedes a intentar ayudar a las familias de los trabajadores que habían sido despedidos, se suicidó, ya que no podía vivir con el deshonor que sentía.

¿Sabe usted lo que es el Bushido, señorita Blanco? Los occidentales piensan que son una serie de leyes o códigos conforme a los cuales vivían nuestros ancestros, sobre todo los Samuráis, pero están equivocados. Es un camino, 'El Ca-

mino del Guerrero'; más una forma de entender y guiar la vida que otra cosa, donde se ha de vivir en coherencia completa con lo que se piensa, lo que se dice y lo que se hace. Ha de vivirse en completa armonía conforme a siete principios inquebrantables: justicia y rectitud, coraje, compasión, respeto y cortesía –hasta con nuestros enemigos–, honestidad y sinceridad absolutas, honor y lealtad.

Después de lo que pasó con la compra y venta de su empresa, mi padre se sintió engañado por ustedes. Con el paso del tiempo y al ver sufrir a tanta gente a la que quería y que le había ayudado a crear de la nada su propia empresa, no pudo remontar, pese al amor que yo intentaba transmitirle, pese al cariño de toda la familia. Una vez que hubo utilizado todo su patrimonio personal para ayudar a sus trabajadores, se aplicó a sí mismo el Seppuku; ustedes los occidentales lo denominan Harakiri. Se suicidó, ya que sentía que no podía seguir viviendo sin honor.

No sé si usted está casada, tiene hijos o una madre y padre a los que quiera. Yo, como usted, he recibido una educación occidental y no puedo comprender que lo sucedido provocase en él tanto dolor y un sentimiento de deshonor que le llevase a quitarse la vida. Pero lo que sí quiero que sepa es que mi padre fue un gran hombre, un gran padre y que yo le amaba profundamente».

La carta terminaba con la firma de la propia autora, Aiko Takeda.

Paula releyó tres veces la carta. Resultaba sincera y directa, con la suficiente dosis de verdad como para saber que estaba escrita desde el corazón. Cada palabra con la que estaba construida era un monumento al amor filial, a la devoción de una hija por su padre. El resto, el contenido, los juicios de valor que dejaba entrever de forma más o menos velada, no los tuvo en cuenta. Conocía bien la opinión negativa que tenía el resto del mundo del universo financiero, sobre todo el de los fondos de inversión como el suyo antes, y más después de la crisis iniciada con Lehman Brothers, como para estar ya vacunada contra ellos. Eso no caló en ella en absoluto. Lo que le dolió fue la parte emocional, haber podido contribuir, directa o indirectamente, a la privación del amor de esa hija por su padre. Que con el suicidio ese hombre hubiese dilapidado su tiempo de vida, esa joya, el tiempo, que resulta un verdadero lujo cuando no lo tienes. Como le pasaba a Noah Cohen, como le pasaba a su propio padre.

–¿Soy una hija de puta? ¿Es eso lo que soy? ¡El vínculo! Mi incapacidad para descifrar las emociones. Necesito entender por qué me duele tanto, por qué algo que he borrado de mi mente, un episodio laboral como tantos me golpea así, al leer esa maldita carta. Necesito comprender.

Se sorprendió hablando sola frente al espejo del baño. Estaba agotada pero también estaba inquieta. Las emociones seguían deambulando a través suyo sin que pudiese ponerles freno. Ese descontrol la atormentaba.

La noche fue terrible. En la misma se materializó, vestido de japonés, el actor Paul Naschy. Al día siguiente supuso que esa inverosímil visión había sido provocada por la carta de Aiko Takeda y la fusión subconsciente que su cerebro había hecho con un recuerdo recuperado del actor en una de las películas que recordaba haber visto de niña con su padre, *La bestia y la espada mágica*, una película de terror ambientada en Japón.

«¡Cómo funciona el subconsciente!» pensó para sí.

Las dos siguientes semanas resultaron tan duras como esperaba. Tuvo que viajar a Nueva York dos días y esa carga de trabajo adicional terminó por agotarla. Además de ello, la salud de Noah Cohen se iba deteriorando cada vez más. Al menos de Madrid, de casa de su padre, no llegaban malas noticias. Su imparable declive seguía su curso dentro de los parámetros establecidos. La dedicación que Teresa aportaba a su cuidado permitía que Paula pudiese concentrar su energía en lo demás.

El último viernes de esa interminable semana, ya muy tarde, cuando solo estaba ella en el despacho, sonó su móvil.

–Paula, soy David. Noah se está apagando. Estamos en el hospital St. Thomas. En la planta de tratamientos paliativos y medicina del dolor.

–Ok, voy ahora mismo.

Al entrar en el recibidor pudo identificar con facilidad la habitación que ocupaba Noah, hacia la mitad del pasillo izquierdo. El altísimo asistente personal de origen indio estaba frente a la puerta con sus característicos ropajes.

David se encontraba sentado en una de las butacas que había frente a la cama. Noah no había permitido que nadie más entrase a verla. La función de su asistente, apostado como fiel guardia de su última voluntad, era precisamente esa: velar por que nadie profanase su deseo.

–¿Has podido hablar con ella?

–No, solo emite alguna que otra frase que no puedo entender. Hace un rato habló en yiddish. ¡En yiddish, Paula! ¿Puedes entenderlo?

–No, no sabía que lo hablara.

–Ni yo, y soy su socio y amigo desde hace una vida, y además soy judío como ella. Esta mujer es increíble.

–¿Y qué te han dicho los médicos?

–Nada. Le están aplicando un cóctel de fármacos para que esté relajada y apenas pueda sentir dolor. Eso, me dicen, la ayudará, en fin, a irse con el menor sufrimiento posible.

A David se le quebró la voz. En esa cama, postrada y perdiendo la vida a cada segundo que pasaba, estaba la mujer que lo había supuesto todo en su vida. Amiga, confesora, socia, confidente y –siempre lo sospechó la propia Paula– amante en algún momento de sus vidas hacía ya mucho tiempo.

–Noah siempre me ha conocido mejor que yo mismo. Siempre que me he equivocado en algo, ella me ha intentado advertir, me ha prevenido. En ocasiones le he hecho caso, en otras no. Consumado el error, nunca me lo reprochó, siempre estuvo junto a mí para ayudarme en el duelo, con mis fracasos amorosos, con mis hijos, siempre ahí junto a mí. No sé qué voy a hacer sin ella.

Paula era conocedora de la vinculación y supeditación emocional que David tenía con su socia y amiga. Todo el mundo sabía que formaban un dúo perfecto, ya que los dos se complementaban y potenciaban a la perfección. Pero Noah Cohen era la parte que aportaba más al tándem, la parte más insustituible de un binomio casi perfecto.

«Agonía» proviene de un término del griego clásico mucho más amplio, «Agón», que significa contienda, desafío o disputa. Pero también lucha. Paula observaba en pie el rostro crispado de Noah, demudado y blanco como las sábanas que la cubrían. Sus labios estaban cortados por la sequedad y de vez en cuando abría un poco los ojos y giraba la cabeza a ambos lados como diciendo que no, pese a no emitir ningún sonido. En ese postrero instante en la vida de su mentora constató que si algo estaba haciendo Noah era luchar.

Al cabo de unos segundos el rostro congestionado se relajó y se quedó en una profunda quietud. Paula no necesitó comprobar en los monitores de asistencia vital lo que ya sabía. Noah Cohen, la mujer que más había admirado junto a su propia madre, terminaba de dejar este mundo. Giró su cabeza para observar a David. Dormía. Prefirió dejarle así.

Se acercó al cadáver y besó la frente impregnada todavía de un tibio sudor.

–El amigo es el que entra cuando todo el mundo sale. Gracias Noah, nunca te olvidaré –le susurró.

Se quedó quieta, observando el cadáver yaciente. Una cierta sensación de irrealidad se apoderó de ella. Observaba el cuerpo sin vida de Noah y tenía el sentimiento de estar frente a una cosa, un objeto. Había cosificado sus sentimientos en un intervalo de segundo, o eso creía. «Qué curiosa es la vida –pensó–; te pasas una importante parte de ella construyendo un imperio, para luego, por un fatal desenlace, por un código que muta en una célula del cuerpo vas y te mueres, así, en cuestión de semanas. Nada te vale ya, ni la fortuna, ni los médicos y hospitales que podrías pagar con ella... nada».

–Me tenías que haber despertado.

Estaba tan absorta en sus reflexiones que no se dio cuenta de que David se había despertado y estaba junto al cuerpo de Noah.

–¿Cuánto tiempo hace que ha ocurrido? La noto muy fría.

–Hace nada; es extraño con qué rapidez se disipa el calor de un cuerpo sin vida. Lo siento, David, pero ha ocurrido tan rápido que no he tenido tiempo. No te preocupes, no ha sufrido nada.

–¿Has llamado a una enfermera o al médico?

–¿Eh? Ah, no, no he llamado a nadie, acaba de pasar.

El silencioso y enigmático asistente personal de Noah se había materializado de la nada y estaba junto a ellos en la habitación. Paula observó el cariño y la devoción con que ese hombre miraba a su jefa y se dio cuenta de que probablemente terminaba de perder, no simplemente a una empleadora para la que trabajar, sino a alguien importante y cercano. Se acercó a ella y acarició con sumo cuidado su mano, como si temiese profanarla o romperla. Luego, con el mismo delicado cuidado, ungió levemente su frente con aceite y salió de la habitación con el mismo sigilo con el que había entrado.

A los pocos segundos entraron un médico y una enfermera. Revisaron los soportes vitales, auscultaron a Noah, se supone que como parte de un protocolo, y apuntaron la hora de la muerte en un formulario que llevaba la enfermera.

–Llamaré a Adrián Levi –dijo David–; es el notario y administrador que llevaba los temas personales de Noah. Él sabrá lo que hay que hacer.

Paula se quedó a solas con su mentora. Sabía que probablemente sería la última oportunidad de estar junto a ella. Todo el mundo conocía la aversión de Noah por cualquier tipo de ritual religioso y probablemente habría indicado que quería que sus restos fueran incinerados.

Paula se volvió a acercar a la cama. La expresión de la cara había cambiado. Ahora parecía mucho más relajada que antes. Como si al claudicar ante las zarpas de la enfermedad que la invadía, al reconocer su derrota, el cuerpo se hubiese abandonado.

–No soy de dar discursos, ya lo sabes –comenzó de forma titubeante; las palabras se construyeron de forma natural, pero la propia evocación de las mismas le hacía sentir un poco ridícula–. Tú has sido algo así como una guía, un espejo en el que mirarme. Estoy segura de que jamás conoceré a una mujer tan valiente como tú, Noah. Espero estar a la altura. Te prometo que perseveraré porque tu empresa siga siendo lo que es. Es un compromiso solemne al que llego aquí, frente a ti. No dejaré que nadie jamás pueda hacerle daño a Orizont Investment mientras yo viva. Te lo juro.

Volvió a besarle la frente, que estaba completamente fría.

Los días después de la muerte de Noah Cohen fueron una sucesión de actos que se desencadenaban de forma tan rápida que no permitían fijar ninguna experiencia, ningún recuerdo, solo la impresión difusa en la memoria del paso sucesivo de un conjunto de imágenes con cierta interconexión entre ellas.

Un jueves, tarde, cuando parecía tener todos los compromisos de su agenda de la siguiente semana bien atados, Paula decidió salir a cenar sola. La verdad es que no recordaba la última vez que se había acostado con un hombre; «quizá fue con aquel chiquillo en Madrid», pensó. Nunca le preocupó nada el tema. Sabía que resultaba muy atractiva a los hombres, y también sabía cómo demostrarles, de una forma sutil o explícita, que esa noche estaba receptiva, por lo que jamás tuvo dificultad en conseguir lo que se proponía desde un punto de vista práctico.

Al llegar a uno de sus restaurantes favoritos situado en uno de los más exclusivos hoteles de Londres se pasó por la barra del bar antes de entrar a comer algo. No había terminado de pedir su copa cuando detectó que dos ejecutivos habían puesto sus lascivos ojos sobre ella. Uno era mayor que el otro. Los dos eran torpes y poco atractivos, el tipo de hombres que jamás conseguirían atraer su atención.

Comió algo sola, sentada a la mesa. No solía comer mucho y menos de noche. Pidió un solo plato ligero. Al terminar, volvió al bar. Al acercarse a la barra observó a un atractivo hombre moreno con el pelo largo y arreglado. El corte de pelo y, sobre todo el estilismo del traje, indicaban que era italiano. Todo en él rezumaba virilidad. Él la observó desde sus inmensos ojos verdes y enseguida detectó que ella le había elegido. Sin saber muy bien por qué, los dioses habían sido generosos con él esa noche.

Cogió su copa y se acercó a ella.

–¿Nos conocemos de algo? Siento una cierta familiaridad.

–Los dos sabemos que no, al menos en esta vida.

–¡Vaya, eres bastante directa!

–No me gusta perder el tiempo cuando ya he tomado una decisión.

–¿Y de qué decisión se trata?

–De ti y de mí, de lo que vamos a hacer esta noche.

–¿Eres una prostituta? Eres preciosa, pero yo nunca me he acostado con ninguna.

–No sigas hablando o terminarás de estropearlo.

–Como quieras.

–¿Te alojas aquí o estás de paso como yo?

–Hoy duermo aquí, y mañana me voy a...

–Vamos a tu habitación.

Después de dar la orden, Paula se levantó de la silla alta que ocupaba frente a la barra. Ya había pagado su consumición y tenía claro que él la seguiría. Al llegar al *hall* del hotel, frente a los tres ascensores, se quedó parada.

Entraron juntos en el ascensor y él pulsó el botón de la quinta planta.

Al entrar en la habitación se dirigieron al baño pues ella se sentía un poco sucia. Se acariciaron bajo el agua caliente de la ducha y fueron solidarios con la aplicación del jabón corporal. Él parecía un amante experto. Estaba claro que no quería defraudarla y que resultaba un hombre entregado y generoso. Comenzó a acariciarla, ya tumbados en la cama, y dedicó su lengua a descifrar con fruición y esmero uno o dos términos latinos, *cunnilingus.* Paula disfrutó de lo que el esforzado y atractivo amante italiano le estaba haciendo.

Al terminar, pese a tener la certeza de que se había acostado con un hombre experto, entregado, atractivo y sensible, tuvo una inmensa sensación de vacío, tan profunda como nunca antes la había sentido. Fue buena en disimularlo, ya que él parecía más que satisfecho. ¿Cómo era posible que no hubiese disfrutado con un hombre así? ¿Qué ocurría con su cuerpo...? ¿o era su mente?

Le regaló dos o tres excusas, se vistió y salió de la habitación con una sensación de orfandad, de vacío existencial, que apenas le permitía respirar. El sexo siempre le había gustado. En ocasiones le había servido como mero instrumento regulador y funcional para desestresar, para canalizar tensiones; en otras como un juego de banalidad. Siempre había disfrutado con él o de él. Nunca había sido una mujer prejuiciosa a la que principios morales le hubiesen coartado en lo más mínimo el disfrute del sexo, sin normas, sin reglas. ¿Qué le estaba pasando entonces?

Salió del hotel y caminó sin rumbo; solo quería ordenar las ideas que afloraban en su cerebro sin ningún principio rector, sin coherencia; su padre, Noah Cohen, Teresa, su vida, su nueva responsabilidad dentro de Orizont Investment, Hashimoto Takeda, y nuevamente Admiel Perlman.

«Maldito psicólogo uruguayo. ¿Por qué sigue introduciéndose furtivamente en mis sueños caóticos? ¿Qué sentido tiene su presencia?».

La mañana del viernes, sentada en el vuelo que la llevaría a Madrid, su sensación de vacío se agudizó. Hacía dos meses que no veía a su padre pero no experimentaba ningún sentimiento. Se sentía perdida, tremendamente perdida.

Sabía que Teresa la estaba esperando. Pese a eso, facilitó al taxista que la recogió en el aeropuerto la dirección del despacho de Admiel Perlman.

Admiel había comprendido que si quería ayudar a esa mujer debía realizar ciertas concesiones. Una de ellas era adaptar su agenda a las inesperadas visitas de Paula. Había aparcado para otro momento el intenso tufo a trato de favor que todo aquello desprendía y la consecuente mala praxis profesional. Sabía que en terapia debía ser igual de neutro con todos los pacientes, salvo que una situación sobrevenida obligase a realizar excepciones. Pero no era el caso de Paula; no estaba atravesando una fase psicótica o autodestructiva.

¿Por qué hacía entonces esa excepción que cuestionaba su ética personal?

Hacía calor en el despacho. Admiel había abierto la ventana para dejar pasar un poco de viento. Paula le observaba; estaba bronceado, tenía un intenso color aceituna que aumentaba aún más la salvaje policromía de sus intensos ojos verdes. Con el sol el pelo se le había matizado; ahora parecía un tapiz de hojarasca otoñal con matices rubios y caobas claros.

Su pituitaria detectó la fragancia de su característico perfume con aires a madera y tabaco, intenso y penetrante. Sin embargo, había algo más: el propio olor de su sudoración, de su cuerpo. Paula sintió una terrible atracción por ese olor, por la animalidad que prometía, tan carnal, tan profunda.

–¿Cómo va todo, Paula?

–Noah ha muerto y yo llevo el peso del fondo de inversión.

–No me has contestado. Solo me has descrito acontecimientos que han pasado recientemente.

–Son importantes para mí, por eso los comento. He venido directamente; he dejado la maleta en el *hall* de la entrada de tu consulta. Quería verte.

–Ya veo –Admiel esquivó el comentario; quería saber el momento emocional en el que estaba Paula–. Supongo que la muerte de Noah, pese al previsible desenlace, ha sido dura para ti.

–Sí, lo ha sido. Ver morir a alguien tan lleno de vida, al que además respetas, siempre es doloroso.

–¿Cómo de doloroso?

–Muy doloroso. Pero no quiero que me hagas una disertación sobre el dolor y que conecte esta pérdida con la temprana pérdida de mi madre, y que me digas que en el fondo sigo buscando una madre... Párame de una vez o puedo seguir diciendo gilipolleces más tiempo.

–¿Es así como ves el trabajo de terapia que estamos haciendo?

–¿Qué quieres decir?

–Como un conjunto de estereotipos de pseudopsicología, un manojo de conjeturas cogidas por los pelos.

–No, supongo que he querido provocarte.

–Ya sabes que pienso que por alguna razón, que todavía no tengo del todo concretada, tienes problemas con la gestión de las emociones.

–Sí, ya sé que esa es una de las teorías que estás construyendo alrededor de estas visitas.

–El dolor no hay que reprimirlo. Nunca es aconsejable y menos en momentos de luto. Despedirse de alguien querido es una de las cosas más dolorosas por las que ha de pasar un ser humano. No hay que frivolizar con ello, ya que eso solo conseguiría engañarnos. Yo en esto también sigo a Viktor Frankl, ya lo sabes. Para nosotros, el cómo es muy importante.

–¿El cómo?

–Sí, reprimir el dolor, la gestión de este, buscando siempre maneras de no afrontarlo, de huir de él, es sintomático y hay que entender el porqué de esa reacción. El origen puede estar en el pasado, pero la realidad es que está afectando al presente, a tu presente, condicionando tu vida actual.

–¿Así es como me ves?

–No, yo no he realizado una valoración general de tu personalidad porque eso siempre me ha parecido una monserga. Uno no es el conjunto de acciones-reacciones unidas en el tiempo; las cosas no funcionan de ese modo. Somos seres emocionalmente mucho más complejos. Lo que deseo sugerirte es que es importante reconocer que tenemos un problema. Ese, y no otro, es el primer paso para poder corregirlo o paliarlo. Y créeme, es un problema porque somos seres eminentemente emocionales.

–Le prometí a Noah que cuidaría de Orizont Investment. Besé su frente todavía tibia para sellar esa promesa. Sabía que era la cosa más importante que había en la vida para esa increíble mujer.

–¿Y en tu vida?

–No lo sé, la verdad es que no lo sé. ¿Te puedo contar una estupidez?

Admiel se quedó callado el tiempo suficiente como para que Paula supiera que contaba con toda su atención.

–En una ocasión una compañera de oficina nos invitó a una cena en su casa. Como era una noche calurosa, y no son muchas las que podemos disfrutar en Londres, decidió organizarla en el jardín y lo decoró con velas. En un momento dado, al ir a la cocina a por más vino noté como algo estallaba debajo de mi zapato de verano. Un pobre caracol había decidido ocupar el mismo espacio que mi pie, el mismo tramo de escalera que estaba subiendo yo en ese mismo instante. Si lo hubiese hecho unos minutos antes, posiblemente estaría vivo, pero no, había hecho una mala elección. Eligió cruzar por el tramo de la escalera más expuesto, más oscuro y más centrado... la peor elección posible. Pensé entonces en la importancia del azar en la vida, incluso en la vida de un gasterópodo, cómo el azar determina en cierto sentido nuestro futuro. En el caso del caracol, el tiempo y el espacio sellaron su destino.

–Eso me recuerda vagamente al Principio de Indeterminación de Heisenberg.

–¿Heisenberg, quién es, otro de los cerebritos de la Tercera Escuela de Viena?

–No –el psicólogo esbozó una incipiente sonrisa–, era un físico teórico bastante famoso. Este principio es muy célebre porque tiene un montón de connotaciones en otros ámbitos del conocimiento, como en la filosofía.

–Y ¿qué dice el tal Heisenberg?

–Prefiero consultarlo en Wikipedia. Te leo lo que dice... «El Principio de Incertidumbre o de Indeterminación de Heisenberg establece la imposibilidad a nivel subatómico de conocer a un mismo tiempo la posición y el momento o cantidad de movimiento de una partícula».

–Amén. ¿Traduces por favor?

–Que cuanto más nos acercamos a la precisión de determinar el momento de una partícula en el espacio, su posición, más nos alejamos de poder medir con la misma precisión su momento en el tiempo, la velocidad de esa partícula.

–Posición y momento... eso mató al pobre caracol.

Paula seguía discriminando a la perfección el olor personal que exhalaba el cuerpo de Admiel frente a otros olores que lo pudiesen enmascarar, como el perfume que solía utilizar. Le gustó pensar que era capaz de descifrar cómo olía realmente.

–¿Crees que somos eso, un conjunto de buenas o malas elecciones? ¿Dónde dejarías entonces el libre albedrío? No, en serio, mi vida es una continua y sucesiva cascada de voluntades, en la que el trabajo, el esfuerzo y el tesón me han hecho llegar a donde estoy.

–¿Y dónde estás, Paula?

–Buff, te estás poniendo muy intenso esta mañana; debe ser el calor. Me refería, y lo sabes, al trabajo, a mi carrera profesional.

–Paula, ¿por qué crees que estamos hoy aquí los dos sentados?

–Es obvio, necesitaba que nos viéramos. Estoy agobiada. Tengo un trabajo en el que una parte de mis socios espera que simplemente haga las cosas perfectas; otra parte, que cometa el primer error importante para defenestrarme; y el resto, todavía no lo tengo claro. Tengo un padre que cada vez demanda más atenciones, una vida a caballo entre dos o tres países; en fin, un montón de problemas a resolver en un futuro cercano.

–¿Y...? Eres buena en eso. Tú siempre dices que es uno de los valores en los que destacas. ¿Qué ha cambiado para que ahora te sientes en esa silla de forma tan perentoria?

–Todos nos cansamos. Supongo que tantos años de presión comienzan a mellar mi fortaleza interior.

–¿O que tus creencias están cambiando? Quiero decir, lo que antes te compensaba y formaba parte de tus prioridades ahora simplemente ya no te llena.

–Es una forma de decirlo. Pero no me puedo permitir tener ese tipo de sentimientos, no ahora. Necesito reorientar mis prioridades, sacar adelante el fondo de inversión, serenar a los mercados con dos o tres operaciones razonables, y hacer todo lo que esté en mi mano para que el proceso de la enfermedad de mi padre sea lo menos gravoso posible para él, darle todos los medios para que esté tranquilo y cuidado.

–Bueno, eso lo estás haciendo, Paula. Pero, en relación a las cosas que pensamos, sean convenientes o no, me temo que el cerebro no siempre funciona como queremos. Sino no existirían comportamientos, digámoslo así, anómicos, patológicos. Verás, las creencias que tenemos, que muchas veces se configuran en un proceso largo y lento, en la infancia, en casa, aglutinando los valores de nuestros padres, hermanos, amigos, todo ello configura nuestro sistema de creencias y valores. Con el paso de los años el sistema va modificándose, adaptándose a los distintos estadios de edad que tenemos. Es raro que un individuo a lo largo de su vida modifique el sistema de creencias con el que se ha desarrollado su vida. Esto lo explicaba muy bien el sociólogo francés Pierre Bourdieu con un concepto llamado «Habitus», pero no quiero aburrirte con esto. Lo que quiero decirte es que, pese a que creamos que un pensamiento, un sentimiento o una nueva creencia que van anidando en nuestro cerebro no son convenientes, y por tanto han de ser reprimidos, en muchas ocasiones no conseguimos hacerlo. Y la razón es más complicada de lo que parece.

–Porque no es una acción-reacción lineal.

–Algo así. Porque la naturaleza que va alimentado ese nuevo sistema de creencias puede obedecer a un conjunto de sentimientos reprimidos en la infancia que ahora y en este momento se materializan de esta forma. Y lo hacen porque no estamos siendo capaces de dar una respuesta emocional a situaciones emocionales. Es decir, intentamos dar respuestas racionales a cuestiones que son sobre todo de naturaleza emocional y afectiva.

–Admiel, ¿te das cuenta de que siempre me llevas al mismo terreno?

–Sí, pero es un terreno que debemos visitar, Paula. Empieza a ser inaplazable.

Admiel levantó ligeramente la vista para fijarse en gran reloj de agujas que, situado de forma estratégica, estaba clavado en la pared a espaldas de los pacientes que acudían a terapia. Pese a la furtiva mirada de Admiel, Paula se dio cuenta.

–¿Es la hora?

–Es la hora, sí.

Los dos se levantaron de los sillones en el mismo nanosegundo. Al hacerlo, sus miradas se cruzaron y quedaron suspendidas en el tiempo. Los hermosos ojos de Paula se quedaron clavados en la retina del psicólogo por unos segundos que le parecieron hermosamente eternos. El insondable color verde de los ojos de Admiel, producto de la belleza generada por la mezcla de sangre, derritió la pupila de Paula.

Paula se dio cuenta de que ese hombre era fundamental para ella.

Admiel, el apátrida, siempre a caballo entre sentimientos de pertenencia, hijo de todos y de nadie, se dio cuenta de que aquella hermosa mujer, tan perfecta, tan distinta, tan fuerte y a la vez tan vulnerable, empezaba a importarle más de lo que su código profesional y deontológico aconsejaría.

11. EL HUERTO DEL FRANCÉS

Teresa le abrió la puerta con cara de preocupación.

–Señorita, ¡pensé que llegaba usted esta mañana!

–He tenido gestiones que realizar a primera hora. Siento que te preocuparas. ¿Cómo está mi padre hoy?

–Parece que bien. Ha desayunado con bastante hambre y ha estado hablándome de un colega suyo que ha muerto; creo que ha soñado con él.

–¡Qué bien!... Luctuoso, pero estimulando la mente. ¿Está de buen humor?

Al entrar, Paula observó que la sala de estar estaba impoluta. El dinero que estaba empleando estaba siendo bien invertido. Teresa estaba realizando una gran labor.

Se acercó al butacón que siempre utilizaba su padre y, como este estaba absorto contemplando el jardín y de espaldas a ella, quiso interponerse pausadamente a su visión para no asustarlo.

–Hola Luis, ¿cómo estás?

Su padre tardó en reaccionar, como si le costará procesar y ubicar la imagen sensorial que estaba recibiendo.

–¡Hija! Te he echado tanto de menos.

De repente, Luis Blanco, ese hombre duro, directo, de fuerte carácter, acostumbrado a manejar a centenares de personas con mano de hierro durante los rodajes de sus películas, ese mismo hombre, en cierto modo indescifrable durante décadas para Paula, se puso a llorar como un niño. La repentina reacción la dejó paralizada. No sabía qué hacer; se quedó frente a él viendo como las lágrimas zozobraban una tras otra logrando sobrepasar la espesura de las pestañas de

Luis con una pertinaz cadencia para caer, siguiendo caprichosos itinerarios, por su arrugada cara. No se movió, solo le observaba paralizada, como si nadie esperase que hiciera nada, como si realmente no estuviese ahí.

Fue Teresa la que con una ágil exhortación supo gestionar la situación con un socorrido pañuelo de celulosa.

–El señor se ha emocionado al ver a su hija. Tome, suénese, que luego se me llena de mocos.

Luis obedeció y se sonó los mocos que había acumulado. El tono exageradamente infantil que Teresa empleó con él sorprendió a Paula. No le disgustó, porque notaba que había cariño en él, pero sí le llamó la atención.

–Papá, estás muy guapo. Se nota que te cuidan bien

La expresión de Luis languideció un poco, como si las palabras de Paula llegasen muy amortiguadas a sus oídos, en una frecuencia sonora difícil de decodificar para su cerebro. En todo caso, una información incompleta que le suponía mucha dificultad para poder entender todo el contexto. La información más abstracta, que había que interpretar siguiendo una lógica menos explícita, cada vez le resultaba más incomprensible. Le agotaba cada vez más intentar descifrarla y al no lograrlo se sentía obtuso, mancillado en su vanidad. Sabía que su cruel huésped, su enemigo, se hacía más fuerte cada minuto que pasaba y le iba derrotando.

La falta de reacción, la expresión apagada, casi inexpresiva de sus ojos, le hacía parecer otra persona. Porque una de las características más personales de Luis había sido la viveza de la expresión de sus hermosos ojos.

–Luis, ¿me has oído?

–No se preocupe, señorita, a veces se queda así, como dormido pero con los ojos abiertos –le aclaró Teresa solícita.

–En fin, mañana tengo consulta con el especialista.

Paula había comenzado a subir los tres escalones que separaban las dos alturas en las que estaba dividido el espacioso salón de Luis, ya que pensaba que su padre estaba «dormido, con los ojos abiertos» y que esa situación podía durar algún tiempo. Entonces la voz de Luis hizo que se parase en seco.

–Sabes, hija, estas noches he estado pensando en él.

–¿En él, en quién, papá? –dijo Paula susurrando cerca de su cara, una vez que hubo llegado frente a su sillón y quedado en cuclillas frente a él.

–En Paul, en Jacinto.

–¿Jacinto?

–Sí..., Jacinto Molina, Paul Naschy –dijo con cierta expresión de hartazgo Luis, como si le molestara que a su aparentemente inteligente hija le costase entender lo que para él era obvio.

De repente Paula entendió que su padre se refería a un compañero de profesión. Otro famoso director de cine fantástico que durante años había sido considerado, junto a Luis y quizá a Jesús Franco, uno de los precursores del cine fantástico en España. Paula lo identificaba nítidamente, conocía su cine, que había visto junto a su padre muchas veces, pero nunca hubiese pensado en él como alguien importante o cercano para Luis.

–Sí, Paul, claro que sé quien es. ¿Qué pasa con él, papá?

–¿Sabes que murió hace unos años?

–Claro que lo sé; su muerte salió incluso en el telediario de la noche en la BBC. Pero ¿por qué piensas en él estas noches?

–Estaba intentando recordar la última vez que lo vi. ¿Sabes dónde fue, hija?

Paula le regaló a su padre una de sus hermosas sonrisas, como para animar su conversación, dejándole claro que esperaba que él se lo dijera.

–En Nueva York. Hará diez años más o menos. En uno de esos maravillosos festivales que organizan los americanos. Me había pedido que asistiera como jurado para dar un premio a un buen amigo. Como siempre pasa en esos festivales con la entrega de premios, debió de ser muy cerca del fin de semana, quizá un jueves. El viernes, cuando estaba a punto de salir para Madrid, le vi en el *hall* del hotel. Yo creo que estaba tan sorprendido como yo de la coincidencia. Pese a que los dos vivíamos en Madrid, no sé, la crítica y cierta maledicencia del sector habían hecho que durante años no coincidiéramos en ningún sitio y va... y nos vemos en un hotel de Nueva York. ¡Lo que son las cosas!

–Pero no sabía que hubieses tenido problemas con él.

–¿Con Paul? no. Él sabía que yo respetaba su cine, y creo que él respetaba el mío. Lo que quería decirte –se quedó callado como intentando recuperar el hilo de sus pensamientos– es que nos respetábamos, pero que la crítica y muchas terceras personas alimentaron de forma artificial la rivalidad.

–¿Y qué dijo cuando te vio? –Paula estaba relativamente interesada en el acontecimiento, pero solo el hecho de ver a Luis expresarse con tanto interés, tan enfocado, le pareció tan terapéutico para ejercitar su memoria que exageró un poco las preguntas y el interés que parecía tener en el tema.

–Me contó que ese mismo fin de semana le daban un importante premio en la ciudad. Que esa misma mañana venía de firmar un sinfín de libros, películas, camisetas con su figura, que todo eso le parecía «alucinante». Estaba junto a su hijo; creo que era el pequeño, Sergio, que le había acompañado en ese viaje. ¡Parecía tan contento!

–Claro, es normal, papá, que cuando en un país tan importante como Estados Unidos, sobre todo para la industria del cine, uno tiene tantos admiradores, bueno, es lógico sentirse abrumado.

–Recuerdo que una vez que me despedí de él y de su hijo, cuando iba camino del aeropuerto, me sentí muy feliz por Jacinto. No sé, en parte se empezaba a hacer justicia con un precursor, con un artesano y creador español que merecía ese reconocimiento.

–Eso está bien, papá; me alegro de que tengas esos recuerdos para con los colegas del medio.

–Sí, pero el recuerdo de Paul es un poco menos altruista de lo que piensas.

Paula estaba desconcertada. Unos minutos antes su padre estaba completamente aturdido y ahora era capaz de hilar oraciones llenas de ricos adjetivos, frases que recordaban al Luis anterior a la enfermedad. Supuso que estaba en una fase de profunda inestabilidad, que provocaba en sus interlocutores este tipo de sorpresa.

–Pensando en su legado..., también pienso en el mío. ¿Qué pasará con mis películas cuando yo ya no esté?

–Papá ya hemos hablado de eso... y no hace tanto.

–Lo sé, pero no dejo de pensar en ello. En cierta medida es lógico pensar que lo que ha sido muy importante en tu vida, a lo que te has dedicado durante largos años renunciando y sacrificando muchas cosas, tiene algún sentido al final.

–¡Y claro que lo tiene! El arte es imperecedero para la gente que lo ama. Y además hoy día hay más facilidad para poder acceder y disfrutar de contenidos. Papá, siempre existirán personas que verán tu cine, que encuentren entre sus fotogramas formas de descifrar el mundo o de pasar el rato. Todas tus películas han sido remasterizadas y están preservadas en soportes digitales compatibles con las tecnologías actuales.

Las rotundas razones que Paula desplegaba ante su padre parecieron calmar su desasosiego sobre su legado póstumo.

–¿Quieres que veamos *El huerto del francés*?

–Eres increíble... Bueno, no tengo nada mejor que hacer –respondió Paula y guiñó de forma cómplice a su padre uno de sus hermosos ojos.

De entre la amplia cinematografía de Paul Naschy, en la que había títulos inmensamente populares como *La marca del hombre lobo*, *La noche de Walpurgis* o *El jorobado de la Morgue*, junto a su creación más conocida, *Waldemar Daninsky*, Luis siempre había tenido predilección por esta película de 1978. Siempre pensó que con aquella película Jacinto había sabido captar con la crudeza necesaria a esa otra España, rural, bestial, básica, que apenas alumbraba el siglo XX pero que seguía viviendo atrasada, detenida en el tiempo de una Europa mucho más avanzada y moderna.

La película se basaba en hechos reales. Una serie de asesinatos en serie, seis en total, perpetrados y ejecutados por Juan Andrés Aldije, «El francés», y su cómplice José Muñoz Lopera entre los años 1900 y 1904. El único fin que perseguía Aldije junto a su compinche era robar a los incautos que se acercaban a probar suerte en su casa de juego ilegal tras haber realizado buenos negocios con la venta de sus productos agrícolas y ganaderos. Les trepanaban el cráneo con una especie de martillo en forma de pico después de haberles aturdido de un golpe seco y certero con una barra de hierro. Tras desvalijar a sus víctimas, enterraban los cuerpos en el huerto.

Al final de la película Paula observó con preocupación el rostro cansado de Luis. Cada vez le resultaba más complicado poder mantener la concentración en algo, sin que esa actividad le supusiera una verdadera mortificación personal y sin que le dejase exhausto por un tiempo.

–¿Quieres subir a descansar, papá?

–¡Qué magnífica película! Creo que el bueno de Jacinto retrató a esa otra España, la más cruda, la que con peor saña afloró y vivimos en la Guerra Civil.

–¿La Guerra Civil? Pero papá, si la película está ambientada a principios del siglo pasado.

–Paula..., querida hija, España, bajo su aspecto más superficial de pueblo adormilado bajo el sol, esconde latiendo una parte bestial, de pueblo indomable, que ha querido ser sometido y conquistado mil veces por cartagineses, romanos, celtas, árabes que permanecieron siete siglos. Incluso los ejércitos de Napoleón tuvieron que reconocer lo inhóspito del trato recibido durante la ocupación en el siglo XIX. ¿Sabías que en muchas de las cartas que dirigían a los responsables de las campañas bélicas en España se quejaban del trato brutal e innoble que recibían los prisioneros o los soldados que eran capturados por los españoles? Apenas una guerrilla de palurdos mal equipados y peor vestidos, según su criterio.

–No, no lo sabía. Sí, somos un país un poco atrasado en muchas cosas todavía –corroboró ella y sonrió a su padre, intentado zanjar con ese gesto la conversación.

Paula estaba sorprendida de la riqueza verbal de Luis, de su capacidad de esa tarde para describir con pulcra exactitud lo que quería decir, enfocando con total claridad el contexto histórico dentro de la construcción de su propio discurso argumentativo. Esos estadios de la enfermedad, con mejorías aparentes fuera de toda lógica, la sumían en un océano de perplejidad.

La voz de Luis la rescató de la reflexión.

–Jacinto supo trasladar en cada uno de los fotogramas de esta película esa otra España. Atrasada, rural, primaria en los comportamientos sociales, esa España invertebrada que supo ver magníficamente Ortega y Gasset en la década de los veinte, unos años antes de la Guerra Civil.

–La película todavía rezuma el contexto histórico en el que se realizó, la época del «destape» español, que es otro magnífico ejemplo de lo que dices. La libertad sexual de un país que había vivido bajo la pacata influencia de la Iglesia durante el franquismo.

–Y creo recordar que esta era la segunda película en la que se ponía detrás de la cámara. Sí, claro…, en la década de los setenta si querías hacer una película de género había que hacer ciertas concesiones. Pero esta es una perfecta mezcla de terror y erotismo a partes iguales. Y los actores están todos bien.

Volvió a sentar a su padre en su sillón favorito, frente a la parte trasera del jardín. Parecía un poco más sereno después del esfuerzo de ver la película.

–Luis, deberías comer algo y luego acostarte un poco. Yo tengo gestiones que hacer, pero seguro que estoy aquí para la cena.

–Hija, no quiero de dejes de hacer tu vida por mí. Estás en la edad en la que tienes que invertir toda tu energía en ti, en tu trabajo y en tu vida. Yo solo soy parte del pasado.

–Papá, no quiero que hables así. Todos somos un poco el pasado, ¿no crees?

–Yo sin duda…

–Hago lo que creo que debo y lo que quiero hacer. Eres la única familia que me queda.

–¡Ay, pequeña Paula! Cuánto tiempo perdido, cuántas horas he dedicado a otras cosas que ahora sé que han sido prescindibles. Ese tiempo que ahora no tengo, cuánto desearía no haberlo perdido.

–No te mortifiques, papá; tomamos decisiones que con el paso del tiempo nos damos cuenta de que han sido erróneas. Lo hacemos todos, yo también.

–Hablo del tiempo que te robé cuando murió tu madre, de que debía haber intentado ocupar su espacio, pese a saber que era imposible sustituir su devoción, su dedicación hacia ti, su inabarcable amor, debería haber sido valiente, debería haberlo intentado. Pero no, hice lo más fácil cuando se tiene una buena excusa laboral y mucho dinero. Pagué para que otros se ocuparan de ti, eso es lo que hice.

Su padre, así, de sopetón, terminaba de hacer la mejor síntesis de la infancia y adolescencia de Paula que nadie podía haber hecho. Descarnada, como son las verdades desnudas de sociabilidad.

Paula sopesó por un segundo la respuesta, pero rápidamente se dio cuenta de que era mejor quedarse callada. Podía haberle dicho que había sido un cabrón bastante egoísta e infantil. Que los años que pasó en aquel horrible internado aprendió a sobrevivir y a reprimir sus sentimientos cuando más necesitaba que estos afloraran, cuando más necesidad tenía de canalizar su dolor por la pérdida de su madre. ¡Dios! No era más que una niña asustada sin referencias afectivas. Pese a todo el rencor que podía tener hacia ese hombre, su padre, prefirió callarse y no decir nada. Le veía tan viejo, tan vulnerable y acabado que no le parecía que fuera el mejor momento para comenzar a sacar la porquería que pudiera tener dentro, en algún sitio no tan recóndito de su corazón.

–Luego nos vemos –fue todo lo que dijo y se acercó para darle un beso en la frente.

Luis sintió ese beso como si hubiesen vertido ácido sobre su cráneo. La forma en la que Paula había esquivado el tema le abrasó el alma. Cada vez tenía más claro el inmenso daño que le había inferido a aquella pobre chica huérfana de madre a la que recluyó en una cárcel de oro para que otros le dedicasen el tiempo y las atenciones que él no había podido o no había querido dedicarle.

Se quedó mirando al vacío, sabedor de que su hija había salido ya de la casa. No tenía claro cuánto tiempo de lucidez le quedaba; su incapacidad para concentrarse, para seguir el hilo o la argumentación de un pensamiento complejo, lógico, abstracto cada vez era más evidente. Pero se juró en ese preciso instante, en ese mismo momento, que haría todo lo posible por ayudar a su hija, por lograr que tuviese el tipo de vida plena y completa que él quería para ella, ya que tenía la certeza de que pese al aparente éxito profesional que había logrado y todo lo que ello comportaba, dinero, reputación social, etc., Paula no era feliz. No lo era, eso lo tenía claro. Él nunca había sido un hombre sensible que supiera gestionar emociones; de hecho, toda su familia era bastante desastrosa en eso. Pero podía ver claro, como se ven las verdades de lo que amas, lo que realmente importa, que su hija tenía un terrible problema en lo concerniente a la gestión de sus emociones. ¿Era esa la causa de que a sus treinta y ocho años siguiera sin pareja? No lo sabía.

Luis estaba sentado a la mesa de la cocina junto a Teresa, que intentaba afanarse para conseguir que comiera algo.

–En días como hoy, Teresa, estaría bien que los dientes se nos volviesen de acero para poder triturar, hasta hacerlos polvo, tantos errores cometidos. ¡Ojalá fuera tan fácil como eso!

–No le entiendo, señor.

–Da igual, discúlpame.

Con esos pensamientos masticados con furia junto a su comida se retiró a dormir la siesta.

Paula se desmayó sobre el cómodo sofá de su apartamento de Madrid. No quería pensar, no podía hacerlo; solo quería estar así, tirada por un rato, sin pensar, sin apenas respirar.

Había recibido unos cien *emails* desde su llegada a Madrid esa misma mañana. ¡Cien! De repente, una idea tomó cuerpo, en un primer momento de forma no demasiado nítida, pero, después de unos segundos, se configuró casi como un eslogan publicitario. «La vida que llevo no me hace feliz». Se sorprendió al darse cuenta de que las palabras habían salido escupidas de su boca de forma involuntaria. Sonrió, le pareció un juego divertido, y decidió seguir jugando. Como si de una balanza vital se tratase, fue colocando argumentos a favor y en contra de su afirmación un tanto existencial.

«Mi trabajo me da mucho dinero, un gran prestigio social y me permite llevar una vida acomodada, además de ayudar a mi padre con su enfermedad».

«Apenas tengo tiempo para mí, vivo en un mundo rodeado de tiburones a los que solo les importan el poder, la rentabilidad y los beneficios. Nada más alimenta o alimentará sus insaciables almas 'shylockianas'».

«Pero no puedo permitirme el lujo de tirar por la borda toda una vida de esfuerzo, compromiso, determinación y excelencia en lo que hago. Sería irresponsable por mi parte. Y todo, ¿por qué? Por una sensación, un estado de ánimo pasajero provocado por la presión y el cansancio».

«Pero no soy feliz con esta vida. Antes, el éxito profesional justificaba mi sacrificio, compensaba las privaciones que hacía, me resarcía de las renuncias que asumía. ¿Pero ahora?... Por primera vez tengo claro que eso ya no basta. Sigo sin poder contestar a esta maldita pregunta. ¿Quién es Paula Blanco? ¿qué es? ¿es una buena hija? ¿una gestora de activos? ¿una fría hija de puta?».

«No he querido profundizar en las relaciones personales, y bien sabe Dios que hasta el momento siempre he podido elegir entre un buen número de hombres, de esos que mi tía Alba califica como 'buenos partidos', y no lo he hecho. Todo en la vida supone un coste de oportunidad: o tienes tiempo para invertir en tu futuro profesional o tienes tiempo para invertir en las relaciones personales. Yo elegí la primera opción. La idea de que me aterra comprometerme porque soy una imberbe emocional es una teoría de ese maldito Admiel. Y él no me conoce como yo me conozco, está ahí porque le pago».

Los cuatro días en Madrid pasaron volando y tuvo que regresar a Londres. La enfermedad de Luis parecía entrar en una fase de deterioro progresivo, lento e imparable, que la angustiaba.

Por otro lado, además de su padre, no había nada ni nadie que la atase a Madrid, ese proyecto de ciudad de todos y de nadie. Extrema en sus tórridos veranos y sus secos y fríos inviernos, sumida durante gran parte del año en una negruzca boina negra que ya forma parte del paisaje de la ciudad. Pese a todo, cada vez más sentía una pequeña punzada de tristeza cuando la tenía que dejar.

Los siguientes meses fueron tan absorbentes que Paula Blanco tuvo la sensación de aceleración del tiempo, de que el transcurrir de las agotadoras jornadas de trabajo formaban un continuo; un día tras otro, sin tiempo para otra cosa que no fuera trabajar, viajar, preparar reuniones o proyectos. Siempre reservaba un momento para llamar a Madrid, para hacer un *Skype* con Teresa, que al final había aprendido a utilizar la tecnología. Esa ventana le permitía poder ver a su padre, hablar con él, detectar el surco que la enfermedad iba imprimiendo en él de forma inexorable. Pero descubrió que ese momento del «vínculo emocional», que era la gimnasia que su terapeuta le había prescrito, era siempre el mejor del día.

Durante sus dilatadas ausencias de Madrid, Paula había convenido con su psicólogo tener sesiones por *Skype* cada quince días, salvo que ella necesitara programar alguna entre medias de ese espacio. Paula ya había aceptado que esa hora era necesaria para ella, que le ayudaba a llevar su vida, que aclaraba sus prioridades, que le hacía enfrentarse a su realidad de forma más positiva y optimista.

–Hola, Paula, ¿me oyes bien? En la última sesión tuvimos muchos problemas de sonido.

–Sí, yo te oigo perfectamente.

–Cuéntame, ¿cómo han ido estas dos semanas? ¿Algo relevante de lo que quieras hablar?

–Llegué ayer de New York. Tengo una agenda tan llena de reuniones de trabajo, proyectos, viajes, cenas de negocios, encuentros con socios, que no soy dueña de mi tiempo.

–Recuerda, Paula, que tenemos que poner precio a las palabras que decimos.

–¿Qué quieres decir...? ¿Cómo que precio?

–Sí, si tú misma admites que no eres dueña de tu tiempo, de tu vida, ese es el mismo instante en el que realmente comienzas a admitir que no controlas tus decisiones, que otros las controlan por ti y que las tareas que tu trabajo te marca ocupan todo tu tiempo. Si esto es así por un conjunto de hechos coyunturales, es así como has de afrontarlo; si no es así y comienza a ser un problema estructural, entonces claramente tienes que resolverlo.

–¡Resolverlo, como si fuera tan fácil!

–Nunca lo es, pero lo que está claro es que no creo que puedas continuar a ese ritmo por mucho tiempo sin quebrar tu salud física y emocional.

–Me siento atrapada en un torbellino, a la cabeza de un Ejército que no tengo claro que sea el mío, o que cuando me alisté en él tenía unos valores y objetivos que ya no tengo la certeza de que sean los míos, que sigan vigentes.

–Bueno, pues tienes que buscar alternativas que pasen por tener tiempo para ti.

–No es tan sencillo; las tareas que yo asumo son demasiado complejas como para que las pueda delegar en otra persona, por muy de mi confianza que sea.

–No eres la primera ni la última paciente que considera que es insustituible, que lo que hace no lo puede traspasar. La realidad es que las empresas siempre encuentran a otro que lo haga por ti cuando les interesa prescindir de los servicios de un trabajador «único e insustituible».

–Mi empresa es un tanto especial y lo que hacemos es tremendamente delicado. Pero sí, algo he de hacer.

–¿Has podido avanzar con el plan de acción que nos marcamos y en los compromisos que asumiste para estos quince días?

–Admiel, eres peor que la profesora de Francés que tuve en el colegio. Sí, he podido escribir esos sentimientos, ponerlos en un papel.

–No solo ese era el objetivo. La idea es que al escribirlos en un papel los objetivamos, que al materializarse podemos reflexionar sobre lo que esos sentimientos nos dicen. Damos sentido, ponemos «precio a las palabras que decimos» y conseguimos que lo que verbalizamos y hacemos esté alineado, que no exista diferencia entre una cosa y la otra. ¿Recuerdas esos objetivos?

–Nítidos como la imagen que estoy viendo ahora de ti. En serio, pienso que llevo tantos años reprimiendo mis sentimientos que ya no sé cómo hacer que los mismos fluyan, que salgan a la luz.

–Reconocer este problema es un buen comienzo para buscar una solución, ¿no crees?

–Sí, siempre dices eso y es lógico. Si no asumes que tienes un problema es bastante improbable que puedas resolverlo.

–Porque es verdad. Pero reconocer los sentimientos es una gran tarea; dejar que los mismos nos invadan, aunque en ocasiones nos hagan sufrir, es una magnífica gimnasia vital, Paula.

–He escrito que mi padre fue un cabrón egoísta e insensible, un niño que solo pensó en él y que me dejó tirada, abandonada en una cárcel de oro para niñas ricas cuando más le necesitaba. Que he aprendido a vivir con ello, pero que no he perdonado su cobardía, que buscase el camino más cómodo para él sin pensar si ese camino era lo mejor para mí, su hija, una niña asustada y desvalida por la muerte de su madre.

–Elegir por otro siempre es complicado.

–Sobre todo si tienes el súper ego de mi padre.

–Y sí, tu padre es imperfecto y parece que tomó la salida más fácil y cómoda para él en aquel momento, pese a que con esa decisión enterraba un montón de vivencias, de experiencias buenas y malas que ya no tendría contigo porque se perdió parte de tu desarrollo.

–¿Parte de mi desarrollo? Se perdió mi vida. Apenas le vi, salvo durante las vacaciones que pasaba con su hermana, mi tía Alba, que siempre le justificaba. «Hija, tu padre está muy liado, no tiene tiempo para nada», o «¿de dónde te crees tú que sale el dinero para costear tu carísimo colegio en Suiza?».

–Y te resignaste a que Luis fuera como era, a no esperar nada de él y a recibir lo que te daba con la misma naturalidad con la que seguías otras rutinas. ¿Fue así como fuiste enterrando tus sentimientos hacia él?

–Supongo que sí, hasta que un día en su casa de Madrid me di cuenta de que ese hombre al que tenía que llamar padre era un perfecto desconocido para mí, un señor con el que solo compartía una serie de películas de cine. Esos momentos viendo una película junto a él eran para mí como el oro, ya que sabía que eran los únicos instantes en los que me regalaba el cien por cien de su tiempo, de su atención, solo para mí. Las películas eran nuestro armisticio personal, pactado por ambos para dejar atrás todo lo demás. Solo importaba que durante tres horas podía estar con él a solas viendo las películas que él amaba y que también yo aprendí a amar.

–Veo que en estas dos semanas has avanzado. Muy interesante reflexión, Paula. Terrible pero práctica para poder llevar tu vida adelante en esos momentos. Pero estamos en el presente.

–Sí, estamos en el presente, eso está claro.

–¿No crees que tu padre quiere que le perdones, que necesita sentir que eso es así antes de irse?

–Sí, supongo que tiene una increíble mala conciencia. Al final todos nos juzgamos de alguna manera.

–Bueno, esa puede ser una forma de verlo. No se puede pensar de alguien tan egoísta otra actitud al final de su vida que la de seguir siendo egoísta, máxime cuando se es dependiente.

–¿Hay otra forma de verlo?

–Sí, la de que no está haciendo todo esto solo porque le perdones, sino para ayudarte.

–¡Esta sí que es buena! Vamos, que todavía tengo que estar agradecida.

–No te pongas a la defensiva, Paula. Yo no he dicho que tengas que agradecer nada, solo te digo que pueden existir otras razones para el cambio de actitud de Luis hacia ti en los últimos años, sobre todo a raíz de haber tomado conciencia de la realidad de su enfermedad, de saber que tiene una fecha de caducidad marcada en el calendario.

–Todos la tenemos.

–Algunos más que otros. No desprecies mi enfoque, por favor; solo te pido que pienses en ello desde esta otra perspectiva, que además es más positiva.

–Vale, tengo que pensar que mi padre no solo se está acercando emocionalmente a mí estos últimos años para que le perdone, sino porque se ha dado cuenta de que soy ¿qué? ¿«una cáscara emocional vacía», una mujer infeliz y abocada a la soledad?

–Pregúntaselo.

–¿A él? ¿Y si te equivocas? ¿Y si simplemente quiere que le perdone porque siente que ha sido un cabronazo conmigo?

–Incluso con esa segunda lectura dispondrás de una información que ahora no tienes. Disiparás dudas y enfrentarás fantasmas del pasado que te ayudarán en el presente, y sobre todo en el futuro, que es lo que más interés tiene para mí. Es hora de terminar la sesión.

12. ETHAN Y DANIEL GOLDBERG

Aseguraba Platón que la razón y el valor siempre se impondrán a la traición y la ingratitud. Pero no es menos cierto que Platón no trabajaba para Orizont Investment en la nueva etapa de la compañía, ya sin Noah Cohen presidiendo sus designios.

Si el gran Julio César, el hombre que dominó su tiempo y que nos legó obras imperecederas como sus *Comentarios sobre la Guerra de las Galias,* no supo ver la traición de Casio o Bruto, que lo amaban, menos podría imaginarla Paula de su mentor, David Goldberg.

Noah siempre supo que su socio y amigo David tenía varios puntos débiles: las mujeres, y sobre todo sus hijos. Una mezcla de mala conciencia y sentido de culpa dominaban la relación de David para con sus dos hijos. Estos, tan inútiles como listos a la hora de explotar hasta la amoralidad más absoluta estas debilidades, vivían del padre sin freno y sin ningún sentido de culpa. Y así habían pasado los años, uno tras otro, primero intentando encontrar su camino una vez que hubieron terminado a duras penas sus estudios universitarios. Luego, un postgrado en alguna selecta universidad llena de amigos del padre que supieron paliar las carencias académicas de sus protegidos para que estos pudiesen obtener sus respectivas titulaciones. Las distintas aventuras que emprendieron estuvieran abocadas al más rotundo fracaso. Por mucho dinero o influencias que puedas poner en un negocio, o en su diseño y ejecución, sobre todo son vitales la supervisión que sobre el diseño del plan de negocio deben tener sus gestores, y en esto ambos hijos de David fueron siempre mediocres. A Ethan y Daniel no les interesaba estar encima de las cosas; enseguida se aburrían de los distintos negocios en los que conseguían pringar a su padre para que invirtiera dinero, o bien la víctima propiciatoria era alguno de los amigos de David, que generalmente salía escaldado y con una importante merma de su patrimonio.

Hasta ahí es lo que sabía Paula de Ethan y Daniel, que, por otra parte, eran casi de su edad. Ethan, el más atractivo, había intentado seducirla a lo largo de los años en varias ocasiones. La obstinación de aquella irresistible española hacía que su siguiente intento fuera aún más vehemente y audaz. Tanto empeño puso que en una ocasión Paula se quejó a su padre de la incómoda situación. Desde ese momento ya no hubo ningún otro acercamiento por su parte, salvo alguna que otra sutil y furtiva mirada en las fiestas de la oficina o en las cenas de Navidad, generalmente cuando Ethan estaba ya bastante desinhibido debido al alcohol.

Sonó la puerta de su despacho; la mayoría del personal de servicio y segundo nivel hacía tiempo que había salido de la oficina al terminar su jornada laboral.

–¿Puedo pasar, querida? –dijo David con su inconfundible inglés académico cultivado durante años en Eton, la institución de enseñanza inglesa más selecta, con una larga lista de alumnos conocidos, que incluía diecinueve primeros ministros británicos, príncipes, académicos, escritores, diplomáticos y héroes militares.

–¡David! ¿Todavía estás por aquí? –se sorprendió Paula sin malicia.

–Bueno, todavía trabajo aquí, querida. –David arrastró la frase con toda intención.

Paula comprendió enseguida que su comentario había sido improcedente y que posiblemente había molestado a su socio y mentor.

–Disculpa, David. Sí, claro, siéntate por favor.

–No te robaré mucho tiempo –David se sentó con elegancia frente a ella–. Verás, querida, no dejas de demostrar lo inteligente que eres, y creo que uno de los rasgos que más denotan tu inteligencia es que a estas alturas de tu vida no has sucumbido a esa estupidez de la presión del reloj biológico, tú ya me entiendes.

La verdad es que Paula no le estaba entendiendo del todo, pero siguió escuchándole con atención; no le pareció prudente molestarlo por segunda vez.

–¡Ahh, los hijos, cuánto nos hacen sufrir! Noah no los tuvo, y tú, por lo que parece, tampoco. Si pudiera volver atrás en el tiempo, posiblemente le diría a aquel joven inversor de treinta y cinco años que fui que se hiciera la vasectomía. Entiéndeme; quiero a mis hijos, ya están aquí y siempre miraré por ellos, pero es lo que hay. Si pudiera volver hacia atrás no los tendría.

–Pero no podemos dar marcha atrás, ¿verdad?

–No, no podemos. Verás, querida, Ethan y Daniel son casi de tu misma edad y necesito que empiecen a tomarse en serio las cosas. Desde un punto de vista formal, curricular, están más que capacitados para comenzar a ayudarnos aquí; la cuestión es atarlos en corto. Como es lógico, no es algo que quiera imponerte, y además está el Consejo. No quedaría, digámoslo así, elegante que presentara yo la candidatura de mis dos hijos. Pero no es menos cierto que en la mayoría de los fondos patrimoniales es bastante común que los herederos consanguíneos tomen poco a poco responsabilidades relacionadas con el paquete de acciones que han de heredar.

La noticia no sorprendió a Paula, sobre todo después de la muerte de Noah. Con su socia viva, David jamás hubiera planteado algo así porque sabía la respuesta que le habrían dado. Pero Noah ya no estaba y él se sentía cada vez más fuerte. El fondo, con el nuevo liderazgo de Paula, lejos de perder puntos en los *ratings* de rentabilidad, estaba subiendo más y la gran mayoría de los grandes fondos institucionales del mundo veían a Orizont Investment como un «refugio», un lugar seguro donde invertir su dinero. Esta realidad había hecho que los dos nuevos fondos de inversión que habían abierto se capitalizasen en cuestión de una hora. ¡Una hora!... Habían conseguido todo el dinero que precisaban para invertir de los inversores en menos de una hora, todo un récord para el sector.

–Paula, ¿estás conmigo todavía?

La pregunta pilló completamente desconectada a Paula. En el fondo le tenía sin cuidado que David supiera que sus inútiles hijos no le importaban nada.

–¡Sí!, disculpa. Ethan tiene mi edad, es solo dos meses más joven que yo. Claro, puedes contar conmigo para que informe al Consejo o a los socios. David, es tu negocio y es lógico que quieras que tus hijos formen parte de él.

Ambos sabían que el argumento que terminaba de fabricar era burdo, y que Paula no se creía ninguna de las afirmaciones, pero decidieron que no era momento de profundizar.

–Muchas gracias, querida. Si te parece, creo que bastará con que mandes un *email* informando al Consejo de la decisión de contar con Ethan y con Daniel. Yo, una vez que lo reciba, comunicaré que repartiré parte del paquete nominal de acciones que tengo en favor de ambos. Lo haré como parte de una donación en vida para evitar que algún consejero pretenda pujar por las acciones.

–Como quieras.

–Te noto, no sé...

–¿Cansada?

–Sí. Disculpa, querida. Ya me marcho.

David salió del despacho y dejó a Paula con una sombría sensación.

—¿Tan fuerte es la necesidad de perpetuarnos en nuestros hijos que nos hace cometer imbecilidades, incluso a hombres inteligentes? —se preguntó.

Estaba cansada. La soledad que le regalaba su lujoso apartamento de Londres, junto a la monótona melodía de la lluvia golpeando con furia las ventanas animaron en ella un momento de profunda reflexión. Acababa de terminar la lectura de *El hombre en busca de sentido*, de Viktor Frankl. «Hay libros que te arrancan la piel a tiras desde un punto de vista emocional; este es uno de ellos», le dijo Admiel Perlman cuando se lo regaló.

Era increíble que ese notable hombre que había pasado por tanto pudiera haber tenido la certidumbre de racionalizar en un libro todo lo que había aprendido después de esa terrible experiencia. Y esa tenue llama vital, esa guía, esa ancla racional le mantuvo vivo en un mundo que se derrumbaba a su lado.

Al terminar su lectura, comprendió por qué Admiel siempre le decía que no podemos cambiar las circunstancias sobrevenidas pero sí tenemos autonomía para decidir cómo queremos afrontarlas. «Eso, Paula, nunca nos lo pueden arrebatar. Las SS, en el campo de exterminio privaron a Frankl de muchas cosas que consideramos básicas para poder desempeñar una vida autónoma y digna; ese infierno diario era la cruda realidad que le impusieron. Sobre eso Frankl tenía nula capacidad de cambiar nada. Sobre lo que sí tenía autonomía, y la ejerció con verdadero magisterio, fue sobre cómo quería vivir esa realidad. Esa capacidad, la de decidir cómo afrontar lo que estaba viviendo, jamás se la pudieron quitar, y es la clave de la 'autonomía' del ser humano, de su libertad para encontrar sentido a su vida».

—Decidir cómo queremos vivir la vida, cómo afrontar las cosas que nos pasan —dijo Paula en voz alta—. No podemos modificar las cosas que nos pasan pero sí cómo queremos vivirlas... es una poderosa filosofía.

Sentada en la sala de reuniones de Orizont Investment, esperaba la llegada de Ethan y Daniel, los dos hijos de David. Al final el Consejo del fondo había recibido la incorporación de ambos con absoluta indiferencia. Claro que sabían de sus nulas capacidades para casi todo salvo para gastar el dinero de su padre, pero también eran conscientes de que tarde o temprano tendrían que asumir algún tipo de responsabilidad en la empresa que había cofundado David. Además, la supervisión y tutela que ejercería sobre ellos Paula Blanco les había terminado de tranquilizar.

Paula miró el reloj que presidía una de las paredes de la sala. ¡Cómo no!, llegaban tarde. No le sorprendió en absoluto. Estaba a punto de ponerse a trabajar con su *tablet* cuando la atractiva figura de Ethan Goldberg emergió en la puerta de cristal de la sala.

–Hola, Paula, al final mi hermano no vendrá.

A Paula le sonó como algo parecido a una especie de disculpa.

–Pero..., ¿está enfermo?

–Ni idea. Solo me ha enviado un mensaje a las tres de la mañana diciéndome que no vendría –y le puso a Paula una estudiada mueca de niño travieso que confiesa una maldad a su supervisora.

–Bueno, está bien. Ethan, he estado repasando tus datos formativos y, la verdad, podemos comenzar por varias áreas de negocio que creo te podrán interesar. Salvo que tú tengas algún tipo de preferencia.

–Quiero trabajar en valoraciones y adquisiciones –afirmó Ethan con toda rotundidad.

–¡Bien!, la matriz de nuestro negocio. Es el departamento clave para entender lo que hacemos. Si ellos hacen bien su trabajo, todo es más fácil.

–Quiero estar a tu lado, aprendiendo de ti.

–Eres, en fin, muy amable. Pero ya sabes que ya no hago valoraciones o estudios; a mí ya solo me llegan, digámoslo así, los proyectos que han pasado por el visto bueno de varios comités de adquisición de activos. Creo que estaría bien que pudieras comenzar por las valoraciones más básicas, las que nos ofrecen los bancos, los clientes, los distintos operadores privados e institucionales; eso te permitirá conocer qué criterios son los que utilizamos a la hora de seguir adelante o descartar una operación.

–Paula, no creo que eso me aporte demasiado. No quiero estar trabajando con los becarios. Entiéndeme, a mi edad, que es la tuya, resultaría... insultante.

–Bueno, yo no lo veo así. Creo que te aportaría una visión estratégica del negocio desde su raíz. Te ayudaría a consolidar conceptos teóricos y a saber cómo valorar distintos sectores industriales, distintos activos.

–Mira, Paula, no quiero que pienses que no valoro tu opinión, créeme, lo hago, pero los dos sabemos que he perdido demasiado tiempo. Hay etapas que ya es imposible recuperar; he de adelantar mi adaptación al negocio y creo que en las presentes circunstancias he de suprimir esas fases preliminares.

–Como quieras. Entonces le pediré a Lee que mañana convoque a los chicos del área de adquisiciones para que te conozcan y te hagan una pequeña presentación de los activos que estamos valorando. Esa visión te vendrá muy bien para poder seleccionar uno de ellos y vivir el proceso una vez que ha llegado a tu área de influencia, que ha pasado por esos filtros previos que nos vamos a saltar. ¿Te parece?

–Me parece estupendo. Por el momento le he pedido a mi padre que me pase los estudios preliminares de los activos que se están valorando; me parece interesante familiarizarme con la forma que tenéis de presentar las valoraciones a los miembros del Consejo. No te parece mal, ¿verdad?

–No, siempre que sepa qué información tienes; entiéndeme, es para no hacer el trabajo dos veces.

El resto de la reunión se enfocó en la planificación de las jornadas y en cuestiones logísticas como el despacho, las cuentas de correo y demás operativa relacionada con un nuevo puesto de trabajo, además de la gestión de las dos plazas de garaje fijas en el edificio.

A Paula le agradó que Ethan mostrase su perfil más serio y profesional. «Todos podemos cambiar», pensó para sí, en un intento de autoconvencerse de que el tiempo que invertiría en esas dos cabezas huecas no sería en vano.

El mes siguiente transcurrió raudo como un escalofrío entre reuniones, viajes a Nueva York y Buenos Aires; una sensación de cierta irrealidad volvió a apoderarse del día a día de Paula. Tanto Ethan como Daniel asumieron con seriedad sus nuevos roles dentro de la empresa y no desentonaron demasiado en el engranaje de Orizont Investment.

Paula continuaba en contacto con Madrid y seguía de primera mano la evolución de su padre. Teresa, cada vez más conocedora de la sintomatología de la enfermedad, era más precisa en la información que suministraba acerca de los detalles y sabía anteponerse a las situaciones de crisis.

Pero lo que Paula añoraba con más fuerza eran las sesiones con Admiel Perlman. No quería reconocerlo pero cada vez se sentía más dependiente de ellas. Estaba completamente familiarizada con el uso de las videoconferencias, que le resultaban muy prácticas en su día a día. Aunque solo hubiese tenido el teléfono, necesitaba hablar y estar en contacto con su terapeuta. Nunca en toda su vida había necesitado tanto a otra persona. Esa cesión de uno mismo en el otro, esa externalización de su propia persona la aterraba, le daba vértigo. Pero, como maravillosamente supo reflejar Milan Kundera en *La insoportable levedad del ser*, «el vértigo es algo diferente del miedo a la caída. El vértigo significa que la profundidad que se abre ante nosotros nos atrae, nos seduce, despierta en nosotros el deseo de caer, del cual nos defendemos espantados». Así se sentía; estaba explorando un terreno sentimentalmente ignoto para ella porque tenía claro que parte de la necesidad de estar en contacto con él era completamente emocional. Los pasos que daba, titubeantes, inciertos, la alejaban definitivamente del terreno en el que había vivido y la iban adentrando poco a poco en un nuevo y sugerente universo emocional repleto de sentimientos. Recordó la frase que siempre repetía su padre, «lo primero que pierde un amante es su libertad»; esa cínica exhortación paternal dibujó en su cara una tímida y sutil sonrisa.

La imagen de Admiel Perlman apareció nítida en la pantalla de su ordenador.

–Buenas tardes, Paula. Hace dos semanas que no hablamos. ¿Me escuchas bien?

–Sí, perfectamente. El equipo y la conexión de datos que tenemos en la oficina son magníficos.

–Perfecto. ¿Cómo han ido las semanas?

–Con mucho trabajo y viajes. He vuelto a tener la sensación de que mi vida no me pertenece. Ya sabes a lo que me refiero.

–Sí, ya hemos hablado de qué tienes que hacer en ese momento. Los cambios de horario acumulados son un problema. Los pilotos profesionales suelen tener trastornos de sueño y, en los casos más graves, los problemas de insomnio se cronifican, llegando a tener que parar de trabajar o pedirse bajas para poder volver a recuperar los biorritmos del sueño.

–Amén.

–No seas cáustica.

–No lo soy; los problemas de los pilotos de líneas aéreas me importan un bledo. Además, ganan una pasta y se jubilan muy jóvenes.

–Además de la carga de trabajo y de la sensación de irrealidad por los cambios de sueño provocados por los viajes, ¿ha pasado algo más de lo que quieras que hablemos?

–Sí. He comprendido la importancia del poderoso mensaje de Viktor Frankl.

–¡Sí!..., y dime, ¿qué has aprendido de su mensaje?

–Que el dolor no hay que negarlo, no hay que relativizarlo, y que la forma de afrontarlo es adoptar la mejor actitud posible para vivir con ello, para entenderlo.

–¡Exacto Paula! Ese es el regalo que nos hicieron Frankl y su logoterapia.

–Mi padre me abandonó cuando más vulnerable era, cuando la única ancla emocional que tenía se había marchado. Creo que pocas cosas son tan duras como perder a una madre. Durante años he reprimido esa realidad, no he querido aceptar que estaba completamente jodida. Tenía claro que Luis había sido un cabrón, pero ese cabrón egoísta, ese ególatra desbocado era mi padre. No otro, ese. Supongo que las cosas hubiesen sido mucho más sencillas si simplemente se hubiera comportado conmigo como se espera de un padre así, es decir, como un ser auto-centrado. Pero no, la vida no es siempre de blancos y negros, abundan las zonas grises. También se preocupó de mi educación, me pagó los mejores colegios, fue cariñoso cuando estaba y quería, y me regaló el cine que tanto amaba y que ahora forma también parte de mí.

–Es curioso, pero creo que el cine siempre jugó un papel importante en vuestra relación. Quizá sin objetivarlo, fue la forma que ese increíblemente torpe hombre, tu padre, encontró de conexión contigo y tú con él. Un terreno neutral, sin reproches, sin preguntas dolorosas que no tienen respuesta; simplemente algo que compartir los dos, algo que os unía.

–Yo no lo hubiera expresado mejor. Y ahora ese hombre que se apaga por momentos, ese ser al que he odiado y amado tanto, se está olvidando de todo, incluso de mí, y supongo quiere mi perdón.

–Puede que sea así, y puede también que haya llegado a la conclusión, después de hacer un camino parecido al tuyo, de que básicamente somos seres emocionales. Que cuando pasamos bajo las luces de neón de las marquesinas de un cine, con el nombre en grande de los protagonistas, todos, incluso los actores más afamados, somos seres llenos de miedos e imperfecciones. Puede que tu padre quiera ser perdonado, pero con un acto de generosidad por su parte...

–¿Generosidad Luis?

–Sí. ¿Has pensado que tu padre haya podido ver antes que tú que necesitabas vivir la vida desde otro ángulo, desde una óptica más emocional?

–¡Mi padre! No lo creo, la verdad. Es cierto que los problemas, en fin, mis problemas para poder entender qué estaba pasando han surgido en el momento en el que él ha comenzado, no sé, a comportarse de una forma extraña para lo que era nuestra relación, tú ya me entiendes.

–¿Lo hago?

–Ya sabes, sus demandas para hablar de emociones, de sentimientos. De construir algo que jamás hemos tenido.

–Bueno, eso te trajo hasta aquí. Sus demandas y tu necesidad de entender por qué eras incapaz de gestionarlas.

–Exacto. Y eso me hace volver a Viktor Frankl. El pasado, nuestra relación es la que es, no puedo volver atrás. Lo que puedo hacer es entender qué puedo hacer con todo eso, qué quiero hacer a partir de ahora con mi vida.

–La última de las libertades humanas es elegir nuestra propia actitud ante cualquier circunstancia, afirmaba Frankl, incluso las más dolorosas. Eso, Paula, no nos lo pueden arrebatar.

–Perdonarle, sin más.

–Aceptar que las experiencias que uno ha vivido han sido dolorosas pero que, pese a ello, tenemos capacidad de perdonar. Tener generosidad nos hace crecer como personas, nos hace más fuertes, mejorando nuestra situación frente a las experiencias negativas que han de venir y las personas que nos importan en el ahora. No está mal como pretensión de presente y de futuro.

–Y parece tan fácil. Creo que cuando llegue a Madrid acometeré una conversación que tengo pendiente con mi padre.

–Esa es una magnífica noticia, Paula. Creo que ha llegado el momento.

Con el paso de las semanas, la autonomía que los dos hijos de David tenían en la compañía aumentaba. Todo el mundo aceptaba como una situación lógica el que ambos vástagos, hasta el momento inútiles para casi todo, quisieran demostrar su valía. También que en algún momento más o menos concreto dicha necesidad de espacio colisionaría con la estructura de poder que en la actualidad representaba la propia Paula. La realidad era que Paula estaba sabiendo sortear con capacidad de diplomático experimentado los terrenos más conflictivos de la relación de tutelaje que tenía que ejercer sobre los dos herederos.

Sentados a la mesa del Consejo, en una reunión preparatoria previa a la del Consejo de finales de mes, Paula estaba un tanto contrariada ya que, pese a lo que esperaba y había acordado con el propio Daniel, no tenía delante de ella los datos preliminares de la operación que este estaba liderando en China, la compra de una empresa de procesamiento y tratamiento de fertilizantes químicos. En realidad la operación no era nada complicada. Era una empresa con gran potencial de crecimiento que necesitaba una inyección de capital para poder modernizar sus equipamientos técnicos y logísticos.

–Ethan, estoy disgustada con tu hermano. No me gusta trabajar con personas que no cumplen con sus compromisos.

–Pues no eres la primera y, conociéndole, me temo que no serás la última. Ya sabes como es Daniel.

–No, la verdad es que no quiero saberlo. Estamos esperando a cinco analistas que supuestamente han de valorar un informe que tu hermano tenía que haber entregado ayer y que yo debería tener antes que ellos... hoy. Si no es una pérdida de tiempo para todos y una falta de respeto y profesionalidad.

–No me lo digas a mí, no soy su jefe, solo soy su hermano mayor. Quéjate a mi padre y que le pongan, no sé, en otro lado donde moleste menos –comentó, y colocó en su atractivo rostro una de sus estudiadas sonrisas de club nocturno.

–No es tan fácil. No quiero disgustar a tu padre y me parece que tu hermano es suficientemente maduro como para asumir que esto es un trabajo donde uno forma parte de una cadena de compromisos asumidos; así funcionamos, como un equipo.

La señal de Daniel apareció con un código de conexión segura. Supuestamente debería estar conectado a la *call* hacía dos horas, pero la imagen que la inmensa pantalla de videoconferencia reflejaba era la de un joven despreocupado.

–Daniel, ¿por qué no estoy viendo el informe de la Xian Xu Company?

–Paula, buenos días. ¿Es impresión mía o estás un poco tensa?

Ethan esbozó una sonrisa con bastante poco disimulo, dejando claro que le había resultado gracioso el comentario de su hermano.

–Daniel, sí, estoy cabreada; se suponía que tenía que tener el informe para poder evaluarlo antes de que lo hicieran los analistas. En eso quedamos, ¿no?

–Sí, es cierto. Eso era así antes de que hablara con mi padre y me pidiera el maldito informe. Me comentó que él se encargaría de verlo contigo. Cosa que, por lo que veo, no ha hecho todavía.

Paula estaba irritada. ¿Cómo era posible? David jamás se había entrometido en un informe preliminar hasta que pasaba el filtro de los analistas y llegaba al Consejo. No tenía sentido además que rompiera la cadena de mando, el flujo de información que había impuesto la propia Paula. Esa deliberada forma de proceder la exponía, o al menos socavaba su autoridad frente a sus hijos.

–Es evidente que no lo sabía, Daniel. ¿Me puedes mandar el informe a mí, por favor?

–Sí, supongo. Pero no entiendo por qué mi padre no ha hablado contigo todavía sobre el mismo. Es estúpido que estemos los tres perdiendo el tiempo ya que no podemos hablar de algo que todavía no habéis visto.

–Lo lamento. Hablaré con tu padre. Me parece que tiene todo el sentido que aclaremos ciertos aspectos procedimentales. Ethan, Daniel, siento la pérdida de tiempo.

Pidió a Lee, su secretaria, que comprobara la agenda de David, sobre todo para saber si estaba en la ciudad y, con suerte, poder quedar esa misma tarde con él. Al no encontrar una respuesta que le aclarara la cuestión, decidió llamarle al móvil.

–David, soy Paula. ¿Estás en Londres?

–Hola, querida. Sí, estoy en el club con Harry y otros amigos. Hemos tenido una maravillosa comida de trabajo. ¿En qué puedo ayudarte?

–Me gustaría pasarme por el club y que me pudieras dedicar un rato, hay algo que quiero comentarte.

–Bueno... estábamos terminando la reunión. Pero me parece que tengo la tarde despejada. ¿Te parece que quedemos como en una hora y media en la sala Winston Churchill?... ¡Estupendo! Pediré que nos la reserven.

Cuando Paula llegó a la sala, David se levantó del sillón de orejas de cuero en el que estaba sentado fumando un delicioso habano.

–No te importa el humo, ¿verdad? Hemos llegado a un punto en el que en un club privado como este es el único espacio en el que podemos hacer algo así, ¡fumar un habano! Era en la sala favorita del bueno de Winston.

Paula obvió el comentario; tenía bastante claro que David no tenía ninguna voluntad de apagar ese puro que seguro le había costado una fortuna.

–Supongo que sabes por qué estoy aquí.

–Pues la verdad es que no, querida.

–Daniel, el informe sobre la Xian Xu Company que debería haber analizado esta tarde.

—Oh, sí. La verdad es que le pedí a mi hijo revisarlo antes. Tenía mucha curiosidad por saber cómo está enfocando las cosas. Entiéndeme; al final estos informes preliminares ponen el foco en los mismos puntos, pero creo que los analistas, no sé, siempre dejan su propia impronta en ellos, son capaces de trascender los puntos más obvios y ver un poco más allá. Los que lo logran son los que al final de su carrera suelen estar en el mismo lugar en el que estás tú ahora mismo. Tenía curiosidad por comprobar si mi hijo contaba con esa capacidad, la cualidad de fijar su mirada en esos puntos.

—¿Y lo ha hecho?

—He de decir que no, con toda la tristeza de mi corazón. El informe es plano como una pared recién pintada de blanco. Nada que destacar salvo lo obvio.

—Entiendo que quieras saber estas cosas, pero creo que es importante que yo esté informada. Date cuenta de que cada uno de los procesos que seguimos involucran a terceros y que los procedimientos son, en fin, importantes.

—Es cristalino para mí. Muchos de esos procedimientos que seguís los hemos implantado Noah y yo. Buff, todavía hablo de ella en presente.

—Gracias, David. Solo quería tener las cosas claras con respecto a esto. Al final son tus hijos y...

David, con un movimiento de su mano, interrumpió el último argumento que Paula estaba fabricando en su boca.

—Querida, no sabes cómo te agradezco lo que estás haciendo. No solo estás ayudándome con mis hijos, introduciéndolos en un negocio que han de conocer, que tienen que amar, sino que lo estás haciendo con inteligencia y elegancia. Sin que apenas se note. Ellos son, en fin, lo que son. Solo tengo la esperanza de que con la confianza y la responsabilidad que estamos poniendo sobre sus hombros maduren.

—Ethan parece que está mucho más centrado. Superviso casi todo su trabajo y estoy bastante contenta con su rendimiento. Daniel necesita un poco más de tiempo para poder volar solo.

–Se lo daremos querida, se lo daremos.

Salió del exclusivo club con la sensación de que David no le decía toda la verdad. No sabía por qué lo hacía. Quizá por un excesivo celo paternal que le hacía sentirse débil y poco profesional y del que no quería hablar con Paula, quizá por otros motivos menos obvios. Lo que Paula tenía claro es que David tenía un plan del que ella solo conocía una parte. «Siempre hay que saber las guerras que podemos librar y, mejor aún, las que podemos ganar», pensó.

La semana terminaba y el viernes por la mañana Paula tenía reservado, como siempre, el primer vuelo hacia Madrid. Hacía más de dos meses que no pisaba la ciudad que le había visto nacer hacía ya treinta y nueve años.

Se quedó desolada al ver el estado de Luis. Parecía completamente ausente. La medicación, la terapia paliativa, los medicamentos, la dieta, todo estaba siendo aplicado con rigor y precisión, pero los estragos que la enfermedad había causado en el físico de su padre la alarmaron. Apenas habían pasado dos meses desde la última vez que le había visto en persona y la imagen que tenía delante de ella parecía la de otro hombre, como si parte de su padre ya no estuviera ahí, como si el anciano que la observaba con aire cansado fuera otra persona, en parte cercana, en parte completamente desconocida para ella.

–Papá, ¿cómo estás? Soy Paula.

Luis levantó con dificultad la cabeza y sonrió. Fue Teresa la que contestó por él.

–Ya le cuesta contestar. Tiene sus días, pero cada vez son menos. Está casi todo el tiempo como lo ve, dormido pero con los ojos abiertos.

–Bueno, en una hora tengo cita con su médico, el doctor Montes. En fin, es cierto que ya tenía claro lo que podía esperarme, pero verlo así, no sé, me ha dejado un poco helada.

–Él se alegra de verla. Ya verá como uno de estos días dice alguna cosa. Suelen ser palabras sueltas, ya no hace grandes frases; pero con gestos, con señales..., yo sé lo que quiere decirme. Julián sigue tratándolo y todos los días tiene su hora de gimnasia y su paseo. Salvo cuando llueve, claro.

–Julián es un cielo. Me envía todas las semanas un resumen de los ejercicios que hace con él, veo cómo ha ido adaptándose. Sé que ahora tiene muchas contracturas y tirones, ya que en la fase de la enfermedad en la que está los músculos no responden como antes. Es magnífico que siga viniendo todos los días a tratarlo, pese a todo lo que ha tenido que pasar con Luis. Ya sabes que no es un hombre fácil, pero creo que Julián sabe llevarlo.

–Su padre ahora se porta bien con nosotros. En fin, no lo digo porque apenas hable. Es que es como si hubiese aceptado las cosas, no sé, como si supiera que estamos aquí para ayudarle y hacerle la vida más fácil.

Paula acarició con ternura la cara de Teresa. Esa mezcla de bondad e ingenuidad la desarmaba.

–En fin, Teresa, no se preocupe; esta tarde el doctor me dará los resultados de las pruebas que le han realizado a Luis y conoceremos un poco más el terreno en el que estamos.

No tuvo que esperar mucho a que el doctor la recibiera, pero en el tiempo en el que estuvo esperándolo aprovechó para contestar una serie de *emails* que le habían enviado desde la oficina de Nueva York. Thomas Fisher estaba de baja y Paula tenía que supervisar los asuntos más delicados. David le sugirió que podía apoyarse en su hijo Ethan para descargarse de tanto trabajo extra. Ella había visto la jugada, pero en realidad le venía bien la ayuda de Ethan, sobre todo cuando quería tomarse unos días de semivacaciones en Madrid y centrar parte de su energía en la enfermedad de su padre, que a todas luces entraba ya en su última fase.

—Hola, Paula, ¿cómo estás? Siéntate, por favor —le ofreció el neurólogo con una amplia y cálida sonrisa. Habían pasado unos años desde la primera vez que Paula lo visitó junto a su tía Alba, pero el médico seguía igual, como si el paso del tiempo solo hubiera afectado al resto de los mortales.

—He intentado interpretar el último informe que me envió pero, la verdad, me ha generado más dudas que certidumbres.

—Por eso no me gusta adelantar los informes antes de poder explicárselos a los pacientes o a sus familiares. Pero, en fin, eres tan persuasiva y tu ejército de secretarias tan eficientes que no he podido decir que no.

—¿En qué momento estamos, doctor?

—Estamos entrando en la última fase de la enfermedad. Es decir, tu padre está pasando de la fase avanzada a lo que denominamos «fase terminal». Como ves, somos bastante elocuentes.

—Y, ¿cuánto tiempo puede durar este tránsito entre una y otra fase?

—Depende de cada paciente. En el caso de tu padre puede ser de dos a tres meses y luego, en la última fase, dependiendo de las complejidades que podamos encontrarnos, de entre seis meses a diez. Hay casos en los que han estado un año y algo más. Pero no creo que sea el caso de Luis. Sus bioquímicas, las dos neumonías por las que ha pasado y el que comience ya a no tolerar los sólidos, me hacen pensar que no se dilatará más allá de diez meses.

—Me está dando datos y se lo agradezco, pero necesito saber, es decir, conocer de forma más ordenada qué es lo que nos espera en los próximos meses, en el próximo año con suerte.

–Un aumento de la vulnerabilidad para coger infecciones de todo tipo; sobre todo me preocupan las neumonías. En general su sistema inmunológico estará bastante expuesto. Será incapaz de poder mantener la cabeza erguida, no podrá alimentarse ni siquiera con papillas como hasta ahora. Tendrá más problemas con las ulceraciones, tanto las que provocan las zonas expuestas a las heces y las continuas micciones como las que provocan las posturas prolongadas cuando está sentado o cuando está tumbado. Tendremos que controlar todo esto, Paula. Seguirá perdiendo peso; calculo que entre un diez a un quince por ciento de su peso actual.

–¿Más peso? Pero si ahora es prácticamente un cadáver.

–Todavía ha de perder más peso; es lógico dado el deterioro y el que la alimentación sea por sonda.

–Es... horrible.

–Lo es, sí. Esta es una de las enfermedades más crueles que existen. Para los enfermos y para sus familiares. Te he prescrito y pautado todo lo que haremos. Llegado el caso, te he señalado una serie de mecanismos de electromedicina para que le ayuden. Son básicamente respiradores que le darán soporte vital en el caso de que tenga dificultades para respirar por sí solo.

–¿Seguimos con los estímulos? ¿Con la fisioterapia y los paseos?

–Sí, claro. Todo eso le está ayudando mucho a tener mejor calidad de vida y le ha traído hasta aquí con una convivencia con la enfermedad más que digna.

–¿Y no hay nada más que podamos hacer?

–¿Nada más? Paula, llevamos años luchando con un hijo de puta silencioso pero implacable, por lo menos hasta la fecha. Todo lo que la medicina puede hacer, créeme, lo hemos hecho. Es más, tu padre está teniendo una atención magnífica que no todo el mundo se puede permitir. Ahora toca estar atentos, más si cabe, porque tu padre se va a convertir en un paciente cien por cien dependiente las veinticuatro horas del día. Estamos entrando en la última fase de su viaje, de vuestro viaje, Paula. La más dura.

Paula recogió la documentación que la asistente del doctor le entregó. Parte de ella se la daría a la enfermera que le atendía en casa para saber cómo debían administrarle los medicamentos, y sobre todo a qué tipo de sintomatología debían prestar atención. A Paula todo eso no le preocupaba demasiado; hasta el momento todos los profesionales que había contratado se habían revelado como auténticos y competentes colaboradores. Lo que realmente la devastaba era saber que el viaje estaba llegando a su fin. Le había prometido a Admiel Perlman que tendría esa última conversación con su padre pero no tenía claro si había dejado pasar demasiado tiempo y ya resultaría del todo inútil tenerla.

La palabra velada, reprimida antes de ser pronunciada, el beso no dado por miedo al rechazo, la caricia no materializada. Todos esos momentos irrepetibles que habían pasado sin ser vividos, sin ser sentidos, pesaban en el ánimo de Paula cuando volvía camino de su apartamento de Madrid.

13. EL SUEÑO DE MÒNSUL

Paula se levantó completamente desubicada. Tardó unos segundos en darse cuenta de que no estaba en Londres. Se duchó rápidamente pues quería llegar pronto a la casa de su padre.

–El señor hoy está muy bien, señorita; creo que sabe que usted está aquí. Me ha sonreído esta mañana cuando le he dicho que estaba muy guapo.

–Qué buena noticia, Teresa. Estaba un poco asustada por la cantidad de malas noticias que os di ayer a todos. Menos mal que puedo contar con vosotros; sois un equipo estupendo.

–Julián está ahora con su padre; puede usted bajar.

Al entrar en uno de los cuartos del piso inferior pudo ver a Julián Sepúlveda, el fisioterapeuta que llevaba años trabajando con su padre, manipulando con suma ternura su esquelético cuerpo. Ahora tenían que atarlo a la camilla para evitar que se pudiera caer, pero pese a la falta de expresividad de su rostro, Paula se dio cuenta de que no estaba contraído, que los masajes que Julián realizaba sobre sus marchitas articulaciones al menos no le producían dolor.

–Ayer todo fueron malas noticias. No fue mi día, perdonadme.

–No tenemos nada que perdonarle. Es normal que tenga que contar las cosas con, en fin, crudeza. Nosotros estamos aquí para ayudarles y nos viene bien conocer la realidad tal y como es. De ese modo podemos prever los acontecimientos en el futuro.

–Hace tiempo que no hablábamos. ¿Cómo le ves, Julián?

–Tiene sus días. Hace unos dos meses tuvo un momento complicado; tenía muchas contracturas y dolores musculares, pero ahora parece que está un poco más relajado. Además del problema de los esfínteres, ya me entiende.

–Sí, supongo que tiene que ser desagradable.

–No, perdóneme; no lo digo por mí, lo digo por él. Al principio lo pasaba muy mal cuando no se podía controlar y se lo hacía encima, ya sabe; supongo que se sentía mal por nosotros. Pero ya nos hemos cogido confianza, ¿verdad, Luis?

Y le guiñó un ojo a su padre para intentar arrancar un poco de complicidad al ambiente e impregnarlo de energía positiva.

Paula esperó pacientemente a que las distintas posturas de los ejercicios se completaran. En algún momento se situó junto a Julián para ayudarle a manipular a su padre, sobre todo cuando tenía que aflojar los cinturones que le mantenían sujeto a la camilla.

–Papá, ¿cómo estás hoy después del masaje? –Luis, a quien cada vez le costaba más poder girar la cabeza, la movió para mirar a su hija. La tenue sonrisa que le regaló demostró que estaba bien y que había entendido lo que ella le preguntaba. ¡Era cierto! Parecía que iban a tener un buen día.

Los días de un enfermo de Alzheimer como Luis en el estadio por el que transcurría su enfermedad, a caballo entre dos fases finales de la misma, se desarrollaban con una plácida monotonía. Salvo los sobresaltos que el enfermo pudiera experimentar, lo fundamental era mantener en la medida de lo posible los horarios y las rutinas para intentar alterar lo menos posible su vida. Masajes, comidas, vigilar las deposiciones o las úlceras y heridas que se pudieran producir, paseos, conversar con él para estimularlo, mostrando siempre tonos neutros y sin voces o sonidos estridentes que le pudieran alterar. Esas eran las jornadas de Luis, al menos de momento.

Paula aprovechó que su padre parecía bastante lúcido esa mañana para hablar con él, para hacerle partícipe de sus emociones, de todo lo que había aprendido de ella misma gracias a la terapia.

–Sí, Teresa, puedes dejarlo aquí, ya me ocupo yo. No te preocupes; si necesito algo te llamo.

–Le he dejado la bebida que toma su padre; désela cada cierto tiempo, es importante que esté hidratado.

–Teresa, por favor, no te preocupes; sé lo que tengo que hacer.

Paula se sentó junto a la silla de ruedas que utilizaba su padre; tenía la parte superior del tronco sujeta a ella gracias a unas prácticas correas. Le colocó en su sitio preferido, junto al jardín.

–Papá, necesito contarte algo que es muy importante para mí y que, en fin, creo que tú has intentado decirme todo este tiempo. No he sido capaz de entenderlo hasta ahora. Supongo que no estaba preparada, supongo que tenía mucha ira y rencor que gestionar.

Luis la miraba atentamente, con una expresión clara de estar entendiendo a la perfección la trascendencia del momento, no solo para su hija, sino para él mismo.

–Gracias a ti me he dado cuenta de que tenía importantes aspectos de mi vida enterrados, apartados en algún lugar recóndito de mí misma. Supongo que no había encontrado el suficiente valor para enfrentarme a ellos; tampoco tenía la ayuda necesaria. Ahora que he pasado por una terapia me doy cuenta de ello.

Se quedó mirando a su padre con ternura, como queriendo comprobar que seguía contando con toda su atención. Era evidente que Luis estaba haciendo un titánico esfuerzo por mantener la atención en lo que Paula quería decirle.

–Hasta ahora no he sabido cuánto me dolió que me dejaras en aquel colegio. Pero también he aprendido que en la vida debemos elegir qué tipo de respuesta queremos darle a las cosas que nos pasan. La mía, papá, es decirte que te perdono y que te quiero mucho, más de lo que he estado dispuesta a reconocer. Ahora lo sé y quiero que tú lo sepas también.

Paula pronunció esas palabras agarrando una de las inermes manos de Luis. Cuando el eco de su última y sincera afirmación todavía resonaba en el ambiente, comprobó como comenzaban a humedecérsele los ojos con tal determinación que al final una lágrima fue capaz de sobrepasar la espesura de sus pestañas para zozobrar irremediablemente en su rostro

Paula lo besó con ternura y le susurró al oído...

–Papá, te quiero mucho.

Teresa llegó justo a tiempo para darse cuenta de que algo importante había sucedido. La cara de Luis todavía reflejaba la intensidad emocional por la que estaba pasando.

–¿Sabes Teresa? Acabo de decirle a mi padre que le quiero mucho.

–¡Muy bien, señorita! Es usted una buena hija.

–Todos tenemos luces y sombras, pero al final de su vida este hombre me ha regalado algo hermoso.

–Hermoso y necesario. ¿Un punto desde el que partir y comenzar un viaje?

–¡Qué gracia! Nunca lo hubiera visto de esa manera. Pero creo que sí, es algo así. Me ha ayudado a saber quien soy y quien ya no quiero ser nunca más. No tengo claro qué haré con mi vida, pero sí tengo claro lo que ya no haré nunca más. Ahora me siento... viva por primera vez y tengo ganas de conectar con las cosas desde los sentimientos, desde las emociones que he aprendido a reconocer. Esto que te acabo de confesar, tan personal para mí, hace un tiempo jamás podría habérselo dicho a nadie, y ya ves, ahora no quiero reprimirlo, no quiero guardármelo.

Teresa se quedó mirándola con una extraña expresión; entendía parte de las revelaciones, de los juicios de intención que Paula terminaba de verter, pero no comprendía toda su dimensión. Extrañamente, Luis sí lo entendió.

–Bien hecho. ¡Esa es mi hija! –dijo con suma dificultad de repente.

–Señorita..., hacía semanas que apenas decía nada. ¡Es un milagro!

Paula dejó descansar a su padre esa tarde y aprovechó que tenía cita con Admiel Perlman. Hacía mucho tiempo, demasiado, que no podía disfrutar de una sesión de terapia presencial. Se dio cuenta de que añoraba el olor del cuerpo del psicólogo.

Ya sentados en la misma posición que habían ocupado en infinidad de ocasiones, ambos se miraron con sincera curiosidad.

Admiel se había dejado el pelo largo. Por eso a Paula le resultó mucho más fácil admirar su hermoso color. Las ondas que caían por su cabeza estaban compuestas de una policromía completa de colores, que iban desde el castaño claro, al cobre, el rubio y a algún que otro tono plateado que la presencia de las canas iba provocando. Esas tonalidades, cercanas al color de la hojarasca otoñal, agudizaban aún más el felino color de sus ojos verdes.

–¿Has podido hablar con tu padre como querías?

–Como hubiera querido no; ahora ya es demasiado tarde para poder tener una conversación en profundidad. Pero sí, ha entendido el mensaje que quería darle.

–¿Y cómo te sientes?

–¡Aliviada! Con una energía que, no sé, nunca había sentido. Ahora tengo claro que quiero cuidarme, que quiero hacer otras cosas aparte de trabajar. Incluso... me sinceré con Teresa.

–Bueno, eso es estupendo, Paula.

–Gracias a ti, a Frankl, a Daniel Goleman y a Martin Seligman he aprendido que podemos tener la autonomía suficiente para decidir qué hacer con las cartas que nos ha tocado jugar y ser felices... Felices, Admiel. Eso no nos lo pueden quitar. He decidido que quiero que mi vida sea otra cosa, y esa es una forma realmente novedosa de actuar porque siempre he funcionado como una persona previsora y planificada. Quiero dedicar los próximos años a hacer otras cosas, a tener otras vivencias.

–Esa es una decisión que has de meditar bien. Es decir, sopesar todos los factores. Pero una vez que lo hagas, una vez que la tomes, tienes que meterle toda la energía del mundo. Siempre he pensado que decidir tu futuro, lo que harás en los próximos años, supone una gran responsabilidad. Pero entendiendo la responsabilidad como la capacidad de dar respuesta, de responder a las cosas. Y eso te vuelve a situar frente a la decisión que has de tomar.

–¡Qué alambicado eres, Admiel! Hay algo evidente: tengo una responsabilidad importante en mi trabajo y no puedo y no quiero dejarlo sin más, pero también es obvio para mí que seguir como hasta ahora es incompatible con el diseño de vida que quiero a futuro. Contar con tiempo libre para dedicarlo a otras cosas es imposible con mi trabajo actual.

–Quizás puedas negociar. Es decir, llegado el caso, puedes plantearle a tu empresa nuevos desempeños que te den un mayor margen de autonomía.

–Es imposible, créeme. Al final es un trabajo que se basa en tu capacidad de generar confianza en los mercados, y eso va unido a una dedicación casi absoluta. ¿Recuerdas que para Noah Orizont era su vida, su pasión, su familia? Jamás hubiese levantado un fondo como este si no hubiera sido un proyecto de vida.

–Esa fue su elección pero no tiene por qué ser la tuya.

–Lo tengo claro. He decidido el cómo, pero no tengo claro el cuándo, ya que no depende de mí. Ahora mismo estamos en una fase en la que todas las operaciones que realizamos están monitorizadas por todos los inversores. Ya ha pasado tiempo desde la pérdida de nuestra mentora, pero este es un sector tremendamente tradicional y las cosas llevan su ritmo. Cualquier paso en falso podría provocar daños reputacionales importantes, y estos siempre se traducen en pérdidas de millones de dólares.

–¿Tienes alguna pista de qué quieres hacer en el futuro?

–Alguna fantasía todavía inconcreta.

–Todavía tengo tiempo de oírla.

–Quiero echar raíces en algún sitio. No quiero seguir teniendo tres apartamentos repartidos por el mundo y ropa desperdigada en un sinfín de maletas. No quiero volver a despertarme en un sitio sin saber dónde estoy realmente. He pensado en comprarme una casita en un lugar al que iba cuando era una niña. Mi padre tuvo que grabar unos exteriores para una de sus películas en esa zona y descubrimos un sitio mágico, distinto.

Admiel seguía escuchándola con atención; de vez en cuando el aire que entraba por la ventana del despacho chocaba con su cuerpo para arrebatarle un poco del olor que Paula había aprendido a disfrutar.

–¿Conoces San José en el Cabo de Gata?

–No, pero creo que debería; tengo infinidad de amigos que me lo han recomendado.

–Cuando pase todo, he soñado con comprarme una casita en ese pueblo. Es el pueblo que domina el cabo y está cerca de una playa hermosa, de esas que te dejan sin respiración, Mónsul, así es como se llama. Las coladas de lava caen como torrentes hasta que son lamidas por el mar. La sensación es que allí todo está todavía fluyendo, pese a que hayan pasado miles de millones de años. Es ese tipo de paisaje que es bello por la brutalidad de sus contrastes. O los amas o los odias, pero no te dejan indiferente.

–Sí, he oído hablar de ella y de la playa de los Genoveses, ¿no?

–Están una junto a la otra. Son hermosas, Admiel, y están como cuando el mundo no se tenía que preocupar por nosotros los humanos.

–Está bien que hagas planes. Llenar de proyectos el futuro es una de las cosas más sanas que uno puede hacer. Sobre todo cuando estamos pasando por momentos existencialmente intensos.

–Pero no solo tiene que ver con el final de mi padre. La gestión emocional de la enfermedad me ha puesto un espejo delante de mí misma y la imagen que el mismo proyectaba no me ha gustado nada. Por eso, y por intentar entenderme, es por lo que he hecho este viaje de terapia junto a ti.

–Te noto muy fuerte, con energía positiva para poder afrontar este último paso, quizá el más doloroso.

–Este es un viaje que todos sabemos cómo termina; lo que ahora tengo es certidumbre, ya que controlo cómo quiero vivirlo. Ya no dependo de otros, solo de la actitud con la que yo misma quiera experimentarlo. Además, me he dado cuenta de que esa actitud ofrece una gran oportunidad de liderar a los demás, a las personas que me rodean y que son importantes para mí. Que me perciban segura y estable en estos últimos momentos también les ayuda a ellos.

Al llegar por la tarde a casa de su padre, le volvió a encontrar apagado. La energía que había desarrollado por la mañana se había cobrado su precio. Parecía completamente incapaz de aguantar el peso de su propia cabeza.

En su apartamento de Madrid, después de correr una hora se dispuso a contestar los *emails* importantes. David estaba muy encima de la operación de la Xian Xu Company. Estaba claro que quería tutelar a su hijo, pero le pareció extraño que se implicase con terceros de la empresa de una forma tan evidente. Esa exposición resultaba del todo inconveniente para el máximo accionista del fondo, sobre todo cuando la compra estaba todavía en fases muy preliminares de la «due diligence», fases donde no era extraño algún error de interpretación o la propia desestimación de la compra o venta de las partes.

Por la mañana muy temprano, como solía hacer cuando estaba en Madrid, fue a casa de Luis para verle despertar. A la rutina del aseo le siguió el intento de darle de comer una especie de papilla, luego la sesión con el fisioterapeuta y por fin un cierto descanso.

Su padre volvía a estar bastante activo y con buena expresividad.

–Papá, ¿quieres que veamos *Blade Runner*?

Luis adoptó una expresión bastante neutra, como de cierta indiferencia hacia la oferta de su hija.

–Insístale, señorita –le ofreció solícita Teresa–, pero póngase un poco más cerca de él; puede que no la haya visto bien. Pero dígaselo más despacio, eso le ayuda.

–Papá, ¿quieres ver conmigo *Blade Runner*? Es una de tus películas favoritas.

Luis modificó ligeramente la expresión, como concediendo el suficiente margen de maniobra para dar a entender que al menos no le parecía mal la oferta.

–Pero..., ¿cómo lo bajamos hasta el cine? No había pensado en eso.

–Creo que Julián todavía está en casa, le pediré que nos ayude. Otra cosa será subirlo luego, pero ya nos apañaremos.

Al comenzar la película, Luis parecía completamente absorto en la trama que había visto cientos de veces, casi hasta saberse los diálogos de memoria, tanto en la versión en inglés como en la doblada al castellano.

Paula le observaba con una mezcla de curiosidad y angustia. En su fuero interno temía lo que quedaba poco tiempo para constatar.

Poco antes del final de la película se podía ver a los dos protagonistas encima de un tejado destartalado. La lluvia que no cesa les ha empapado hasta el tuétano. El lejano latido de una máquina, las sombras que se proyectan en una interminable noche. Al final Roy Batty se sienta nuevamente frente a Rick Deckard, su oponente, que está a su merced, completamente vencido. «Yo he visto cosas que vosotros no creeríais: atacar naves en llamas más allá de Orión...». Nunca, desde que Paula tuviera noción del tiempo, había visto pronunciar las frases al Nexus 6 sin que a su padre se le humedecieran los ojos hasta llorar. Daba igual que hubiesen visto la película mil veces; siempre esas frases, ese último y bello testamento vital del replicante, producían en Luis el mismo efecto: le hacían llorar como a un niño, lo emocionaban hasta lo más hondo de su ser.

Conforme se iban desencadenando las frases del monólogo con su cadencia conocida, «he visto Rayos-C brillar en la oscuridad cerca de la puerta de Tannhäuser. Todos esos momentos se perderán en el tiempo como lágrimas en la lluvia... es hora de morir»... Paula agarró con fuerza la mano de su padre. Pero esta vez algo no estaba funcionando. No había ningún tipo de respuesta a su estímulo. De repente, ella se levantó y se situó frente a la cara de su padre, mirando fijamente las pupilas de sus ojos. En ese mismo instante, en ese mismo momento, Paula Blanco supo que su padre ya no estaba ahí, al menos una parte importante de él; simplemente se había ido. Sus ojos no expresaban nada; veía la muerte del replicante, del Nexus 6, como si aquello le fuera completamente ajeno. Sabía que Luis amaba la poesía que emanaba de cada una de las palabras exhaladas por Roy Batty en aquella deprimente azotea. Durante años había amado aquella película por muchas veces que la hubieran visto juntos, adoraba cada uno de sus fotogramas.

Se quedo frente a él, lo miró, recolocó con cariño uno de los blancos mechones de nieve que le caían por la frente y le dio un beso de despedida.

–Papá, qué tengas un buen viaje, donde quiera que vayas. Te quiero mucho, siempre te querré –susurró y posó su cabeza con cuidado en uno de sus hombros. Y así se quedó por un instante, serena, despidiéndose de Luis Blanco, aquel hombre que había amado el cine fantástico, que en algún momento de su vida había amado a su madre y que también la había amado a ella.

Al separarse de él tuvo cuidado de colocar su cabeza en el respaldo de la silla. Se quedó quieta, oyendo la cadencia fatigosa de la respiración de su padre. Sabía que Teresa estaba arriba y, pese a la buena insonorización de la sala de cine, contaba con un teléfono interno, una línea que conectaba directamente con la cocina. Quería estar a solas con su padre, por un último instante, en el cine con el que tantas veces a lo largo de su vida se había sentido cómplice. El amor que siempre compartieron, ese cine donde solo importaban ellos dos y la película.

Antes de volver a Londres, Paula dejó a Teresa y al resto de la gente que tenía a cargo de su padre al corriente de los últimos detalles. Ya tenían las instrucciones que había escrito el equipo del doctor Montes para la última etapa de la enfermedad de Luis. Todos sabían a qué debían de estar atentos, qué reacciones eran posibles, cómo se podían desencadenar las crisis. Pero había algo más: cierta sensación de despedida, como si el ritual del duelo estuviera inconcluso, como si su despedida no fuera del todo una despedida, porque la realidad es que mientras su padre respirase, mientras siguiera vivo, ella estaría pendiente de él hasta su último instante en la Tierra.

–Admiel, sabes que gracias a ti he podido superar esto.

–No, han sido tu trabajo y la necesidad de conocerte.

–Bueno, como sea; te estoy agradecida de verdad.

–¿Suena a despedida?

–Solo en cierta medida. Tengo claro que una parte importante de mi padre ya no está entre nosotros. No me importa lo que digan la religión, la justicia o la propia medicina; mi padre ha perdido su vida, o al menos todo aquello que amaba. Su autonomía, su libertad, aquello que mínimamente nos conecta con una existencia digna y libre. No he conocido nunca a un hombre más independiente que Luis y esta enfermedad se la ha arrebatado. Supongo que si mi padre pudiese hablar me pediría que le dejara ir, pero ahora ya es imposible.

–Pero él era consciente de la enfermedad, sabía lo que le esperaba.

–Una cosa es pensarlo y otra muy distinta pasar por ello. Le conozco muy bien; si mi padre pudiera comunicarse conmigo me pediría que le ayudara a terminar con dignidad.

–Paula, ese es un pensamiento que no te ayuda. Además, no sabemos qué es lo que en estas circunstancias querría hacer realmente con su vida tu padre. Elegir por otros siempre es muy complicado, lo más complicado.

–Lo sé. Al final he podido decirle lo que quería y sé que él ha recibido el mensaje, que se ha ido con él. Eso me alivia.

–No somos perfectos, Paula. Somos seres complicados, llenos de vértices y aristas. Pese a la moral, pese a la ética que nos quiera imponer la sociedad o nosotros mismos, atravesamos profundos momentos de crisis, de duda, de incertidumbre. Incluso, pese a lo que se afirma, no somos la suma de nuestras decisiones. Es inteligente entender que la gente a la que amamos también comete errores, es injusta o que, llegado el caso y cuando tiene que elegir, elige lo que le conviene frente a lo que te puede convenir a ti. Es duro constatar que gente a la que amamos, en algún momento de su vida se comportan como seres profundamente egoístas y, pese a todo ello les amamos.

–Gracias, Admiel Perlman. Nunca dejaré de agradecer cómo me he sentido ayudada.

–A ti, Paula. Pero... no nos digamos adiós, sino hasta la próxima. –Y le guiñó uno de sus felinos ojos, tan hermosos.

Paula sabía que ese hijo de la mezcla de sangres y de culturas, ese hombre de todos y de nadie, nunca le pertenecería. Ella sentía que la electricidad que existía entre ambos, eso que los cursis llaman «química», era completamente real, pero también sabía que el sentido de la profesionalidad, el sentido del deber de ese hermoso terapeuta judío nunca le permitiría ir más allá del juego de miradas, de un flirteo más o menos explícito. Lo aceptó con resignación, como se aceptan las cosas inevitables.

Al día siguiente salió a primera hora en el primer vuelo que encontró a Londres hacia el trabajo que cada vez sentía más ajeno, más distante de sus preferencias, más alejado de la nueva Paula Blanco que estaba comenzando a crecer en su interior. No sabía qué le depararía el futuro, pero sí tenía muy claro lo que ya no quería seguir sacrificando: su vida privada, su autonomía; en definitiva, su libertad.

Al llegar a la oficina, Lee Yorkshire, su eficiente secretaria, le informó de que David quería verla.

–¿Sabes de qué va? –le preguntó Paula a Lee con el café humeante todavía en la mano.

–No tengo ni idea; no parece nada grave, pero David indicó que no quería que se te molestara.

Entró en su despacho con la taza entre las manos y se sentó en su cómodo sillón de cuero. Lo hizo girar ciento ochenta grados situándolo frente a sus dos amplias ventanas. La visión de la City londinense a esas horas de la mañana era realmente impresionante. Uno podría llegar a sentir que dominaba el mundo desde un sitio como ese. Ella no; nunca se permitía ese tipo de ataques de vanidad.

Se acercó con toda naturalidad al despacho de David. Este, al detectar su presencia elevó la mirada del ordenador donde estaba leyendo un artículo del Financial Times.

Nunca dejaba de maravillarle la arrebatadora belleza de esa mujer. La animalidad que subyacía en ella, sutil y escondida bajo sus buenos modales y su tremenda inteligencia. David nunca tuvo la capacidad de Noah Cohen para incorporar talento a la firma. Pero sabía leer entre líneas, tenía una especial capacidad para entender los aspectos menos evidentes de un ser humano. Desde pequeño había sabido guiarse por ese sexto sentido y hasta la fecha –y ya era un hombre de más de setenta años– nunca le había abandonado. Sí, definitivamente en Paula Blanco había algo agazapado, latente y animal. Debajo de esa hermosa mujer bullía algo salvaje, algo oculto, algo de cuya existencia ni ella misma era consciente.

–¿Cómo estás, querida? Te he hecho llamar porque quiero compartir contigo algo realmente importante.

–¡Tú dirás! Me tienes totalmente intrigada.

–He solicitado a tu secretaria que bloqueara tu agenda esta mañana ya que quiero tener el suficiente tiempo para que puedas entender toda la dimensión de lo que estoy a punto de revelarte.

–Sí, lo vi anoche en la agenda. Solo Lee puede hacer algo así, reprogramar mi jornada completa por causas de fuerza mayor.

–Y esta es una de ellas, créeme.

–Soy todo oídos.

–Nadie mejor que tú sabe lo mucho que amo esta empresa. Desde que en la década de los ochenta Noah y yo conseguimos hacernos un hueco entre los inversores, después de años muy duros trabajando para las cuentas de otros, haciendo ganar mucho dinero a las firmas, operando como simples técnicos transaccionales. No fue una decisión fácil; por aquel entonces ambos estábamos muy cotizados y suponía un verdadero riesgo profesional dar un paso de ese calado. Los inversores, nadie mejor que tú lo sabe, son unos hijos de puta con muy malas pulgas y, llegado el caso, haciendo circular un simple rumor negativo o pulsando las influencias necesarias, nos podían haber dejado secos, sin crédito y sin clientes, condenados mucho antes de empezar. Pero no lo hicieron. Supongo que tuvimos suerte –se quedó por unos segundos mirando al vacío, como si todavía tuviera el poder de visualizar de forma nítida el pasado, de saltar en el tiempo.

–David, conozco perfectamente cómo se forjó la firma, me sería... –con un ademán elegante de su mano él cercenó el argumento que Paula intentaba construir consiguiendo reprimirlo para siempre.

–Estoy seguro de que lo conoces, pero es importante que yo mismo te lo cuente. Dejarás que este viejo carcamal te lo explique en primera persona, ¿verdad?

–Perdóname, a veces soy demasiado impetuosa. Claro que sí, no volveré a interrumpirte.

–Los dos... Noah y yo conseguimos que los grandes tiburones del momento nos aceptaran. Total, tuvimos la suficiente prudencia de comenzar con operaciones muy pequeñas, migajas por las que ellos jamás se hubieran interesado. Así, con pequeñas operaciones, algunas de ellas con un margen de riesgo mayor del esperado, fue como comenzamos a forjar Orizont Investment. Al poco tiempo, alguna de esas operaciones tremendamente rentables atrajo el interés de los grandes inversores. Sus firmas, llenas de prestigio y orgullo, no necesitaban asumir ese tipo de riesgo reputacional, pero la terca realidad es que algunos de sus clientes querían asumir pequeñas y controladas operaciones de riesgo, y tenían que canalizar esas peticiones; por eso nos las pasaban para que las gestionáramos nosotros. Para ellos resultaba una jugada siempre ganadora. Si la cosa salía mal, sería nuestro pequeño fondo el que asumiría el riesgo; si salía bien y era muy rentable, nuestra firma desaparecería de la operación, salvo para los reguladores. Todo el mérito se lo llevaría el fondo grande.

–Pero... ¿qué ganabais vosotros además de un importante beneficio?

–Dinero, liquidez que nos servía para capitalizarnos y, poco a poco, filtrar en los oídos adecuados la información con el objetivo de que los grandes inversores supieran que detrás de esa operación realmente estábamos nosotros. Ya sabes cómo funciona este tinglado. Ninguno de los grandes asumía riesgos; por debajo siempre operaban pequeños y ambiciosos fondos que intentaban hacerse un sitio bajo el sol.

–Nada ha cambiado mucho; un buen equipo, sectores en crisis pero con perspectivas de expansión, contactos y suerte para cerrar las operaciones antes que los demás... ser el primero en golpear el mercado con una gran operación.

–¡Exacto! Pero en aquel entonces existía una regulación un tanto más laxa, sobre todo después de las administraciones de Reagan y de mi querida Margaret.

–Los años salvajes de La City. ¡Cuántas historias nos han contado de esos años y de las oportunidades de negocio que existían! A principios de los años noventa el magnate de origen húngaro, nacionalizado norteamericano, George Soros, estuvo a punto de quebrar el Banco de Inglaterra con una operación especulativa para la que la administración británica no tenía el antídoto necesario debido en parte a la desregulación salvaje que los conservadores habían llevado a cabo durante la década de los ochenta.

—En parte fue así, pero la juerga solo fue para unos pocos, como casi siempre. La realidad es que a finales de los noventa Noah y yo habíamos logrado consolidar y capitalizar un fondo de inversión internacional y, créeme, fueron muchos los que lo intentaron pero muy pocos los que lo conseguimos al final.

Se levantó de su asiento y Paula pudo apreciar la calidad de la camisa que llevaba, confeccionada por uno de los más afamados sastres Sij que existían en Londres, propietario de la mejor sastrería de Gran Bretaña. Pese a los tirantes que llevaba puestos, la camisa parecía no arrugarse jamás; era como de naturaleza etérea, como si flotara en el aire. Se acercó a los amplios ventanales dando la espalda a Paula.

–Noah amaba esta empresa; para ella era como el hijo que no tuvo. Pero ella ya no está entre nosotros y yo tengo que pensar en mi futuro y en el de mis dos hijos. Pese a que parece que ahora Ethan comienza a tomarse las cosas un poco más en serio, sería un completo ingenuo si pensara por un segundo que sin mi tutela y la tuya cuenta con alguna oportunidad ahí fuera, en el mundo real. Ethan comenzó muy pronto con cosas que no le convenían y ha terminado tarde con todas las demás, las que le hubieran resultado vitales para construirse un futuro. Es tarde para él. De Daniel, en fin, ni hablo. Un perfecto desastre en todo y para todo.

–Bueno, David, la realidad es... –él volvió a silenciarla con la mirada.

–Querida, los dos sabemos que es así, tal y como lo cuento. Es imposible que mis hijos puedan gestionar el fondo una vez que yo me jubile o me marche de este mundo —remachó y le regaló a Paula una mirada inquisitorial, como brindándole la oportunidad de que matizara lo que terminaba de decir. Paula no lo hizo; en el fondo sabía que lo que terminaba de decir David, pese a su crudeza, era completamente cierto.

–Una vez que los dos estamos en este punto y con una misma visión de las cosas, resumiré las opciones que tenemos. Yo, querida Paula, soy más pasado que futuro. Mis dos queridos hijos no serían aceptados como gestores del fondo y a lo sumo podrían contar con algún voto del Consejo mientras el peso porcentual del paquete de acciones que controlan tenga un peso relativo. Con el tiempo, las acciones que heredarán valdrán lo que diga el mercado que valen, ni más ni menos. El resto de los accionistas... ya sabes qué tipo de lealtad practican, como una especie de religión laica; si les hacemos ganar más dinero que otros gestores nos apoyarán si no, tú misma ya conoces la respuesta. Toda esta reflexión me lleva a plantearme el futuro no tan lejano de la firma, el futuro de Orizont Investment y el importante papel que tú juegas en él.

La pausa de después de que terminara de hablar duró el tiempo suficiente como para que Paula supiera que ya había concluido y que se suponía que ella debía decir o hacer alguna maldita cosa.

–David, en parte tienes razón, pero creo que simplemente estás teniendo una visión un poco pesimista del futuro. Quiero decir; claro que los mercados solo responden a la rentabilidad, y si apuestan por los productos que les ofrecemos para aumentar su patrimonio es porque saben que somos buenos en lo que hacemos, que conocemos los sectores en los que invertimos nuestros fondos buscando altas rentabilidades. Pero esto ha sido así siempre. ¿Qué ha cambiado ahora?

–Que esa certidumbre de futuro ya no la podemos garantizar ni Noah ni yo y, por lo que te he comentado, tampoco pueden ser depositarios de ella mis hijos, con lo que tenemos que centrar toda nuestra estrategia en ti, querida Paula.

–Eso tampoco es ninguna novedad; es lo que estamos haciendo.

–Sí, es lo que estamos haciendo ahora. Pero no es el ahora lo que me preocupa, sino el mañana. Lo que quiero saber es si estás dispuesta a llevar sobre tus hombros el peso de Orizont Investment, con todo lo que eso significa.

Paula se quedó meditando la respuesta. En cualquier otro momento, en cualquier otro instante de su vida, no hubiera tenido duda. Para ella hubiera supuesto la culminación de un proceso lógico, el reconocimiento a muchos años de duro trabajo. Pero ahora algo había cambiado en su interior y en su escala de prioridades. Por primera vez no tenía claro si David, el hombre observador que la conocía desde hacía tanto tiempo, también se había dado cuenta de que ese cambio germinaba dentro de ella y estaba modificando sus objetivos vitales.

–David... creo que esa es una pregunta para la que hoy no tengo una respuesta.

Se quedó observando la expresión de David a su respuesta en parte decepcionante. No pareció molesto; un brillo felino aceró sus cansados ojos de hombre de negocios.

–Querida, este tipo de preguntas solo se pueden contestar con un sí o un no. Pero no te preocupes; en el fondo esperaba algo así. En parte es lógico; poner sobre los hombros de una sola persona uno de los fondos de inversión más rentables y prestigiosos del mercado es mucha responsabilidad, y además intentar proyectar tus intereses a futuro tampoco ayuda. ¿Quién sabe qué estaremos haciendo dentro de veinte años? –en ese momento dejó relajar su labio inferior modificando la expresión de su boca consiguiendo parecer un niño travieso–. Bueno, me temo querida que yo sí sé qué estaré haciendo dentro de veinte años, casi seguro...

–No quiero parecer desleal, David. No creo que tengas dudas de la dedicación y la entrega que pongo en todo lo que hago; estoy cien por cien implicada en cada uno de los proyectos que tenemos entre manos, como te prometí a ti, como le prometí a Noah y como acepté con el mandato del Consejo. Pero sería una cínica si te dijera que tengo claro dónde está mi futuro. No lo tengo claro, lo siento.

–Querida, es por eso por lo que estás ocupando este puesto, por tu tremenda honestidad, por tu lealtad hacia nosotros. Gente técnicamente competente podemos encontrarla a patadas en el mercado, pero gestores inteligentes y leales no. De verdad; lejos de molestarme o preocuparme, lo que terminas de confesarme me ayudará, nos ayudará mucho a los dos. ¡Ya lo verás!

–¿En qué medida? Me dejas con la duda, yo no...

–Todo a su momento, todo a su momento. ¿Confías en mí, Paula?

–Sí, claro.

–Déjame que pase esta semana; a finales de la misma creo que tendré todo preparado y te lo podré exponer con mayor claridad. ¿Me concedes este tiempo?

–Sí... yo, sí, claro.

–Eso es todo. Creo que hemos consumido parte de la mañana. Hablamos el viernes. Muchas gracias por venir.

–Sí, nos vemos a finales de la semana.

Caminando ya hacia su despacho, Paula tuvo una extraña sensación: la sensación de tener un papel protagonista en una trama que se estaba escribiendo en ese mismo instante y de la que ella no sabía nada. Algo se tejía a su alrededor y solo quedaban unos días para averiguarlo, pero le abrumaba constatar que su mentor, la única persona que quedaba de los socios fundadores del fondo, dependiera tanto de ella. Pese a esa aparente dependencia había preferido preparar todo aquello en solitario hasta presentárselo, lo que conllevaba un cierto riesgo porque, ¿qué pasaría si la oferta no la seducía? ¿Tendría David un plan B? «Seguro que sí –pensó–; un zorro como él siempre tiene un as debajo de la manga».

El resto de la semana pasó volando. La misma rutina de siempre; reuniones, análisis, llamadas a Madrid para conocer el estado de Luis. La soledad del apartamento de Londres que cada vez le pesaba más y vuelta a empezar; una concatenación de jornadas extenuantes de trabajo, un día tras otro hasta llegar al viernes, cuando esperaba que David le revelase su plan.

14. EL PLAN DE DAVID GOLDBERG

El día anterior a la importante reunión, Luis sufrió una grave crisis respiratoria y fue internado. La crisis derivó en una neumonía, algo previsible y muy peligroso para un enfermo de Alzheimer en su estado, ya que su sistema inmunológico estaba muy debilitado y no era capaz de defenderse de los agentes patógenos que a una persona sana no le provocarían ni un simple catarro.

Paula llamó a David desde el aeropuerto de Londres y le explicó lo sucedido a su padre.

–No he querido mandarte un mensaje porque sabía que la cita de mañana es importante para ambos. Veré cómo evoluciona mi padre y en cuanto se estabilice y vuelva a casa con garantías, regreso. Lo lamento mucho, David.

–Son cosas que pasan. No te preocupes; lo que tengo que comunicarte te estará esperando para cuando regreses. Siento pedirte esto en esta coyuntura, pero he visto el informe previo de la operación de la Xian Xu Company. ¿Estás pensando elevarla ya al comité?

Paula se quedó extrañada por la pregunta, que parecía completamente retórica. David había sido una de las personas que había creado los procedimientos de trabajo y organización del fondo.

–¡Claro!... Pretendía incluirlo en el orden del día del próximo comité, ¿por?

–No lo hagas, por favor. Espera antes a que podamos hablar los dos juntos. A los técnicos les puedes decir lo que quieras, que quieres revisar los números o que has tenido un soplo de última hora que puede hacer cambiar la valoración, pero, por favor, no lo pongas todavía en la orden del día del próximo comité.

–Como quieras. Me dejas muy intrigada. ¿Has visto algo en el informe previo que, en fin...?

–No, no tiene nada que ver con eso. Cuando nos veamos te lo contaré. Ahora céntrate en tu padre. Llámame cuando sepas cuándo puedes regresar, ¿ok?

–Ok, gracias, David; te mantendré informado.

Al entrar en su apartamento de Madrid ya de madrugada, Paula se quedó como en trance. Había decidido no ir al hospital; su padre estaba en cuidados intensivos y no tenía mucho sentido esperar fuera. Estaba al final de una semana agotadora, de un año agotador. Necesitaba administrar como el oro cualquier oportunidad que le permitiese reponer fuerzas.

Ya en la cama y pese a la infusión relajante que se había tomado, tenía ciertos problemas para conciliar el sueño. Estaba en esa fase de la semiinconsciencia en la que se dice que las personas son más creativas. En ese instante y entre vapores de ensoñación la figura de Hashimoto Takeda se configuró nítidamente frente a ella. Tenía claro que no podía ser real, pero su cerebro le hacía creer que sí.

–Hola, señorita Blanco, ¿se acuerda usted de mí?

–Sí, cómo no. Usted es el señor Takeda, dueño y fundador de Ijitsu Takeda Investment. Pero ¿por qué está usted en mi sueño, señor Takeda?

–Vengo a hacerle a usted un regalo, señorita Blanco. Un regalo importante.

–¿Un regalo? No creo ser merecedora de tal honor, pero se lo agradezco.

–Mi regalo es parte de una historia personal, algo que me pasó hace muchos años durante una tormenta de nieve en la zona de espera vip del aeropuerto de Chicago.

–Le escuchó atentamente.

–No sabíamos cuánto tiempo duraría la tormenta y ya teníamos claro que habíamos perdido nuestras respectivas conexiones. Las cosas por aquel entonces no estaban informatizadas como ahora; todo era más analógico. Ese hombre, Bob, así se llamaba, debía de tener unos setenta años; yo no tenía más que cuarenta. Estábamos los dos solos, dos extraños en un aeropuerto colapsado por la nieve y con la certidumbre de disponer de todo el tiempo del mundo por delante.

–¿Sin ordenadores claro?

–Claro. Estábamos a mediados de los años setenta. Bob me preguntó a qué me dedicaba. Pese a los recelos que existen en mi cultura para establecer conversaciones de ese tipo con perfectos desconocidos, parecía simpático y de buen corazón, así que fui cortés y atendí su sana curiosidad. Le conté a lo que me dedicaba. Hablamos a lo largo de las siguientes horas de la familia, de los negocios y, cuando ya debía de ser muy tarde, Bob me abrió su corazón y me dio un buen consejo que yo no supe o no quise atender en aquel momento, pero del cual no he podido desprenderme ni un solo día desde entonces.

–¿Hubo un antes y un después?

–Algo así. Bob había dedicado casi toda su vida a la empresa familiar que había heredado de su padre, una empresa de accesorios de hierro que él había sabido modernizar e internacionalizar. Se había casado con una mujer maravillosa y habían tenido cuatro hijos, dos chicos y dos chicas. Ahora ya era abuelo y tenía varios nietos, me contó. Tenía una hermosa casa y todos sus hijos y nietos contaban con posiciones acomodadas en parte gracias a él. En ese momento me miró, de forma tan intensa que el paso del tiempo no ha podido borrar la fuerza expresiva de aquella mirada. Me miró y me dijo: «Sabes, si pudiera volver el tiempo atrás cambiaría el orden de las prioridades vitales que han marcado mi vida».

«¿El orden de las prioridades que han marcado tu vida?», le pregunté intentando entender qué quería transmitirme exactamente. Por aquel entonces mi inglés no era perfecto y quería estar seguro de haber entendido bien.

«Sí, el orden de estas, mi propio sistema de prioridades –aclaró–. Cambiaría parte de los muchos millones de dólares que tengo en la actualidad por tiempo.»

«¿Por tiempo?» pregunté.

«Sí –me aclaró de forma cortés–, para poder recuperar a cambio de ese dinero el tiempo que perdí al no estar en los momentos irrecuperables que marcan la diferencia, que se tatúan en la biografía sentimental de una familia –se quedó entonces mirando al vacío, como en trance–. Para haber asistido al nacimiento de dos de mis hijos, para haberlos llevado al colegio o recogerlos de él, asistir a sus fiestas de Navidad y fin de curso, a sus graduaciones, a sus partidos de béisbol y algún que otro día de Acción de Gracias. Emplearía mi dinero en ello gustoso, ¿sabe?, para poder recuperar cada uno de esos bellos e irreemplazables momentos que me perdí para siempre y que nunca volverán».

Parecía realmente resignado y dolorido, por lo que me vi en la obligación de aportarle todo tipo de razones lógicas; que gracias a él su familia había prosperado, que eso daba sentido a su sacrificio... Ninguna de las razones que pude armar, que pude esgrimir para compensar su desazón, borraron la tristeza de sus ojos. Al final, cuando anunciaron por megafonía que podía tomar su vuelo y cuando ya nos habíamos despedido volvió sus pasos hacia atrás y se volvió a situar frente a mi para despedirse con esta frase: «No haga usted lo mismo que yo, amigo; no malgaste usted su tiempo», y salió de mi vida. Nunca supe su apellido. Algún tiempo después, en mis viajes por los Estados Unidos jugaba a intentar encontrarlo. Al fin y al cabo, en las zonas vips de los aeropuertos en aquellos años no había mucha gente. Nunca volví a verlo desde aquella invernal noche que pasamos juntos en Chicago. Aquel consejo de Bob es lo que hoy te entrego en forma de regalo, señorita Blanco: «No haga usted lo mismo que nosotros; no malgaste usted su tiempo».

La imagen se disipó con la misma rapidez con la que se había materializado, preñando la experiencia de cierta irrealidad romántica.

Paula se quedó petrificada al ver su silueta reflejada en uno de los espejos que tenía en el dormitorio. Estaba en la cama tumbada sí, pero incorporada y en tensión. Pero ¿cómo era posible? ¿no había sido todo un sueño producto del cansancio acumulado? ¿lo había vivido con tal intensidad como para adoptar su cuerpo esa posición tan forzada?

Por la mañana fue al hospital, ya que sabía que era el momento en el que el doctor Montes pasaba consulta en planta y visitaba a los enfermos críticos. Al final, en las UCIs son internistas los que están con los pacientes la mayor parte del tiempo y muchos de ellos realizando sus prácticas post-MIR.

Una vez en el hospital, decidió que quizá tendría más sentido esperar en la antesala del despacho del doctor.

Al poco rato y después de insistir en varias ocasiones a su secretaria, el doctor apareció al final del pasillo. Parecía cansado.

–¡Hola, Paula! Pasa un momento; me hago cargo de tu especial situación de itinerancia.

–Gracias, doctor. Llegué ayer muy tarde y le hice caso quedándome a descansar en casa.

Ya sentados en el despacho:

–Mira, Paula, por ir al grano, ya que no tengo mucho tiempo, y además sé que aprecias que sea lo más directo y preciso posible.

Paula asintió ligeramente.

–Estamos donde tenemos que estar; quiero decir, la infección, el brote de neumonía que tiene tu padre lo estamos tratando, pero es bastante común que a estas alturas de la enfermedad aparezcan todo tipo de procesos infecciosos.

–Pero ¿se va a curar?

–¿De la neumonía? Sí, creo que hemos llegado muy a tiempo. Es cierto que Luis está sin muchas defensas, pero no es menos cierto que, en general y pese a la vida de ciertos excesos que ha llevado, es un hombre muy fuerte con una fisiología excepcional en muchos aspectos.

–Esto es un sinvivir; la verdad que no sé muy bien qué hacer. Creo que no tiene mucho sentido quedarme en Londres, pero, por otro lado, estando ya así mi padre, ¿qué pinto yo aquí?

–Esa es una decisión personal. Te puedo decir que pocos pacientes tienen los cuidados con los que cuenta tu padre, muy pocos. Está en buenas manos; siempre te he explicado que el entorno afectivo, el cariño que le puedan demostrar sus familiares más cercanos es fundamental para que el desarrollo de la enfermedad sea lo menos lesivo posible. Creo que Luis ha contado, y sigue contando, con mucho cariño a su lado. No debo, no puedo decirte lo que debes hacer, pero si tu trabajo te reclama en Londres, poco más puedes hacer en Madrid.

–¿Cuáles son los siguientes pasos, doctor?

–Bueno, vamos a tener a Luis en observación unas horas más. Por el momento la infección y la inflamación están remitiendo pero sigue necesitando un respirador artificial. En las próximas horas analizaremos su evolución y le pasaremos a planta si todo sale como esperamos y no se cruzan nuevas complicaciones. Será en ese momento en el que veremos y valoraremos si necesita ayuda para poder respirar o no.

–¿Va a tener que quedarse con un respirador artificial todo el tiempo?

–Yo no he dicho eso, pero es una posibilidad. Todo dependerá de cómo lo veamos, de analizar su respuesta al tratamiento que le estamos suministrando en estos momentos. Es posible que en planta solo lleve una ayuda extra de oxígeno.

–Yo, en fin, me da un poco de vergüenza, pero hoy tendría que estar en Londres. Lo he podido aplazar, pero no sé por cuánto tiempo más.

–No te preocupes; seguramente tu padre seguirá en el hospital unos días más, pero ahora es prematuro aventurar su evolución. Lo que sí quiero dejarte claro es que este tipo de patologías son razonablemente lógicas en el estadio de la enfermedad en la que está Luis y estamos acostumbrados a tratarlas. Lo digo para que, dentro de lo incierto de la situación y atendiendo a tu contexto profesional, estés lo más tranquila posible.

–¿Tranquila? No se ría si le confieso que comienzo a tener visiones nocturnas. Esta noche sin ir más lejos se me ha aparecido el dueño de una empresa japonesa que compramos para luego venderla hace unos años. Ya está muerto y pese a ello me ha dado un consejo, ¡un consejo vital! Doctor, ¿no estaré perdiendo la cabeza, verdad?

–No; creo que tienes demasiadas responsabilidades que gestionar, solo eso. Supongo que trabajar todo el día en Londres, pegarte un buen sofocón al final de la jornada, tener que tomar un vuelo y una maleta y terminar durmiendo en Madrid ya de madrugada... hace que uno pueda llegar a tener visiones.

–Gracias.

–¿Duermes bien? ¿Quieres que te prescriba algo para poder dormir?

–¿Me va usted a drogar?

–Jajajá, no, por el momento. Los sueños reparadores son vitales para poder llevar una vida equilibrada. Pero si no estás durmiendo bien, solo pretendo ayudarte.

–Por el momento puedo dormir. Pero si la cosa cambia en breve, no se preocupe, será el primero en saberlo. ¿Podré entrar a ver a mi padre?

–Sí, pregúntale a mi enfermera. Los horarios son estrictos, pero claro que puedes pasar a verlo.

Al salir del médico, Paula telefoneó a su tía Alba. A su manera ella siempre se esforzó por hacer sentir a la joven Paula que tenía una familia, que formaba parte de los Blanco.

Colgó el teléfono y lo dejó en la taquilla junto a otra serie de objetos personales. Tenía que ponerse unos patucos, un gorrito y una especie de bata para poder acceder a la zona de visita exenta de gérmenes que había habilitada en el hospital. Lo hizo con sumo cuidado y siguió todas las instrucciones que le habían dado. Pese a que ella en ningún momento estaría en contacto directo con su padre, era consciente de la gravedad de introducir por descuido un agente patógeno externo en un área así donde había enfermos como su padre con un sistema inmunológico tan débil.

Al verlo desde una pequeña ventana, inmóvil, con la cara tan blanca y repleta de tubos, tuvo la sensación de que era una figura de cera, salvo por la cadencia que el respirador artificial imprimía a su abdomen. Le insuflaba vida o mantenía la precariedad de la que tenía; no estaba claro, pero lo que era cierto es que le permitía seguir viviendo.

A aquel hombre al que ella había amado y odiado con tanta fuerza y al que indistintamente había llamado Luis Blanco, o papá, según estuviera su relación en aquel momento, le sentía desvalido como un bebé. Experimentó una inmensa tristeza; sabía perfectamente cómo y cuánto había amado su padre la vida, tanto que en ocasiones la había malgastado miserablemente. Pero ver ese final le hizo estremecer.

–Nadie debería de terminar de este modo, papá; deberíamos poder elegir nuestro final, no que otros lo hicieran por nosotros.

El resto de la semana Paula acudió a la misma ventanita del hospital que utilizó el primer día para poder ver a su padre. La imagen que veía a través de ella no se había modificado; el mismo rictus pétreo, la intubación endotraqueal, la cadencia rítmica del respirador, incluso la sábana que púdicamente tapaba parte del cuerpo yaciente de su padre no había cambiado. Habló dos veces más con el doctor Montes y en las dos ocasiones él le aportó la misma información: la respuesta de su padre estaba siendo la lógica en sus circunstancias. No le había podido pasar a planta porque todavía estaba muy débil, pero la infección había remitido y, lo más importante, la fiebre asociada a ella también.

Paula había decidido coger el último vuelo de la noche del jueves para poder estar a primera hora en la oficina. Se despidió de su padre con un beso a través del cristal y se fue acompañada de la congoja hacia el aeropuerto, camino a Londres.

Llegó la primera a la oficina. A través de los grandes ventanales de su despacho a duras penas se podía intuir el punto por el que asomarían los primeros rayos de sol de ese nuevo día. El cielo tenía un color grisáceo, casi el mismo color que tenía en ese momento el ánimo de Paula, gris y un tanto pesimista.

Intentó quitar de su cabeza ese tipo de pensamientos y centrar toda su atención en la importante información que David Goldberg tenía que darle ese mismo día que comenzaba.

Estaba intentando ponerse al día con el correo, por lo que la llegada de David la pilló completamente desprevenida.

–¿Cómo está tu padre, querida? ¿Ha mejorado algo desde la última vez que hablamos?

–No, sigue igual. En su estado los cambios son lentos, pero el médico considera que está dentro de la normalidad todo lo que le está pasando y el hecho de que haya respondido al tratamiento de forma positiva es muy alentador. Luego me dice que no espere milagros; ya sabes cómo son.

–Sí, una de cal y otra de arena. ¿Te puedo invitar a desayunar en mi club? He reservado una salita para que podamos estar los dos tranquilos y sin miradas indiscretas del personal.

–Claro; déjame terminar este *email* y nos vamos.

–Te espero en el garaje; no tardes.

Durante el trayecto en el Jaguar de David al club, Paula observó el despertar de una hermosa ciudad como Londres. Las calles todavía húmedas por la lluvia caída en la madrugada parecían brillar con luz propia debido al efecto del pavimento recién asfaltado.

–Thomas... yo tomaré lo de siempre y la señorita...

–Unas tostadas Yorkshire y un té rojo, por favor.

El elegante camarero desapareció con la misma profesionalidad de la que había hecho gala al materializarse.

–Querida, sé que no estás pasando por el mejor momento personal y que la situación en la que se encuentra tu padre es muy complicada y dolorosa para ti, pero me veo en la necesidad de hacerte conocedora de una situación que el otro día intenté contarte.

–Te agradezco tu sensibilidad, pero sabes que soy una profesional e intento dejar mi vida privada al margen. Puedes decirme lo que hayas venido a contarme con toda tranquilidad y con la certeza de que será analizado y tratado al margen de mi situación personal.

–Como continuación a la charla del otro día, después de la muerte de Noah los mercados estaban intranquilos, a la expectativa. Supimos pasar el Rubicón y las dos importantes operaciones que hemos cerrado con éxito han mandado a los socios, a los inversores institucionales y a la competencia un inequívoco mensaje de excelencia y liderazgo. ¿Estás de acuerdo conmigo?

–Sí, eso es lo que ha pasado. Sabíamos que nos la estábamos jugando, que si después de la muerte de Noah algo salía mal podían empezar los rumores, y en este mundo los rumores siempre sabes cómo empiezan pero nunca cómo terminan y el coste reputacional que pueden suponer.

–Tengo setenta y cuatro años, setenta y cuatro. Estoy viejo y cansado. La certeza de que tus dos hijos van a ser incapaces de ni siquiera mantener lo que tú has construido con tanto esfuerzo personal es tremendamente dolorosa. Pero, como sabes, este es un mundo de tiburones sin escrúpulos y esperar que dejaran a mis hijos manejarse al frente del fondo con sus antecedentes hubiera resultado negligente por mi parte. La otra opción, que sigan controlando el paquete de acciones que les pueda delegar, sería una alternativa, pero el paso del tiempo y el que el fondo realizara alguna inversión problemática o poco rentable provocaría que esas acciones cada vez valiesen menos. Valemos lo que el mercado dice que valemos, ¿recuerdas?

–David, ya hablamos de eso el otro día... ¿Por qué estoy aquí sentada?

–Perdona que este viejo divague un poco más. Tú, querida Paula, ahora eres la clave de la empresa. Estamos en uno de los momentos de mayor valor bursátil del fondo. La rentabilidad que hemos obtenido para los inversores hace que los vehículos financieros que hemos construido valgan cada vez más. Cada vez que capitalizamos un fondo, los inversores cubren la demanda en cuestión de horas. Pero yo creo que esto no lo podremos sostener en el tiempo, los dos lo sabemos.

–Bueno, es cierto, pero este negocio va de esto, de ser más listo que los demás y ver la oportunidad cuando el sector es elástico y todavía está creciendo, de generar demanda en un sector que no la tiene, bien por medio de su modernización o de saber crear las condiciones, la potencialidad que otros no han podido ver; en eso somos los mejores.

–Es el momento de dejarlo, Paula, y quiero que me ayudes.

–¿Dejarlo? ¿Dejar qué?

–Llevo meses negociando con Yellowstone la venta de mi paquete de acciones. Son, como podrás entender, unas negociaciones completamente secretas.

–¡Pero son nuestra competencia directa! Hacer esto te expone, puedes perder la licencia, puedes ir a la cárcel...

–Sí, puedo... claro que puedo ir a la cárcel y, salvo que vayas ahora mismo a denunciarme, cosa que espero que no hagas, también te puede pasar a ti por encubridora al no denunciar una práctica poco ética o incluso delictiva. Paula, quiero que entiendas mis motivos y el plan que tengo y que quiero que tú me ayudes a llevar a cabo.

–Ser cómplice de un delito que puede enviarme a la cárcel o hundir mi reputación en el mejor de los casos, ¿de eso es de lo que quieres hacerme cómplice haciéndome escuchar los detalles de tu plan?

David se quedó mirándola fijamente. Como viejo zorro de la negociación sabía que los siguientes segundos eran vitales. Si Paula se levantaba y salía de la sala tendría un serio problema; si se quedaba, como hizo, existía una posibilidad de poder convencerla.

–He negociado con Yellowstone un precio por acción buenísimo. La idea es muy sencilla: el precio actual los dos sabemos que no se puede mantener y que obedece a una situación completamente coyuntural, producto de dos buenas operaciones y de la cantidad de dinero en circulación que tienen los inversores. Esta situación cambiará en unos meses.

Se quedó observándola unos segundos para darle la posibilidad de armar algún argumento, de realizar algún comentario. Pasado ese tiempo, se dio cuenta de que Paula estaba en el lugar y momento exactos para recibir la información. Era ahora o nunca.

–La clave, Paula, está en la operación de Xian Xu Company.

–No lo entiendo, ¿qué tiene que ver con Yellowstone?

–Xian Xu Company facilitará que puedan realizar una OPA contra Orizont Investment al precio que tú y yo hayamos, dado el caso, pactado con ellos. El resto de los socios venderán o no en función de sus intereses.

–Pero el precio actual es mayor. ¿Cómo lograremos bajarlo a ese...

En ese mismo instante, Paula entendió la ingeniería financiera que David había creado. El fracaso de una operación liderada por Paula, por la persona que capitaneaba el presente y –sobre todo y más importante– el futuro de Orizont Investment, haría que los mercados y los accionistas se pusieran nerviosos. Una suculenta oferta de la competencia se entendería como la toma por la fuerza de un fondo hasta el momento exitoso por parte de un fondo rival mediante una OPA hostil.

–Necesitas que el suflé baje en el horno cuando todavía está caliente. Pero... ¡eso dañará para siempre mi credibilidad como profesional!

–No, será un mal paso, un error en una carrera exitosa. Y te convertirá en una mujer multimillonaria.

–Eso si el resto de los socios, los reguladores, los operadores y las revistas del sector, no sospechan lo que estamos haciendo.

–Pasa cada día. ¿Cuántas operaciones no terminan capitalizando la rentabilidad que se habían fijado en un principio?

–A nosotros nunca nos ha pasado.

–Esta será la primera vez. Además del pago de nuestras acciones, a ti y a mí nos pagarán la diferencia con la cotización actual, es decir, nos abonarán, libre de impuestos, la diferencia que exista entre el valor actual, que es el mayor que hemos tenido nunca, y el valor al que paguen las acciones cuando ejecuten la OPA.

–Resumiendo: yo ejerzo un híperliderazgo en la operación de Xian Xu, meto la pata y hago que la rentabilidad no sea la esperada. ¿Voy bien?

–Sí, continua.

–Al quedar tan expuesta, los mercados me responsabilizan y alguien filtra a alguno de los periodistas amigos que tenemos en el sector que, digamos, no estaba en mi mejor momento personal o algo así. Mi credibilidad e infalibilidad quedarán dañadas, no de forma irreparable, pero en ese momento...

–En ese momento lanzarán una OPA hostil con un precio por acción muy bueno que haga que los socios del fondo se hagan aún más ricos. Ese será el momento en el que yo comunique que vendo por cuestión de edad y por cuestiones personales. Todo el mundo sabrá que lo hago porque me he dado cuenta de que es mejor hacer caja cuando el valor de la empresa es alto antes que dejar las acciones en manos de mis dos hijos; máxime cuando mi «mirlo blanco», es decir tú, la gran apuesta de continuidad de Noah y mía, ha sufrido un importante traspiés.

–Y eso me arrastrará a tener que vender mi paquete de acciones también, ya que las acciones que tenía cedidas por Noah como parte del pago variable por mi trabajo como gestora principal del fondo están sujetas a una cláusula que me obliga a vender si el socio mayoritario así lo hace.

–Sí, lo que resulta muy ventajoso. Esa cláusula de arrastre evitará que nadie piense que estás implicada. Vender porque la vieja momia te ha obligado a vender, y porque el nuevo propietario del fondo quiere poner al frente a personas de su confianza, cosa del todo lógica.

–Eres un cabrón, pero he de reconocer que eres un cabrón muy listo.

–¿Qué quieres hacer con tu futuro, Paula? Noah no tenía otra vida que no fuera Orizont Investment. Yo, tú lo sabes, nunca hubiera pensado en algo así estando ella viva; sabía que este fondo era toda su vida. Pero no creo que sea tu caso, o al menos no deseo que sea así. Haz otras cosas, Paula. Si todo sale bien, podrás comprar tu futuro, tendrás dinero como para vivir varias vidas, como para comprar tu libertad.

–Noah; le prometí que...

–Sé lo que le prometiste y creo que has hecho todo lo que ha estado en tu mano por hacer crecer esta empresa, por preservarla, por consolidar un sueño que hoy día es una hermosa realidad. Pero Noah ya no está, ahora solo estamos tú y yo. Yo quiero dedicar lo que me queda de vida y energía a asegurar el patrimonio de mis dos hijos, incluso contando con que harán todo lo posible por ponerlo en peligro. Creo que se lo debo. No he sido un padre presente ni cercano y estoy en deuda con ellos. Para mí y para Noah has sido como una hija perfecta, un regalo caído del cielo. Es hora de hacer otras cosas, Paula.

Por alguna razón, David había sabido leer perfectamente la coyuntura personal y emocional que Paula estaba atravesando, sus dudas hacia el futuro. Había sabido ver a la nueva Paula que florecía bajo de su hermosa dermis. Siempre había sido un viejo zorro para detectar, no lo que la gente dice, que suele carecer de interés, sino lo que realmente oculta, que, de descifrarlo, suele ser el terreno con el que uno se puede hacer millonario. David sabía manejar esa valiosa minería emocional como nadie.

Paula lo miraba pero no emitía señal alguna de estar en ese momento conectada a la realidad. David la conocía lo suficiente como para saber que estaba analizando toda la operación que le había transmitido, hasta el último detalle del plan. Esperó hasta que detectó un brillo distinto en sus hermosos ojos.

–¿Tenemos un acuerdo?

Paula intentaba ganar tiempo. Tenía clavados en ella los inquisitivos ojos de David que intentaban descifrar cada gesto que pudiera emitir, era consciente de ello. El plan no parecía tener fisuras; estaba claro que David lo había elaborado con tiempo, construyendo hasta el último detalle de su arquitectura.

–David, yo... lo siento, pero no creo que pueda contestarte ahora mismo. No he analizado el plan en sí aunque estoy segura de que podría funcionar, pero no es eso lo que me incomoda.

–¿Qué te incomoda, Paula? Los socios que quieran vender ganarán una fortuna, los que quieran quedarse con Yellowstone tendrán que canjear sus acciones por el valor nominal de las acciones del comprador. Pero eso pasa siempre en este tipo de procesos de compra.

La cara de David parecía ensombrecerse por segundos. Estaba claro que al final no había sabido leer la reacción postrera de Paula. Los argumentos que había ido esgrimiendo a lo largo de la conversación le habían hecho albergar esperanzas para un final que no era exactamente el que ahora se estaba produciendo.

–Paula, con lo que te he revelado estoy poniendo mi vida en tus manos. No quiero parecer trágico, pero así son las cosas. De filtrarse mis negociaciones con Yellowstone estoy... acabado.

A Paula le molestó la insistencia de David; ella había dejado más que patente a lo largo de los años su completa lealtad. Y así, de esa sencilla forma, fue como se deslizó la primera duda en su cerebro. Había sido siempre fiel a la idea que representaba el fondo de inversión que tanto Noah como David habían creado. Ese conjunto de valores primigenios que les permitieron dar dirección a su proyecto era lo que ahora le hacía dudar ante la suculenta propuesta que estaba frente a ella.

–¿Entiendes el riesgo que estoy asumiendo a partir de este momento?

–Perfectamente –contestó ella en tono gélido. No se sentía cómoda y necesitaba tiempo para pensar, pero tampoco quería que el encuentro terminara de esa manera. Sabía que David estaba intranquilo y frustrado; las cosas no habían salido según había previsto.

–David, cuando entré a trabajar con vosotros, con los dos, recuerdo perfectamente los consejos que se fueron tatuando en mi ADN a lo largo de esos primeros años. Trabajo duro, compromiso, lealtad hacia nuestros depositarios, frialdad y racionalidad en las negociaciones. Los valores de la ética personal y del compromiso me los enseñasteis vosotros con vuestro propio ejemplo. No he conocido nunca a dos personas más comprometidas con la excelencia en el trabajo que vosotros dos. ¿Recuerdas que siempre decías que habías concebido Orizont Investment como un proyecto ambicionable, al que los mejores quisieran pertenecer? Me decíais: «Paula busca la excelencia en tu trabajo; si das tu ciento por ciento, si pones toda la energía en lo que haces y cómo lo haces, los resultados llegarán». ¿Lo recuerdas?

Paula se quedó mirando la contrariada expresión que reflejaba la cara de David. Estaba claro que no esperaba que la conversación tomase ese camino. Sentía que Paula le exponía al espejo de sus propias contradicciones.

–Claro que lo recuerdo. Pero eso es parte del pasado, Paula. Ya no puedo permitirme desandar los pasos que he dado, ¿lo entiendes, verdad?

–¿Tus negociaciones secretas con Yellowstone?

–Sí, por eso y porque no veo otra manera de resolver la situación. Como es obvio, no he firmado nada que pueda incriminarme, pero, digámoslo así, estoy en una posición de no retorno.

Paula se quedó observando el rictus de tensión de David. Estaba claro que lo estaba pasando mal y que en esos momentos atravesaba por un verdadero pico de tensión. Realizando un somero control de daños, le pareció una temeridad que su mentor hubiese comenzado una negociación de ese calibre sin tener asegurada su participación plena, sin contar con la pieza clave sin la cual todo el entramado se iría al garete. Quizá David había subestimado los principios éticos que habían sido forjados e impresos por ellos mismos en el carácter de Paula cuando comenzó a colaborar con el fondo. Pensó erróneamente que el dinero, el plan y la coyuntura personal de su pupila doblegarían cualquier resistencia que pudiese tener.

–David, siempre hay una solución. Si no has firmado nada, si no tienen grabada ninguna conversación donde puedan en un momento dado incriminarte, todo puede revertirse, todo.

David parecía hundido. Una expresión de cierta resignación asomó en su semblante ahora cada vez más cansando.

–Pero ¿me estás diciendo que no, que ni siquiera vas a valorar lo que te he propuesto? ¿Tan equivocado he podido estar contigo?

–No, te estoy pidiendo tiempo para pensar en una solución que consiga garantizar tu futuro y el de tus dos hijos sin que por ello tengas que traicionar todo aquello en lo que crees o en lo que en un momento creíste, todo aquello por lo que tan duramente luchaste.

–¿Me estás sermoneando?

–No, te quiero y te respeto lo suficiente como para no dejar que cometas este error.

–Y dime, ¿cómo puedes conseguir ayudarme? ¿Cómo puedes hacer que Yellowstone compre por un valor nominal inferior al que tenemos en la actualidad sin por ello bajar nuestra ratio de rentabilidad?

–Dame unos días, por favor. Necesito tener una visión de conjunto y con ella elaborar un plan de acción.

–Tienes hasta la próxima semana. Entiende que yo no pensaba que fueras a decir que no y tengo unos compromisos adquiridos; si Yellowstone imagina que estás fuera o que albergas dudas, la operación se va al garete.

Se despidieron. Era mediodía; David había quedado a comer con un cliente y Paula regresó a la oficina.

En el Cabify que la llevaba recolocó las ideas. Le sorprendió la degradación ética que David había sufrido desde la muerte de Noah. Era cierto que David había diseñado una jugada maestra en la que más o menos todos ganaban. Los accionistas, porque conseguían que se les compraran las acciones a un precio más que razonable; ellos, porque además ganaban la plusvalía; y los compradores y competidores históricos, porque conseguían eliminar de la ecuación al fondo que más daño les había hecho en la última década y que había lastrado sus posibilidades de ejercer cierta hegemonía en los mercados. No permitió que la idea la sedujera; al fin y al cabo suponía una estafa, un burdo pufo, un amaño entre dos partes que dejaba fuera del juego al resto de los socios, y eso simplemente no era justo, además de ser ilegal.

Al salir de la oficina llamó a Teresa. Su padre seguía igual: sedado y con el maldito respirador artificial.

–Teresa, te seré sincera; no sé si coger un avión y plantarme ahí hasta el domingo. Pero por otro lado tengo mucho trabajo y no tengo claro que a mi padre le pasen a planta hasta la próxima semana por lo menos. Prefiero avanzar con el trabajo y tener algo más de margen por si eso ocurre.

–Señorita, usted no se preocupe que si hay alguna evolución en su estado yo se lo hago saber.

–Además, el hospital tiene mi teléfono como primera persona de contacto. No creo que te llamen a ti, Teresa. Gracias; eres un cielo.

–Es mi trabajo, señorita Paula, aunque al final le he cogido cariño al condenado. Su padre es una persona muy difícil pero tiene sus momentos...

–Si no fuera por esos momentos... íbamos a estar las dos aquí hablando como dos tontas.

Paula oyó a través del teléfono la risa limpia e inocente de Teresa.

–Mañana hablamos que ahora me voy corriendo al apartamento a seguir trabajando. Además, creo que la tarde se va a poner color hormiga.

–¿Color hormiga?

–Negra.

Trabajó toda la tarde. Tenía que coordinar varios informes y preparar la documentación del Consejo de la siguiente semana. Además de eso, analizó en detalle la operación que tenían entre manos con la valoración que habían realizado los analistas de la compra de la Xian Xu Company. Al final los analistas no asistían a los consejos y no sabían lo que en ellos se trataba. Nadie en su sano juicio podía pensar que alguien que lleva la responsabilidad de presentar al órgano de mayor poder de una empresa la compra de una sociedad alteraría los números para perjudicarla y perjudicarse. Máxime cuando se trataba de Paula Blanco, la ejecutiva más reputada del sector y además accionista del fondo de inversión. Los analistas tenían en Paula un ejemplo a seguir ya que sabían que había llegado a lo más alto de la pirámide de poder habiendo empezado como ellos, desde abajo. Era una especie de leyenda.

Pero ¿cómo hacer ganar dinero a todos sin perjudicar a nadie? ¿Cómo lograr que Yellowstone comprara a un precio inferior a la actual cotización de la empresa? ¿Sería posible sacar de la ecuación a esa maldita empresa que tantos quebraderos de cabeza les había causado a lo largo de los años sin que David se viese comprometido con ello?

La semana siguiente era clave para Paula ya que en ella habrían de despejarse un gran número de incógnitas. Pese a que todavía no estaba agendada la presentación al Consejo de la operación de la Xian Xu Company y otros proyectos menos relevantes, ya estaban fuera de plazo según el calendario semestral y no podían retrasarlo mucho más. Esperaba que su padre pasara a planta o al menos que tuviera una evolución positiva más significativa de la que había experimentado hasta el momento. Pero antes de todo eso tenía claro que debía presentar una propuesta alternativa a la realizada por el propio David, ya que no convencerlo la situaría en una incómoda posición. A nadie le gusta tener testigos que puedan incriminarte en algo delictivo o amoral que suponga la posibilidad de dañar tu reputación al final de tu vida, o incluso meterte en la cárcel.

Al llegar a su apartamento se preparó un baño de agua caliente. Pensaba bien cuando estaba relajada y semidormida. Acunando su cuerpo entre el vapor del agua caliente, repasó todas las variables posibles.

–Si saco a Yellowstone de la ecuación, ¿cómo puedo reconducir a David para que quiera deshacer el camino? ¿qué precisa que no tiene y necesita? ¿qué intereses comunes tenemos ambos que sirvan como base de atracción? Piensa Paula, piensa. Le interesa mi concurso en la operación y le interesa una garantía de futuro, de continuidad. Pero yo no puedo dársela, no puedo comprometerme a estar al frente operativo del fondo *sine die*. Pero... puedo tener presencia en su futuro cuando todo pase, en un puesto menos operativo, más representativo hacia el exterior, con... visibilidad hacia los operadores, hacia los mercados, hacia el inversor, pero sin la presión del día a día. ¿Quién puede asegurar con éxito la continuidad diaria del fondo con todas esas garantías?

El cerebro de Paula funcionaba a la perfección bajo presión. Había sido entrenado para ello durante décadas de decisiones al límite, de negociaciones extenuantes llevadas hasta el último extremo posible. En los momentos de suma presión donde la mayoría de los analistas, de los profesionales, se quebraban como un junco, ella solía tomar las mejores decisiones.

–Piensa Paula, piensa, ¿quién?

De repente, entre los sonidos del rítmico goteo de uno de los grifos a presión de la bañera, que había quedado mal cerrado, se materializó un nombre.

–¡Claro! ya lo tengo. Thomas Fisher. Pero ¿cómo no se me ha ocurrido antes?

Thomas Fisher había sido nombrado socio del fondo hacía poco tiempo. Era cierto que poseía un simbólico paquete de acciones, pero su otorgamiento, más que un valor cuantitativo tenía un valor cualitativo, de estatus dentro del propio fondo. Un reconocimiento en toda regla ante terceros. Además, durante las ausencias derivadas de la atención de Paula a su padre, Thomas había sido el elegido para sustituirla. De alguna forma era su interino natural. Además, era más joven y ambicioso que ella. Sabía que contaba con Thomas Fisher, ya que tenía claro que diría que sí a todo lo que conllevara más poder y prestigio.

Muy avanzada la noche consiguió dormirse en un profundo sueño que solo alteró el sonido del despertador.

Se levantó y antes de meterse en la ducha le puso un mensaje a David.

–Tenemos que vernos esta mañana, tengo un plan.

Al salir de la ducha se preparó un zumo natural y pudo oír lo que supuso era la respuesta de David.

–En el club en una hora, ¿cómo lo ves?

Terminó el zumo y volvió a dejar un mensaje en el buzón de voz.

–Allí estaré junto a un té rojo.

El club estaba medio vacío a esa hora de la mañana.

–Hola querida, siento llegar un poco tarde; ya sabes como está el tráfico a estas horas –parecía agotado, como si en el transcurso de unas horas le hubiese caído encima toda la vejez de golpe.

–Me sorprende que en solo una noche hayas podido encontrar una solución factible a esta maldita situación. Yo no he podido pegar ojo; estoy destrozado por los nervios.

–¿Pedimos algo? Apenas he podido desayunar y mi cerebro necesita glucosa a estas horas.

–Sí claro; un café solo y cargado seguro que me ayuda.

Esperaron a que el camarero llegara con las consumiciones que habían solicitado y las colocara en una mesita auxiliar. Se notaba que David estaba ansioso; Paula parecía relajada.

–Seré clara y directa. No puedo permitir que arrojes por la ventana tu prestigio y el de la firma. Tu proyecto es la némesis de todo por lo que tanto tú como Noah luchasteis durante tantos años. Hago mías tus preocupaciones en relación con el futuro del fondo y la preservación de vuestro patrimonio y, sobre todo de vuestro legado. Por eso creo que la mejor forma de asegurarlo, de mantenerlo, es la propuesta que paso a contarte.

»Recuerdo vivamente los primeros años con vosotros, tan intensos y llenos de aprendizajes que hoy en día todavía cartografían mi propia esencia profesional. Es, David, como si estuviese programada para hacer lo que hago. Todavía puedo oír tu voz aleccionándome sobre la importancia de situar a nuestros clientes, los inversores que nos confían su dinero, en el centro de nuestra actividad. Siempre me decías: «Paula, lo más importante es poner en el centro de lo que hacemos al cliente y cuidar el vínculo con los socios del fondo». ¿Lo recuerdas?

David asintió ligeramente. Estaba claro que no quería interrumpir ni por un segundo a su interlocutora ya que era el primer interesado en que Paula hubiese encontrado una solución factible al embrollo en el que se había metido con Yellowstone.

–Otra de las sensaciones que he rememorado esta larga noche, que he podido sentir vivamente, es la aversión que Noah tenía a Yellowstone. Para ella simbolizaba todo lo que aborrecía en este negocio. Su actuación al límite de lo legal, sus trapicheos, su posición monopolística en muchos mercados desde la cual conseguir presionar en favor de sus intereses hasta doblegar a los reguladores e incluso a los propios estados donde anidaban sus inversiones. Recuerdo las distintas ocasiones en las que de forma directa o indirecta intentaron dañar nuestro prestigio y llevar al desastre a alguna de las operaciones que realizábamos ayudados por prácticas no siempre transparentes.

–Paula, querida, conozco la base moral de Yellowstone; son capaces de hacer casi cualquier cosa por conseguir sus propósitos. A estas alturas, no pensarás que soy tan ingenuo.

–No, pero quiero tener claro que sabes qué tipo de invitado sientas a la mesa.

–Por eso no te preocupes.

–David, durante estos últimos años, espoleada por la situación a la que la enfermedad de mi padre me ha expuesto con sus luces y sus sombras, he estado yendo a terapia. Al principio sin mucha convicción, ya que había tenido malas experiencias previas, sobre todo en la época en la que perdí a mi madre. Hay algo que he sacado en claro con este doloroso proceso de aprendizaje: uno no puede dejar de ser lo que es, no puede o no debe traicionar la esencia de sus convicciones. Ese es el motor que nos debe guiar, que marca el rumbo del navío.

–Paula, no entremos en el juego maniqueo del blanco y el negro; la vida está llena de matices, de circunstancias cambiantes. Lo que antes valía ahora ya no se adapta tan bien a la realidad, a la coyuntura actual.

–Eso es cierto hasta cierto punto. Creo que los valores esenciales no cambian ya que sirven de salvoconducto emocional a las relaciones personales. Son el ancla, la toma de tierra que nos permite asegurarnos. Traicionar la confianza de nuestros socios o engañar a los miembros del Consejo de administración ocultando información relevante que pueda perjudicar sus intereses está mal ahora y hace diez años, ¿no te parece?

–Dicho de ese modo...

–¿Y qué modo quieres que utilice? Podemos matizar, ocultar e incluso justificar un acto éticamente reprobable, pero no por eso deja de estar mal. La realidad sigue subyaciendo; no podemos obviarla metiéndola debajo de una alfombra.

–Paula, me has llamado y necesito saber si has encontrado una solución al problema que tengo, que tenemos, ya que formas parte importante de este fondo.

–Sí, he encontrado la forma de solucionar el problema e impedir que comentas un error del que seguro llegarás a arrepentirte el resto de tu vida.

–Te escucho.

–¿Recuerdas que me preguntaste sobre mi implicación en el futuro del fondo y que mi respuesta no fue la que esperabas?

–Claro, no ha pasado tanto tiempo. A esa propuesta solo se podía contestar con un sí o un no.

–He tomado una decisión y asumo este compromiso. En los próximos meses seguiré vinculada al proyecto ocupando las responsabilidades que ejerzo en la actualidad; eso no cambiará. Una vez que se consolide la compra de Xian Xu Company y todo el plan de inversión para aumentar su valor, anunciaremos que Thomas Fisher pasa a ocupar la dirección ejecutiva del fondo y que por unos meses, hasta que se organice el traspaso de poderes de forma ordenada, yo estaré supervisando junto a él que el traspaso se realiza con todas las garantías. Anunciaremos que yo ocuparé el puesto de directora general y también la secretaría general del Consejo del fondo. Con este movimiento tanto Thomas Fisher como yo misma controlaremos la empresa de facto. Con ello conseguimos varias cosas: lanzar un mensaje de continuidad a los mercados, a los depositarios y a los reguladores. Ese mensaje se verá reforzado al ser dos personas jóvenes y con proyección de futuro las que ocupan puestos claves sustituyendo a los socios fundadores. Tutelo la toma de poder de Thomas y de paso me garantizo poder contar con más tiempo libre para llevar a cabo otro proyecto en paralelo que quiero emprender.

–¿Y Yellowstone?

–Échame la culpa. Di que en el último momento me he rajado y que sin mí la operación que diseñaste no funciona.

Diles la verdad: que subestimaste mi lealtad a los valores del fondo, en esencia a vuestro propio legado.

–¿Cómo puedo tener la garantía de que seguirás al frente de todo si ayer no lo tenías claro?

–Porque tienes mi palabra y soy capaz de ponerlo por escrito.

–¿Por escrito?

–Ahora lo entenderás. No he tomado esta decisión de forma altruista; llevo tiempo madurando una idea y he pensado que la reorganización que te propongo me permite poder llevarla a cabo con garantía de éxito. Quiero que tú me garantices que el paquete de acciones que me legó Noah siga supeditado a una cláusula de arrastre si tu vendes, ya que quiero poder utilizarlas como garantía y depósito de una fundación que quiero crear y en la que quiero que participes.

–¿Una fundación?

–Sí, al liberarme de la dirección ejecutiva del fondo quiero emplear el tiempo libre en la creación de una fundación que nutra de capital a las instituciones que están luchando en el mundo contra el Alzheimer.

–¿Por tu padre?

–Gracias a la enfermedad de mi padre he conocido a un gran número de profesionales maravillosos que luchan cada día por hacer un mundo mejor sin que el Alzheimer sea un problema. Sé que puede resultarte un poco idealista, pero es lo que quiero hacer con los dividendos que vaya obteniendo del fondo a lo largo de los próximos años. Que una parte de los resultados que cosechemos los dediquemos a ello. Este tipo de enfermedad consume grandes cantidades de recursos financieros y el dinero siempre les viene bien. Es una pequeña contribución en la dirección correcta. Tampoco nos perjudica desde un punto de vista reputacional ni fiscal, ya que podrían detraerse antes del reparto final de dividendos. Es decir, que el Consejo decida qué parte de los recursos que generamos con nuestras operaciones no son asignados a reservas del fondo, sino que son destinados a la fundación como una donación sujeta a un uso muy concreto, la investigación que haga avanzar la enfermedad hacia una solución. El resto de los beneficios serán repartidos o provisionados para levantar otro proyecto, como hacemos siempre.

–¿Quieres decirme que supeditas tu continuidad con nosotros a este otro proyecto «altruista» en el que pretendes que tanto yo como el resto de los miembros del Consejo participemos?

–Quiero decir que después de la quiebra de Lehman Brothers, una noticia de este tipo desde un punto de vista reputacional es absolutamente positiva para el fondo, además de la exención fiscal que supondría ese dinero donado al ser entregado a una fundación sin ánimo de lucro. Todo esto estaría atado jurídicamente y siempre podemos fiscalizar y conocer cómo se emplea nuestra donación.

–¿Y de qué porcentaje estaríamos hablando?

–Eso lo podemos estudiar. Algo razonable que permita que la fundación genere las condiciones posibles para impulsar y aunar los esfuerzos que ya se están realizando.

David se recostó ligeramente. Con un ademán elegante se atusó el pelo que le caía ligeramente por la frente. Estaba sopesando los pros y los contras del ofrecimiento de Paula. Tenía claro que sin su involucración en la operación de Xian Xu, el acuerdo con Yellowstone era inviable. En un primer momento había dramatizado su implicación en la negociación con Yellowstone para que Paula viese comprometida su decisión y aceptara su ofrecimiento, pero no era tan estúpida como para dejarse presionar. También vio la jugada de colocar en el día a día a un profesional ambicioso pero de contrastada eficacia en la dirección ejecutiva. Además, tanto Thomas como Paula eran de la casa. Que Paula tutelara ese proceso y se situara en el vértice estratégico del fondo también le gustaba. Sabía que podía amarrarla firmando un contrato donde se penalizase de forma severa su salida sin un acuerdo mutuo. Tenía claro que a Yellowstone le molestarían las nuevas noticias, pero los negocios son así. Del diseño de la propuesta al viejo zorro le gustó que Paula hubiese logrado que él mantuviese su compromiso para con Noah, su socia. Al final, y pese a la cantidad de dinero que Yellowstone le habría pagado, David tenía claro que lo que iba a hacer no estaba bien, que habría traicionado el ideario que los dos socios fundadores habían pactado hacía ya décadas y que la venta del fondo a Yellowstone habría hecho removerse en su tumba a Noah, su amiga, su socia, la mujer más importante de su vida. Una leve sonrisa alivió su semblante y aportó la información suficiente que Paula precisaba. Tenían un trato.

–Bueno, hay detalles que perfilar pero me gusta cómo suena la música.

–Gracias, David por contribuir conmigo a hacer un mundo más justo, un mundo más digno –repuso Paula. Luego, manteniendo la mirada, añadió–: Si te parece, agendo la presentación al Consejo de la operación de la Xian Xu Company como estaba previsto.

El día de la presentación todo salió a la perfección. Al final, para Paula todo resultaba hasta cierto punto rutinario, lo había hecho mil veces antes. Los consejeros quieren conocer una serie de variables, cuantificar el nivel de inversión que había que inyectar en la compañía, los años en los que había que controlar su gestión para conseguir los niveles de rentabilidad acordados en el plan de adquisición y, en el momento de la desinversión, que la diferencia entre ingresos y gastos estuviera lo más alejada posible la una de la otra para conseguir la mayor plusvalía entre el dinero invertido en origen y el obtenido al final con la venta de la empresa.

Intervinieron los de siempre, haciendo las mismas preguntas de manual para las que Paula tenía las respuestas correctas, las que esperaban oír.

Al salir de la reunión del Consejo, se sintió extrañamente tensa. Todavía no les habían anunciado los cambios que la empresa experimentaría en los próximos meses ni, por supuesto, la creación de la fundación. No todos los miembros presentes eran socios; algunos solo estaban en el Consejo delegados por los socios patrimoniales como técnicos que preservaban los intereses de estos en la inversión que habían realizado.

Eran las doce de la mañana cuando terminó el Consejo. Ya había quedado con David en que ese fin de semana bajaría a Madrid. Su padre estaba mejor pese a que todavía no le habían pasado a planta y quería verle. Eso, y que había quedado con su terapeuta, Admiel Perlman. A él también tenía ganas de verlo.

Estando sentada cerca de la ventana del asiento de *business* del avión que había de llevarla a Madrid, Paula observó como la imagen de Hashimoto Takeda cobraba forma en una nube. «Bien hecho señorita Blanco, que nadie la distraiga de la consecución de esos planes». El reflejo de la ventana le regaló una incipiente sonrisa.

–No se preocupe señor Hashimoto, que no lo harán. Tengo un plan personal distinto para mi futuro, y ese plan se puede compaginar con Londres y con el mundo de los negocios.

Se sorprendió a sí misma, ya que la confesión se la había realizado a la ventanilla de un avión que volaba a toda velocidad rumbo a Madrid.

15. EN ALGÚN LUGAR DEL CABO DE GATA

Los retoques que Paula Blanco había realizado en el diseño original del plan que le había expuesto y comentado a David Goldberg resultaron muy efectivos para los propósitos de ambos.

A los dos meses de la compra de la compañía y siguiendo el plan establecido, David y Paula elevaron al Consejo del fondo la propuesta de nombrar a Thomas Fisher director ejecutivo. Pese a la leve contrariedad manifestada por alguno de los consejeros, en general la noticia fue bien recibida dado que la misma llevaba aparejada una mayor toma de control por parte de Paula Blanco del Consejo. Ya no estaría en el día a día del fondo pero supervisaría y daría conformidad a todas las operaciones. Controlaría la empresa y el propio Consejo de hecho para que la toma de decisiones resultase más ágil y funcional .

Ambos decidieron esperar un tiempo para comunicar al Consejo la decisión de que un porcentaje, de entre el tres y el cinco por ciento del resultado operativo del fondo, fuera asignado anualmente a la fundación que Paula crearía. Les pareció prudente aplazar la noticia ya que habían presentado demasiadas novedades en una misma reunión.

Un mensaje de alerta se materializó en el ordenador de Paula a modo de recordatorio: «Tienes un *Skype* con Admiel Perlman dentro de treinta minutos». Pensó en él y, sin saber muy bien por qué, pensó también en que hacía siglos que no tenía sexo con nadie. Le pareció curioso cómo funcionaban las asociaciones de ideas del cerebro. Admiel y sexo. No le sorprendió. Desde el comienzo de la terapia había notado esa tensión sexual que no paraba de crecer en cada sesión. Luego, con el paso del tiempo y sobre todo con los parones, las sesiones a distancia y la complicidad mutua, la parte animal se fue silenciando poco a poco hasta adormecerse y convertirse en una especie de cariñosa relación de confianza. Sí, Paula sentía una inmensa gratitud por ese hombre que de alguna manera le había enseñado a entenderse, que le había mostrado el tremendo bloqueo emocional en el que vivía. «No es bueno vivir en la queja de lo que nos pasa, Paula, eso solo nos da excusas para no hacer nada. Entre intentar hacerlo todo y no hacer nada, es mejor hacer... Haz, Paula, haz», le recordaba machaconamente.

–¡Hola Admiel! ¿Me escuchas bien? ¿Estás en otro sitio hoy? ¿Dónde estás?

–Nunca me deja de sorprender lo observadora que eres. Sí, te escucho bien y sí, estoy en otro lugar. Había terminado en la consulta y me he venido a casa. Son cosas que pasan cuando tienes tanta confianza con tus pacientes.

–¿Tenemos tanta confianza?

–Eh... no empieces.

–Siempre me estás regañando. Sabes, hace un rato he pensado que hace muchísimo tiempo que no tengo sexo y lo he asociado contigo. Tú que eres el especialista en la interpretación de los sueños, ¿a qué puede deberse?

–Has comenzado muy fuerte hoy, ¿no? Se te ve relajada; en fin, eso es bueno. ¿Cómo van las cosas, alguna novedad en este último mes?

–Mi padre sigue igual, ausente y con un respirador que le ayuda, pero gracias a Dios no ha tenido que volver al hospital. Yo sigo en Londres y viajando. Soy una cuarentona que se va marchitando. Por lo demás, todo sigue igual.

–Eso está bien, Paula. Quiero serte muy franco. Durante el último año y medio hemos ido espaciando cada vez más las sesiones. La realidad es quc las hemos ido adaptando a las necesidades y momentos concretos por los que has ido pasando. Desde hace ya algunos meses vengo detectando un gran nivel de estabilidad y un manejo muy positivo de la gestión emocional por tu parte. Pese a que eres uno de mis pacientes más fieles, y de los que mejor pagan, incluso me has llegado a pagar tres veces la misma sesión –dijo con voz burlona–, cosa que no hacen todos los pacientes que tengo, Paula, creo que por el momento ya no es necesario que sigamos con la terapia.

–Sabía que dirías eso. Pero me gusta hablar contigo, me siento relajada y me ayudas a tomar decisiones. No sé, creo que todavía eres importante para mí. ¡Te necesito, créeme!

–Bueno, si tenía alguna duda, tu respuesta la termina de disipar. Sabes que este no es el fin de las sesiones, no al menos su principal objeto. Es muy bueno que te sientas cómoda conmigo; por eso hemos podido progresar tanto a lo largo de estos años, pero creo que por el momento no necesitamos tener que estar programando sesiones, salvo que tengas alguna necesidad puntual que quieras transmitirme.

–¿Y es así de sencillo? ¿Se terminó?

–Bueno, entra dentro de la lógica de las cosas; comienzan y llega un momento en que han de terminar. Creo que por ahora no te puedo aportar mucho más.

–¡Pero no he vuelto a tener sexo desde hace..., buff, dos años! Y ya sabes cómo eran mis encuentros sexuales antes. Yo creo que al menos hasta que no vuelva a intentarlo y vea que no estoy bloqueada y que no utilizo el sexo como simple válvula de poder y dominación... deberías seguir conmigo.

–El sexo es muy importante, sí. Lo hemos tratado y los dos hemos entendido por qué dejó de funcionarte. Al transformar tus esquemas, lo que antes te servía como un objetivo en sí mismo dejó de hacerlo al dejar de cumplir su función. Ahora puedes y debes disfrutar del sexo, y habrás de disfrutar también del sexo dentro de una relación de amor, es decir, donde te expongas y te dejes llevar por los sentimientos.

–Pero eso todavía no ha llegado. ¿Y si no pasa? ¿Y si no llego nunca a enamorarme de nadie? Lo primero que pierdes al enamorarte es la libertad, ¿recuerdas?

–Puede pasar, sí, pero de lo que no cabe duda es que es más probable que te pase ahora que antes. En el pasado sabes que no le dabas ninguna posibilidad; eran juegos de atracción y poder, una sucesión de los juegos de control que llevabas de la mesa de negociación a la cama. El amor, Paula, nos hace vulnerables, pero es fantástico cuando llega y nos acaricia.

–Cómo se nota que eres uruguayo; qué cursi eres, Admiel.

–Con más de cuarenta, varias relaciones dolorosas que me han dejado el corazón roto y después de todo lo que tengo que oír en consulta cada día, aquí tienes a un tipo que cree en el amor y en el maravilloso estado en el que te sitúa cuando te enamoras realmente.

–¿Y cómo lo sabré si llega?

–Créeme... lo sabrás, no tendrás ningún género de dudas.

–Admiel, te confesaré una cosa.

–Dime, es lo bueno que tenemos los psicólogos. Que, como los curas, lo que nos cuentan en terapia es secreto. Dispara.

–Con vaqueros creo que tienes el mejor culo que he visto en mi vida.

Admiel Perlman se rió sin disimulo. La bofetada de sinceridad que le terminaba de regalar Paula le había pillado completamente desprevenido.

–Gracias, Paula. Espero que seas muy feliz y, recuerda: siempre elegimos cómo queremos vivir las cosas que nos pasan.

–Principio de elección… claro.

–Claro.

–Gracias, Admiel. Sin ti no creo que lo hubiera conseguido.

–No es así, pero gracias. Han sido tu trabajo, tus ganas de conocerte, tu inmensa capacidad de lucha, lo que nos ha traído juntos hasta aquí.

–Hablamos y estamos en contacto.

–Ok, cuenta con ello. Tienes mi teléfono y ya sabes donde está mi consulta.

Al colgar, una sensación de melancolía y orfandad la invadió. Aquel hombre, Admiel Perlman, hijo de todos y de nadie, exponente del encuentro de culturas, del mestizaje, de la mezcla de la sangre, ese psicólogo la había ayudado a descubrirse, a entender que las emociones, por dolorosas que sean, son las que nos hacen humanos. Reprimirlas solo nos conduce a vivir una vida de continuas zozobras, una vida incompleta. Y Paula ya sabía que no quería eso; ella quería vivir una vida plena, quería sentir el amor que durante tanto tiempo había permanecido reprimido, cercenado apenas comenzó a florecer en su adolescencia por la temprana muerte de una madre a la que amaba. La torpe gestión emocional que había hecho Luis, su padre, obró el resto. Pero, ese mismo hombre, con la vida ya condenada por una cruel enfermedad, le demostró a su modo que la quería y que siempre la había querido.

Paula se sentía a gusto con Admiel Perlman. Era como una hermosa bahía remansada donde iban a morir plácidamente las olas después de una fuerte tempestad. En su momento y durante algunas de las fases de la dilatada terapia llegó a fantasear con seducirlo. Nunca lo hizo, pese a haber dado alguna concesión al coqueteo. Al principio porque estaba demasiado confusa como para incluir un nuevo elemento perturbador en su vida. Después, con el paso del tiempo, porque realmente se sintió agradecida por la labor que estaba realizando ese hombre con ella. Al final porque llegó a sentir verdadero y genuino afecto por él.

Sonó el teléfono.

–Paula, ¿me has llamado?

–Sí, tenemos que vernos. Ya he visto con los fiscalistas y los abogados las distintas implicaciones que pueden darse entre el fondo y la fundación. No existe problema y, como te comenté, hay importantes bonificaciones fiscales.

Extrañamente, David no la citó en su club. Quedaron en el vestíbulo de un hotel. Al poco de llegar accedieron a un reservado de la selecta cafetería.

–Ya he diseñado y consensuado un plan de traspaso junto a Thomas. En unos cuatro meses él estará al frente de las operaciones del día a día. ¿Has informado a Yellowstone?

–Sí, me han intentado presionar pero no tienen nada. Además, en el mundillo todo el mundo sabe de lo que son capaces. Al no contar con ninguna prueba que me incrimine, ningún soporte, ni en papel, ni gráfico, ni siquiera de audio, llegado el momento el caso quedaría en su palabra contra la mía.

–¿Crees que será tan fácil librarse de ellos?

–Seguirán a la expectativa y con la caña preparada para beneficiarse de otra oportunidad, otra fisura por la que poder acceder. Harán lo que suelen hacer siempre y por lo que son célebres: aprovechar el río revuelto para hacer la mejor captura posible, pero no se lo permitiremos.

–Ok. Después de terminar de coordinarme con Thomas bajaré a Madrid. Mi padre sigue estable pero cada vez está más débil; no creo que le quede mucho y quiero estar con él este fin de semana.

–Intenta aprovechar el tiempo que pases junto a él; ese tiempo luego no vuelve. Supongo que es una enfermedad terrible… y por eso entiendo que quieras crear esa fundación. Al final devolvemos a la sociedad una mínima parte de lo que ganamos a costa de ella.

–De las peores, ya que ataca al cerebro y lo va paralizando poco a poco. Mi padre sigue respirando con un soporte vital; le siguen funcionando el resto de los órganos vitales, no sin dificultad, pero desde hace ya tiempo no es capaz de interaccionar con su entorno ni mínimamente. Teresa, que es la persona que contraté hace unos años para que estuviera con él todo el día, dice que sí, que sigue estando ahí, ya que le cuenta cosas y ella dice que le ve sonreír, o que muestra sutiles cambios de expresión. Yo, la verdad, no veo nada de eso, pero sí le hablo y le acaricio.

–¡Qué cruel final, querida!

–Para mi padre ya es tarde pero para otros es posible que con los avances de la ciencia, con fundaciones como la que vamos a crear y otras que ya existen en la actualidad, ayudemos a que un día esta pesadilla sea solo parte de la historiografía médica, como la peste negra.

Se despidieron.

A la mañana siguiente, Paula Blanco cogió el primer vuelo que conectaba Londres con Madrid.

Le sentía débil como una hoja otoñal que en el mes de diciembre todavía se aferra al tallo del árbol con persistencia. Teresa ya le había contado que cada día le veía más apagado. También sabía por el doctor Montes que el final estaba cerca. Podía ser cuestión de días o de horas. Estaba semitumbado en una cama eléctrica y articulada que le facilitaba la respiración. Con la ventilación asistida les resultaba muy complicado poder moverlo, por lo que cada cierto tiempo se le producían escaras en la piel. Había perdido un cuarenta por ciento de su masa muscular; la enfermedad literalmente le había consumido.

–Papá, tu hija va a crear una fundación que ayude a que la ciencia encuentre una solución a esta enfermedad. Al final, estar cerca de tanta generación de riqueza va a servir para hacer algo realmente bueno, va a apoyar una buena causa. Seguro que algunos socios perderán un poco de dinero y puede que sean ligeramente menos millonarios de lo que ya lo son pero también creo que, con el tiempo y según vayan siendo testigos de los progresos de la fundación, se sentirán partícipes de algo realmente bello. –Hacía tiempo que Paula jugaba a hablar con su padre contestándose ella misma, realizando el papel de ambos interlocutores–. Son todos multimillonarios y no creo que sepan realmente el dinero que tienen. Lo que les mueve ya no solo es el dinero, es el poder y la relevancia social.

–Señorita, dígame cuándo se va para que la enfermera de la noche baje a quedarse a dormir junto a él –le dijo Teresa.

–No, no te preocupes y perdona. ¡En qué estaría yo pensando! Quiero quedarme yo esta noche con él; no sé, tengo ganas de hacerlo, de que pasemos la noche los dos solos.

–Lo comprendo perfectamente, señorita. No se preocupe, ahora le mando un mensaje para que no venga; seguro que se alegra de contar con una noche libre. Usted ya me entiende. Si necesita algo, lo que sea, ya sabe que con llamarme todo arreglado.

–Sí, vaya usted a descansar ¡Que tiene unas ojeras!

–Últimamente con su empeoramiento estamos todos un poco más alerta.

–Gracias, Teresa, eres un cielo.

Paula se giró hacia su padre y siguió contándole cosas.

—Bueno, papá, pues estamos los dos solos. ¿Sabes una cosa? Además del proyecto de la fundación y gracias a que espero poder tener algo más de tiempo libre, tengo el deseo de conocer a un hombre que me ame y yo amarle a él, así, sin más. Incluso he fantaseado con ser madre, ¡madre! Sí, ya sé lo que me vas a decir, pero apenas he cumplido los cuarenta y la mayoría de las mujeres tienen hijos entre los treinta y cinco y los cuarenta y cinco. ¿Qué? Papá..., son otros tiempos. Me gustaría tanto que pudieras estar conmigo en esta nueva etapa, creo que lo disfrutaríamos mucho. Con todo el tiempo del mundo para poder compartirlo juntos, para poder conocernos. Pero las cosas son como son.

Paula se acercó a la frente de su padre y le besó; estaba fría y un poco sudorosa. Se sentó junto a la cama y agarró con cuidado una de sus huesudas manos.

—Papá, quiero que sepas que te he perdonado. Nadie es perfecto, yo la primera. En ocasiones nos podemos comportar como hijos de puta de lo más egoístas. Supongo que la pérdida de mamá, unida al tipo de trabajo que tenías y amabas, fue demasiado para ti. Y sí, me diste cosas, me regalaste una selecta educación, un futuro... idiomas, encuentros en familia en las vacaciones de verano siempre que no tuvieses un rodaje y... claro, las navidades. Pero el mejor regalo de todos, el que siempre más me gustó, papá, fue poder ver contigo nuestras películas, el amor y el respeto al cine fantástico que me transmitiste. Ese ha sido el mejor regalo de todos.

Paula sentía que a su padre le quedaba poco tiempo. Conectó su móvil a los altavoces de la habitación y puso la música de Ennio Morricone que tanto amaba Luis. Sabía que en algún recóndito lugar de su maltrecha sinapsis cerebral, esa música le relajaría y le proporcionaría un inmenso placer.

Se quedó traspuesta con la música.

Algo la sobresaltó. Todavía adormilada encendió una lamparita que tenía junto a la mesilla; la sombra que dibujaba la inmensa cama eléctrica proyectaba en la pared del cuarto un extraño reflejo irreal. El ruido monótono y rítmico del respirador artificial la relajó momentáneamente.

Se levantó y se acercó a su padre. Y así, sin más, sin otro indicador biomédico que pudiera corroborar su premonición, Paula Blanco se situó junto al oído de su padre.

–Que tengas un buen viaje. Te quiero mucho, papá —susurró y le besó en la mejilla, que todavía permanecía tibia.

A partir de ese segundo, los monitores de electromedicina que Luis tenía conectados comenzaron a alterarse, a reflejar lo que Paula ya sabía a ciencia cierta. Que su padre terminaba de marcharse, que Luis Blanco acababa de morir junto a ella.

El resto de los acontecimientos se sucedieron con una previsibilidad pasmosa, las gestiones relacionadas con la muerte de una persona conocida y admirada en el ámbito de la cultura de un país tan cainita como es España. La Academia de cine le rindió un bonito homenaje y los jóvenes directores de cine fantástico realizaron bellos obituarios en la prensa, realzando su figura como uno de los precursores del género dentro y fuera de España.

Paula obtuvo una buena oferta por la casa de su padre y le regaló a Teresa muchos de los muebles de la misma. Se quedó con algún objeto personal y con fotos, guiones y negativos originales de sus películas. Quería utilizar todo ese material para conservar su legado. Todavía no tenía claro lo que pensaba hacer, quizá legarlo a la Academia de cine, a un museo del género fantástico, a alguna institución donde preservaran la memoria de su trabajo, de su cine.

En Londres, el suceder de los acontecimientos se produjo con la intensidad y cadencia más o menos programadas. Thomas Fisher fue cumpliendo con disciplina y rigor el plan de traspaso de funciones que había colegiado con Paula sin el más mínimo sobresalto.

Al final, el tiempo en el que Paula Blanco tuvo que permanecer al frente de Orizont Investment como directora ejecutiva general junto a Thomas Fisher fue de algo menos de seis meses.

Solo tardó dos en convencer al Consejo de la idoneidad de crear la fundación. Finalmente, las distintas iniciativas en las que la fundación participaba, bien asumiendo un papel residual o bien liderando estas, canalizaban hacia el fondo de inversión un reconocimiento social y reputacional que los expertos de comunicación que colaboraban con ellos sabían capitalizar. Los socios quedaban contentos de que una insignificante parte de los resultados fuese empleada para tal fin.

Al abrir la puerta de la consulta que compartía hacía años con otros terapeutas y antes de dirigirse a su despacho, Jessica, la nueva secretaria, le interpeló.

–Señor...

–¡Admiel, llámame Admiel por favor...

–Sí, Admiel, perdón. Hay una señora esperando en su despacho.

–¿En mi despacho? No tenía prevista ninguna sesión a primera hora. ¿Es una urgencia?

–No señor... perdón, Admiel. Ha sido, como decirle, decirte, muy persuasiva y no he sabido cómo convencerla de que no podía entrar en su despacho sin estar usted presente.

–Está bien, pero espero que no vuelva a suceder. Llevas poco tiempo con nosotros, pero tienes que saber que ahí dentro guardo un montón de información delicada que los pacientes no pueden ver ¿comprendes?

–Claro que sí, lo lamento. No volverá a pasar.

Al acercarse a la puerta de su despacho y antes de posar su mano sobre el picaporte, percibió perfectamente su olor.

–¡Paula! ¿Por qué estás dentro de mi despacho y no en el vestíbulo de espera? Nunca, en todos los años de terapia, hiciste algo así.

–Lo siento. Quería sorprenderte. Perdona, ha sido una chiquillada. ¿Estás molesto?

–No me gusta que se salten las normas que nos hemos dado para poder funcionar porque sirven a un propósito: preservar la relación terapeuta-paciente.

–Vale, tienes toda la razón. Pero no he tocado nada. He estado aquí sentada. Termino de llegar, se lo puedes preguntar a ella –aseguró y dirigió su mirada hacia la recepción–. Además, ya no soy paciente tuya.

–Está bien. ¿A qué debo la visita? Hace dos años que terminamos la terapia. ¿Ha pasado algo reseñable desde entonces?

–He creado una fundación para ayudar a la ciencia y a los científicos a combatir el Alzheimer. Ya ha sido presentada en distintos países y su base social y operativa está en Londres, pero pasado mañana la presentaremos en Madrid. Hemos donado una cantidad de dinero al departamento del hospital donde trataron a mi padre. Sé que debería haberte advertido con algo más de tiempo pero mi vida sigue siendo bastante complicada. Si puedes me gustaría mucho que asistieras, es importante para mí.

–Buff, una fundación. Siéntate, por favor. Déjame mirar –se acercó a su mesa de trabajo y revisó la agenda del ordenador– Sí, la verdad, precipitado es, pero tenemos suerte de que esa tarde no tenga pacientes. ¿Has dejado tu trabajo y ahora diriges una fundación científica? –Se volvió a sentar frente a ella.

–No, sigo ligada a mi empresa pero ahora tengo más tiempo libre y puedo compaginar ambas actividades. Ahora me interesan otras cosas. Mis ahorros y los réditos que me aportan mis inversiones financieras, unidos a la venta de mi apartamento en Nueva York y la casa de mi padre en Madrid, son más que suficientes para poder vivir desahogadamente el resto de mi vida.

–Vaya Paula, te veo llena de energía, cómo me alegro. ¿Tienes claro lo que quieres hacer con ese dinero? Porque se pueden hacer muchas cosas.

–Sé lo que no quiero hacer con mi tiempo libre. Ahora solo tengo que ir un día cada dos semanas a la oficina y un día al mes a los consejos, además del tiempo que le dedico a la fundación, que es una de las cosas más maravillosas que me han pasado últimamente. Por supuesto que quiero seguir realizando inversiones que me aporten importantes dividendos, de eso sé bastante. Quiero comprarme una casa en un lugar de la playa de la que te hablé hace tiempo, con inviernos cálidos y llenos de luz. Después de dos décadas viviendo entre Londres, Madrid y Nueva York, creo que me lo he ganado.

–Está bien, Paula. Eso suena magnífico.

–Y quiero conocer a un hombre que me ame y al que yo pueda amar. Un hombre para quien lo más importante que haya en este mundo sea levantarse junto a mí cada mañana. Ayudar a través de la fundación a los demás me ha hecho mejor persona y quiero compartir mi vida con alguien bueno.

–Eso es hermoso, Paula. Las personas no lo van diciendo por ahí, pero, créeme, ese anhelo que albergas es más común de lo que crees.

–Puede que así sea. No sé, no me importa. Es cierto que soy una cuarentona con tiempo libre y un avión privado puesto por la empresa a mi disposición. En esa casa que proyecto quiero oír el silencio, el silbido del viento sobre una tranquila y remansada bahía. Olvidarme de los horarios y de las responsabilidades cuando esté allí. Solo dedicarme a sentirme viva, a amar y a que me amen; eso es lo que quiero hacer, Admiel.

–Los sueños los construimos así, Paula, con la voluntad y la necesidad de que se materialicen. A veces, al hacerse carne nos decepcionan; otras muchas pasan a formar parte del panteón de las cosas que recordamos de por vida. No pases por la vida sin pensar que la has vivido intensamente.

–Eso seguro. Te escribiré cuando encuentre la casa que quiero. Ahora está en mi cabeza y en algún que otro boceto pero pronto será real. ¿Te escandalizarías si te anuncio mi pretensión de invitarte algún día a ella? Ya no existe un conflicto de intereses paciente-terapeuta, solo mi inmensa gratitud por salvarme.

–Yo no hice tal cosa. En todo caso ha sido un trabajo en equipo y resultado de tu sincera voluntad de cambiar para crecer y mejorar. Eso no lo veo cada día, créeme, tiene mucho mérito.

–¿Vendrás a verme si te invito a mi casa en el sur? Creo que solo invitaré a ella a mis amigos, a la gente que realmente me importa.

–Bueno, es tentador. Llegado el momento te prometo que lo pensaré y seré sincero en mi respuesta; eso ya sabes que está garantizado.

–Sabía que no podría arrancarte ningún compromiso. ¡Cómo sois los terapeutas uruguayos de complicados!

–¿Conoces a muchos? Porque yo en Madrid no conozco a ninguno.

–No seas malo. Te he mandado a tu *email* la dirección del hospital y la hora del evento de pasado mañana. Me marcho; ahora tengo un encuentro con la prensa para presentar la fundación y explicarles el proyecto que presentamos. ¿Te veo seguro?

–Sí, nos vemos; no te preocupes que asistiré.

Al levantarse, Admiel pudo apreciar lo hermosa que estaba Paula. Tenía un tono de piel color aceituna que contrastaba con el color de su pelo, lleno de reflejos. La cara se le había llenado de pecas que acentuaban aún más el indefinible color de sus ojos, tan bellos e irrepetibles. En ese mismo segundo, Admiel se permitió por un instante la fantasía de imaginar ser él el hombre con el que Paula se levantase cada día, el administrador y depositario de su inmensa necesidad de amar y sentirse amada. Pocos hombres sabrían apreciar como él lo importante que era eso para ella. Porque Paula no había decidido la vida que había tenido: su complicada adolescencia carente de afecto, la gestión emocional de la relación con Luis, su padre, y ya de adulta y con una vida diseñada y confortable, el duro aprendizaje personal que la había puesto frente a un espejo. Pero había tenido el coraje de reconocer que la imagen que el espejo le mostraba no le gustaba. Había elegido qué actitud tener frente a las cosas que le habían pasado, por dolorosas que estas fueran. Había decidido hacer aflorar sentimientos que tenía enterrados, reprimidos dentro de ella. La enfermedad de su padre había resultado una oportunidad para sacar a la superficie todo ello, y esto había sido así porque el propio Luis, cuando constató que su tiempo de vida estaba tasado, tomó conciencia de lo tremendamente bloqueada y resentida que estaba su hija. Luis ayudó a Paula porque se dio cuenta de que ella era completamente incapaz de gestionar las emociones y los sentimientos que nos hacen vulnerables sí, pero que son los que nos hacen humanos.

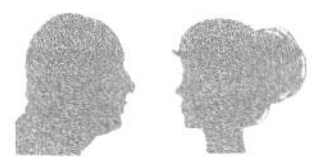

La tarde invernal caía sobre la coqueta bahía de San José, en el Cabo de Gata. El pelo rizado de una hermosa mujer se mecía caprichoso al son que imponía el viento. Ambos, pelo y viento, parecían bailar una secreta y hermosa coreografía.

Al darse la vuelta, Paula observó como un hombre joven la miraba inquisitivamente. Calculó que no debía tener más de treinta y cinco años y que no era español. Era muy guapo, con ojos verdes y un pelo negro y abundante que coronaba su griega cabeza.

–¡Hola! Perdona que me haya quedado como un estúpido, pero no sé, he tenido la sensación de que te conocía de algo. Por cierto, me llamo Paul.

En el momento que pronunció la primera palabra, Paula supo que Paul había nacido en Oxford o cerca. Su acento le delataba.

–No te preocupes, es halagador.

–¡Vaya, nunca hubiera pensado que fueras inglesa!

–Y no lo soy. Trabajo en tu país y paso bastante tiempo viviendo en Londres.

–¿Estás de paso en San José?

–No, tengo una casa aquí y paso temporadas en este hermoso pueblo. Me ayuda a soportar el ritmo de vida de Londres. Y tú, ¿estás de paso?

–Bueno, es una larga historia. Hace un tiempo estuve por aquí con una superproducción de cine. Trabajo como director de fotografía. Supongo que lo de Almería conmigo ha sido amor a primera vista. Ahora he tenido un parón de trabajo y he decidido venir a hacer fotos y conocer un poco mejor la zona. ¿Qué he dicho que sea tan gracioso? ¿por qué sonríes?

–Porque trabajas en el cine; me ha resultado muy curioso.

—¿Conoces gente que trabaje en el cine? Vaya, no es tan habitual.

—Me temo, querido Paul, que aquí comienza una bonita amistad, o al menos una interesante tarde.

Alguien dijo alguna vez que el infierno es la imposibilidad de la razón. Yo creo que el infierno es una vida sin sentimientos, sin amor, sin pasiones en las que nos juguemos algo más que el placer de vivirlas. Hace tiempo que no sé nada de ella; sé que es feliz con Paul y que han tenido un hijo juntos. Sigue compaginando su vida profesional y personal y continua al frente del fondo de inversión y de la fundación, tal y como acordó con David y, tras la muerte de este, ha seguido haciéndolo con sus dos hijos y herederos.

En ocasiones me han contado que los han visto en la playa de los Genoveses, en Mónsul... en el Playazo. Me gusta pensar que al final Paula Blanco ha encontrado la felicidad y ha construido una familia llena de amor, dedicación y respeto.

Si algún día van ustedes al Cabo de Gata y se encuentran con una maravillosa mujer, magnética, a la que no puedan dejar de mirar, seguramente estén frente a la protagonista de esta novela.

Esta ha sido parte de su historia.

AGRADECIMIENTOS

A mi compañera de viaje, Mónica, por enriquecer mi vida a cada instante, en cada paso del camino. Tú me complementas. Gracias, mi amor, por leer y corregir esta novela y proporcionarme un importante *feedback*.

A Alba y a Noa, por ser las hijas más maravillosas que un padre puede tener. Mi amor por vosotras es insondable.

A Tiara, mi galga, la perrita más tranquila y agradecida del mundo. A Gisella, mi otra perrita adoptada.

A Victoria Herrera Alonso, por leer siempre mis novelas y ayudarme a mejorarlas. Por enseñarme, con su ejemplo y sin saberlo, qué bonito es el amor de una hija por su padre, incluso en circunstancias muy difíciles.

A Gonzalo Martínez de Miguel y a Irene Gómez, por enseñarme cómo se desarrolla la coherencia en distintos ámbitos de la vida. Somos lo que decimos que somos.

A Carlos Capacés, por regalarme algunas de sus profundas reflexiones.

A Cristina, el ser humano más maravilloso que la vida me regaló hace casi veinte años. Su inteligencia, su capacidad de trabajo, su curiosidad y honestidad intelectual para con sus valores hacen que mi admiración por ella no pare de crecer cada día.

A María Francisca, por alentarme a escribir y por leer y darme *feedback* a las primeras versiones de la novela.

A Javier Huerta, por regalarme la anécdota del aeropuerto de Chicago que cambió su vida para siempre. Gracias Javi.

A Olga Carmona y a Alejandro Busto Castelli (Psicología Ceibe). Ellos me han inspirado la construcción del personaje de Admiel Perlman. La dedicación, la honestidad y el amor con el que trabajan cada día es un lujo para la gente que como yo hemos asistido a sus cursos o hemos participado de su magisterio honesto, cercano y muy, muy humano.

A Sergio Molina por regalarme muchos de los contenidos que están plasmados en esta novela. Durante años, de forma más o menos estructurada, me hizo partícipe de anécdotas de su padre, Paul Naschy, y de momentos de su vida con él. Porque ambos eran cómplices y amigos. Nunca he conocido a un hijo que amase tanto a su padre. Y parte de esta admiración creo que se afianzó en el momento en que Sergio constató la colosal obra cinematográfica que Paul había forjado, el descomunal número de producciones de género que consiguió realizar. Si a esa titánica hazaña le unimos el contexto histórico donde se fraguó, en un país sin ninguna tradición hasta su emergencia, el mérito de Paul se multiplica. No somos la suma de nuestras decisiones, y un artista de la complejidad intelectual de Jacinto Molina (Paul Naschy) es imposible de cosificar en una novela. No he pretendido en ningún momento realizar una biografía sobre él; existen muchas y son maravillosas. Me he centrado en otros aspectos colaterales de su personalidad de creador, rica, potente y poliédrica.

Tuve el privilegio de conocerlo y desde un primer momento pude percibir que estaba delante de alguien muy especial, con una fuerza y honestidad fuera de serie. Esa pasión por el cine nunca dejó de sentirla hasta su último latido.

Había algo salvaje en la mirada de Paul, algo… «feroz»

Septiembre de 2019

KOLIMA
BOOKS

www.ingramcontent.com/pod-product-compliance
Lightning Source LLC
LaVergne TN
LVHW021939220826
846092LV00010B/1180

* 9 7 8 8 4 1 7 5 6 6 9 4 4 *